DE DODEN VAN DOKTER SIRI

Colin Cotterill

De doden van dokter Siri

Vertaald door Peter Abelsen

 Uitgeverij De Vliegende Hollander

Uitgeverij De Vliegende Hollander stelt alles in het werk om op milieuvriendelijke en duurzame wijze met natuurlijke bronnen om te gaan. Bij de productie van dit boek is gebruikgemaakt van papier met het FSC-kenmerk. Dit kenmerk garandeert dat het hout, of de houtvezel waarvan het product is gemaakt, afkomstig is van ecologisch en sociaal verantwoord bosbeheer.

Met niets dan dank en liefde voor:

Pornsawan, Bouasawan, Chantavone, Sounieng, Ketkaew,
dr. Pongruk, Bounlan, Don, Souk, Soun, Michael en zijn
secretaresse, Somdee, David L., Nok, Dtee, Siri, Yayoi en Steph.

Inhoud

Democratische Volksrepubliek Laos, oktober 1976

Tran, Tran en Hok braken door het dikke wolkendek dat een van de laatste moessonregens in zich droeg. De suizende nachtlucht dwong hun monden in een onwillige glimlach en trok hun haar recht overeind. Ze vielen in een vaste driehoeksformatie, zonder rond te buitelen of af te zweven, steil omlaag getrokken door de roestige bomhulzen die met nylonkoord aan hun voeten waren gebonden.

De oudste Tran was zwaarder van bouw dan zijn metgezellen en vormde daardoor de punt van de driehoek. Toen hij het oppervlak van het Nam Ngum-stuwmeer raakte, lag hij bijna twee seconden op hen voor. Als dit een olympisch nummer was geweest, had de jury hem minstens een waardering van 9.98 gegeven. Er was nauwelijks een plons. Tran-de-jongere en Hok-de-tweemaal-gedode doorboorden de waterspiegel zo goed als gelijktijdig.

De ongeladen vliegtuigbommen van ruim tweehonderd kilo sleepten de mannen snel naar beneden en verankerden hen in de gladde modderbodem. Twee weken lang zwaaiden Tran, Tran en Hok zachtjes heen en weer in de stroming, ten gerieve van de algen en de vissen die af en toe een aarzelend hapje kwamen nemen, als klanten van een matig lopende noedelkraam.

1

Vientiane, twee weken later

Het was een verre van aangenaam gesprek, en zo zouden er nog vele volgen. Nu die onbenul van een Haeng weer terug was zou Siri elke vrijdag langs moeten komen om verantwoording af te leggen – zich te vernederen tegenover een puisterige magistraat die jong genoeg was om zijn kleinzoon te zijn.

Verlichtingssessies, zo noemden de marxisten-leninisten dit soort gesprekken. Maar in het uur dat Siri nu al voor het kromgetrokken multiplex bureau van rechter Haeng zat, was hij zich alleen maar zwaarder belast gaan voelen. De rechter, zo van de lopende band, schiep er een groot genoegen in om Siri's verslagen te bekritiseren en aanmerkingen op zijn spelling te maken.

'En waaraan zou u het bloedverlies willen toeschrijven?' vroeg rechter Haeng.

Siri vroeg zich voor de zoveelste maal af of dit een strikvraag was om na te gaan of hij nog wel goed bij zijn hoofd was. 'Tja...' Hij deed alsof hij nadacht. 'Aan het onvermogen van zijn lichaam om het binnen te houden?' De schriele rechter humde en keek weer in het verslag, te dom om Siri's sarcasme op te merken. 'Als iemands benen hoog boven de knie worden afgesneden, lijkt enig bloedverlies me vanzelfsprekend,' voegde Siri eraan toe. 'En ik heb de aard van zijn verwondingen uitvoerig beschreven.'

'U kunt wel menen dat alles uit uw verslag valt af te leiden, kameraad dokter, maar ik vind de informatie nogal beperkt. Ik zou in het vervolg graag meer details zien, met uw welnemen. En ik vraag me eerlijk gezegd af waarom u er zo zeker van bent dat zijn dood is veroorzaakt door bloedverlies, en bijvoorbeeld niet door...'

'Een hartstilstand?'

'Precies. Het moet een onthutsende ervaring zijn om je benen te verliezen, dus waarom zou de schrik hem geen hartverlamming hebben bezorgd? Het was een man op leeftijd, tenslotte.'

Bij de drie gevallen die ze hiervoor hadden besproken had Haeng de feiten ook steeds willen verdraaien om een natuurlijke dood aannemelijk te maken, maar dit was zijn vindingrijkste suggestie tot nu toe. Siri had de indruk dat het de rechter een gelukkig man zou maken als hij ieder verslag op zijn bureau van het stempel 'hartstilstand' kon voorzien.

Het leed geen twijfel dat het hart van de visser was opgehouden met kloppen, maar dit was eerder het signaal van zijn dood geweest dan de oorzaak ervan. In de rivierhaven van Tar Deua was een patrouillevaartuig, diep in het water liggend door zijn nieuwe bepantsering, tegen de betonnen kademuur gebotst. Gelukkig voor de inzittenden werd de klap verzacht door de visser die voor de muur op zijn ranke houten bootje stond en niet meer weg kon komen – zoals verbluffend veel vissers op de Mekong had de man nooit leren zwemmen.

De uitstekende ijzeren rand was door zijn benen gegaan als een sikkel door een paar rijststengels, maar de reling had hem tegen de muur gedrukt en overeind gehouden. Nadat hij (althans zijn bovenste gedeelte) door de ontredderde bemanning aan boord was getrokken, had hij verdwaasd op zijn rug gelegen, babbelend en lachend alsof het hem ontging dat hij twee ledematen miste.

Toen het vaartuig terugweek hadden de omstanders de beide benen in het water zien vallen en zinken. Niemand wist hoe lang het zou duren tot ze opzwollen en boven kwamen drijven, en de man had ongelijke sandalen aangehad, dus de kans was klein dat hij met zijn onderdanen kon worden begraven.

'Als u ieder sterfgeval wilt afdoen als een hartstilstand, kameraad, waarom heeft ons land dan nog een gerechtelijk lijkschouwer nodig?' Siri begon de grens van zijn geduld te naderen, een grens die nochtans samen leek te vallen met die van het heelal. In zijn tweeenzeventig jaar op deze wereld had hij zoveel tegenspoed gekend en zoveel ontberingen doorgemaakt, dat hij de kalmte over zich had van een astronaut die geruisloos in de ruimte zweefde. Hoewel het boeddhisme hem al even weinig zei als het communisme, verstond hij de kunst om zichzelf weg te mediteren van zijn ergernissen. Niemand in zijn omgeving kon zich een woedeaanval van hem herinneren.

Zijn uiterlijk bleef mensen beter bij dan hoe hij zich uitte. Dokter Siri Paiboun was kort van stuk en had een eigenaardige lichaamsbouw – als een lichtgewicht worstelaar, maar sterk voorovergebogen. Als hij liep, leek het alsof zijn onderhelft moeite had zijn bovenhelft bij te houden. Zijn kortgeknipte haar was oogverblindend wit. Waar veel oudere Laotianen het mirakel beleefden dat hun haar opeens zomaar, van de ene dag op de andere, zijn jeugdige zwartheid herkreeg, besteedde Siri zijn inkomen liever aan nuttiger zaken dan Chinese Yu Dum-haarverf. Er was niets kunstmatigs of gekunstelds aan hem. Hij was geheel en al zichzelf.

Met gezichtsbeharing had hij nooit veel succes gehad, tenzij je wenkbrauwen liet meetellen als gezichtsbeharing. Die van Siri waren zo weelderig uitgegroeid dat vreemden goed moesten kijken om er zijn ogen onder te ontwaren. Maar dan zagen ze ook twee heel bijzondere ogen. Zelfs zij die vele malen om de wereld waren gereisd, hadden nog nooit zulke ogen gezien. Heldergroen waren ze, als het vilt van een biljarttafel, en hij moest er zelf ook nog altijd om glimlachen als ze hem vanuit de spiegel aanstaarden. Hij had zijn biologische ouders nooit gekend, maar voor zover hij wist zaten er geen buitenaardse wezens in zijn stamboom. Het was hem een raadsel hoe hij aan zulke ogen kwam.

De verlichtingssessie ging haar tweede uur in, maar rechter Haeng had nog niet één keer in die groene ogen gekeken. Hij staarde naar het kwispelende potlood tussen zijn vingers. Hij keek naar de loszittende manchetknoop aan het hemd van de dokter. Hij tuurde door het kapotte jaloezievenster van zijn kamer in het ministerie van Justitie, alsof daarbuiten de rode ster zelve aan de hemel stond te flonkeren. Maar Siri's stralend groene ogen meed hij uit alle macht.

'Een staatslijkschouwer is onontbeerlijk, dokter. U weet zelf ook dat een socialistisch systeem te allen tijde verantwoording schuldig is aan zijn broeders en zusters. Het revolutionaire bewustzijn wordt weliswaar gevoed door het stralende licht van de socialistische vuurtoren, maar de mensen hebben het recht om schoon ondergoed aan de waslijn van de vuurtorenwachter te zien hangen.'

Allemachtig, in kromme beeldspraak was hij werkelijk een kei, die jongen. Maar dat waren ze allemaal. De hele dag spuiden ze het ene motto na de andere vergelijking, zonder er ooit bij stil te staan dat het nooit ergens op sloeg. Siri bekeek de bleke jongeling en had eigenlijk wel met hem te doen.

Het enige wat hem aanspraak op andermans respect kon doen maken, was de bul van een rechtenfaculteit uit de Sovjet-Unie, een papier zo dun dat je er de muur doorheen zag. Hij was in ijltempo klaargestoomd om een van de talloze gaten te vullen die de bovenklasse na haar vlucht had achtergelaten. Een jaartje blokken en hup, de sovjets hadden zijn naam bijgeschreven op de lijst van Aziatische communisten die succesvol waren opgeleid in het glorieuze en voorbeeldig verlichte socialistische moederland.

Volgens Siri verdiende je het ambt van rechter pas als je in een lang leven vele lagen kennis en wijsheid had opgebouwd, als jaarringen. Volgens hem volstond het niet om alleen maar goed te hebben gegokt bij een multiplechoice-examen in het Russisch.

'Kan ik nu gaan?' Siri stond op en liep zonder toestemming af te wachten naar de deur.

Haeng schonk hem de vuilste blik die hij kon opbrengen. 'Het lijkt me een goed idee om het bij de volgende verlichtingssessie over een juiste houding te hebben, vindt u ook niet?'

Siri knikte minzaam en bedwong een repliek.

'En dokter...' – de lijkschouwer stond nu vlak voor de deur – '... waarom denkt u dat de Democratische Volksrepubliek haar overheidsdienaren kosteloos van zwarte kwaliteitsschoenen voorziet?'

Siri keek omlaag naar zijn afgetrapte bruine sandalen. 'Om de Chinese schoenfabrieken open te houden?'

Rechter Haeng liet zijn hoofd zakken en bewoog het in slow motion heen en weer – een gebaar dat hij van oudere mannen had afgekeken en nog niet echt beheerste.

'We hebben het oerwoud achter ons gelaten, kameraad. We zijn weg uit de grotten en hebben een nieuwe samenleving gesticht, waarin we aanzien genieten bij de massa. Onze kleding en ons schoeisel dienen dit aanzien te weerspiegelen. Beschaafde mensen dragen schoenen. Onze kameraden verwachten dat van ons. Begrijpt u wat ik u duidelijk probeer te maken?' Hij sprak langzaam nu, als een verpleger tegen een seniele patiënt.

Siri keerde zich om en wierp hem een montere blik toe. 'Ik denk het wel, kameraad. Maar als het proletariaat geacht wordt zich aan mijn voeten te werpen, dan lijkt het me wel zo aardig ze mijn tenen aan te bieden om op te sabbelen.'

Hij rukte de klemmende deur open en vertrok.

De lange vrijdag liep ten einde en Siri kuierde naar huis door de stoffige straten van Vientiane. Hij was het gewoon om op straat vriendelijk om zich heen te kijken, maar het viel hem de laatste tijd op dat steeds minder mensen zijn glimlach beantwoordden. De venters die hij dag in dag uit voorbijkwam knikten hem welwillend toe, maar vreemden vatten zijn blik steeds vaker verkeerd op. *Vanwaar die grijns? Wat weet dat mannetje van me?*

Hij liep langs vrouwen in overheidsdienst, op weg naar huis na alweer een dag kantoorwerk – herkenbaar aan hun kaki blouse en de traditionele *phasin* van zwarte katoen, die stijf en ruisend tot hun enkels reikte. Iedere vrouw probeerde haar uniform een individueel tintje te geven: een broche, een andere kraag, ieder een hoogst eigen vouw in haar wikkelrok.

Hij liep schoolkinderen voorbij, in smetteloos witte hemden en kriebelige rode sjaals. Ze leken ontdaan door wat ze nu weer geleerd hadden, te verbluft om te giechelen, te joelen of te ravotten. Siri voelde zich net zo.

Hij kwam langs donkere, halflege winkels die allemaal dezelfde spullen leken te verkopen. Hij kwam langs de fontein waarvan de spuwers waren veranderd in spelonkwoningen voor insecten, en langs onafgebouwde huizen met bamboe steigerwerk dat groen zag van de klimop.

Hij deed er twintig minuten over om naar huis te wandelen, net de tijd die hij nodig had om het beeld van rechter Haeng uit te bannen. Siri woonde in een oud bakstenen huis uit de Franse tijd, met een bovenverdieping en een voortuintje dat uitpuilde van de groente. Het gebouw was hard aan een schilderbeurt toe, aan nieuw voegwerk, nieuwe ruiten, tegels, en nog veel meer, maar niets van dat alles lag in het verschiet.

Saloup schoot als een krokodil tussen de kolen vandaan het tuinpaadje op en begon, nog half in slaap, tegen Siri te grommen. Zoals hij dat elke dag deed. Sinds Siri hier zijn intrek had genomen, tien maanden geleden, had die straathond het op hem voorzien. En op hem alleen. Niemand snapte waarom dat mormel juist de gemoedelijke oude dokter als mikpunt had uitgekozen. Er ging iets in zijn kop om dat ieder mensenverstand te boven ging.

Zoals elke dag wekte Saloups naargeestige gejammer in de hele buurt geblaf en gejank op, een hondenkoor als achtergrond voor het kraken van de voordeur die Siri openduwde. Hij kon nooit eens onopgemerkt binnenkomen. Zelfs de traptreden verraadden hem, hun gepiep weergalmde in het trappenhuis, waarna de losse vloerplanken zijn aankomst op de galerij aankondigden.

Zijn eenkamerwoning lag aan de achterkant van het huis, met uitzicht op het kleine Hay Sok-klooster. De deur zat net zomin op slot als die beneden. Was niet nodig. Er was geen misdaad meer. Hij stapte uit zijn sandalen en over de drempel. Binnen werd hij opgewacht door zijn schrijfbureau vol boeken voor het raam. Een dun matras lag opgerold tegen de muur, onder een rok van muskietengaas. Rond een ijzeren salontafel stonden drie stoelen met bekleding van schilferend vinyl. Een geëmailleerde wasbak balanceerde op zijn afvoerpijp.

De badkamer plus toilet was beneden, waar Siri hem moest delen met twee echtparen, drie kinderen en een mevrouw die aan het hoofd stond van de lerarenopleiding van het ministerie van Onderwijs. Ziedaar het comfort dat hoger opgeleiden na de zege van het communisme genoten. Maar omdat men daarvoor nauwelijks méér comfort had genoten, was er niemand die klaagde. Hij stak de ene pit van zijn kooktoestelletje aan en zette water op voor koffie. Het was prettig om weer thuis te zijn. Vertrouwd.

Maar vertrouwd of niet, hij zou dat weekend op vreemde manieren uit zijn slaap ontwaken. Die vrijdagavond bracht hij lezend aan zijn bureau door, bij het licht van zijn olielamp, tot het gefladder van de motten hem te veel werd en hij het koord om zijn bedrol lostrok. Hij had zijn matras zo geplaatst dat hij de maan achter de wolken kon zien verdwijnen en weer opduiken, wolk na wolk, tot hij als onder hypnose in een vredige slaap zakte.

Siri's dromenland was altijd een bizar oord geweest. In zijn kindertijd was hij onophoudelijk uit zijn slaap gerukt door de beelden die er rondwaarden. De verstandige vrouw die hem opvoedde kwam dan aan zijn bed staan om hem voor te houden dat dit *zijn* dromen waren, in *zijn* hoofd, waar hij en niemand anders de rechtmatige bewoner was. Zo had ze hem geleerd onverstoorbaar door zijn nachtmerries te wandelen, zonder angst voor wat zich erin afspeelde.

Maar hoewel hij was opgehouden bang te zijn, had hij nooit echt vat op zijn dromen gekregen. Zo was hij nog steeds niet in staat om er ongewenst bezoek uit te weren. Hij stuitte nog altijd op vreemdelingen die zich niet of nauwelijks om zijn gemoedsrust wensten te bekommeren. Ze leken er vrijelijk rond te lummelen, alsof zijn hoofd een openbaar wachtlokaal was. Hij kreeg weleens het gevoel dat zijn dromen de coulissen voor die van een ander waren.

De merkwaardigste bezoekers aan zijn onderbewuste waren de doden. Sinds zijn eerste sterfgeval, een met kogels doorzeefde man die op de operatietafel was bezweken, kreeg hij aanloop van iedereen die het tijdige voor het eeuwige had gewisseld.

Als jonge arts had hij zich afgevraagd of ze hem kwamen straffen omdat hij hen niet in leven had gehouden. Maar geen van zijn collega's kreeg ooit spoken op visite, en volgens een psycholoog met wie hij had samengewerkt in Vietnam waren ze slechts manifestaties van zijn eigen schuldgevoel – elke dokter vroeg zich af of hij niet meer voor een overleden patiënt had kunnen doen, en in Siri's geval namen die twijfels een visuele vorm aan. Siri had moeten toegeven dat de doden hem nooit daadwerkelijk bedreigden of verwijten maakten. Ze waren gewoon omstanders, die net als hij keken naar wat er in zijn droom gebeurde. De psycholoog had hem verzekerd dat dit een goed teken was.

Sinds Siri als lijkschouwer werkte en in aanraking kwam met de lijken van mensen die hij nooit als levende had ontmoet, waren de bezoeken gek genoeg indringender geworden. Hij was op de een of andere manier in staat de gevoelens en karakters van de overledenen aan te voelen. Het leek niet uit te maken hoe lang het leven al uit het lichaam geweken was, in zijn droomwereld werd de persoon weer in zijn geheel tot aanzijn gebracht. Hij kon echt contact met ze hebben, en bespeuren wat voor iemand ze bij leven waren geweest.

Hij had er wijselijk van afgezien om zijn bekenden en collega's over deze ervaringen te vertellen. Het leek hem in niemands voordeel als hij kenbaar maakte dat hij 's nachts de meest waanzinnige visioenen had. Ze leken hem verder niet te deren, moedigden hem alleen maar aan om zijn kadavers met alle respect te behandelen – hij zou de voormalige eigenaren immers weer onder ogen komen.

Met zulke mysterieuze voorvallen tijdens zijn slaap, was het geen wonder dat hij vaak in verwarring wakker werd. Die zaterdagochtend was het weer eens goed raak. Hij bevond zich in zo'n het-een-noch-het-ander-dimensie die iedereen wel kent. Hij wist dat hij in zijn kamer lag, en dat hij muggenbulten op twee van zijn vingers had. Hij hoorde de kraan druppen. Hij rook de geur van de bladeren die in de kloostertuin werden verbrand. Maar hij droomde nog steeds.

Op een van de met vinyl beklede stoelen zat een man. Achter het hoofd van de man viel het ochtendlicht door het dunne gordijn. Vanonder zijn klamboe kon Siri het gezicht van de man niet goed zien, maar het leed geen twijfel wie hij was. Hij droeg geen hemd, en zijn magere bovenlichaam zag blauw van de getatoeëerde mantra's. Om zijn onderlichaam had hij een geblokte lendendoek, waar twee stompjes van benen onder vandaan staken. Het gestolde bloed paste goed bij het rood van het vinyl.

'Hoe voelt u zich?' vroeg Siri. Een rare vraag om aan een dode te stellen, maar het was zijn eigen droom en hij kon vragen wat hij wilde. Een geluid trok zijn aandacht – in het straatje aan de voorkant van het huis jankten honden. Een teken temeer dat zijn wakend bewustzijn in aantocht was, maar de visser weigerde vooralsnog te gaan.

Hij bleef daar zitten, beantwoordde Siri's blik met een tandeloze grijns die door het gaas weinig meer was dan een veeg over de onderste helft van zijn gezicht. En toen keek hij van hem weg en wees met een lange, knokige wijsvinger voor zich uit. Siri moest zich op zijn ellebogen oprichten om te zien wat hij aanwees. Op de ijzeren salontafel stond een fles Mekong-whisky. Althans, op het etiket stond de merknaam Mekong, maar de fles bevatte iets wat donkerder en dikker leek dan rijstwhisky. Bloed? Of was dat Siri's morbide fantasie?

Hij liet zich weer op zijn hoofdkussen zakken en vroeg zich af hoeveel hij zich nog meer van zijn omgeving bewust moest worden om de visser uit zijn woning te krijgen. En toen wapperde het gordijn zachtjes, het briesje voerde rook uit de kloostertuin met zich mee, en de twijfel was daar. Het hoofd van de visser was misschien alleen maar een plooi in het gordijn geweest, en zijn lichaam niets anders dan de indeuking die talloze ruggen in het vinyl van de stoel hadden gemaakt.

De honden vielen stil als op de armzwaai van een dirigent, en Siri hoorde alleen nog het druppen van de kraan. Hij was nu helemaal wakker, zoveel was zeker. Hij verwonderde zich voor de zoveelste keer over de magie van dromen, *zijn* dromen, en grinnikte bij de gedachte dat een van zijn droomlanders over de grens met de werkelijke wereld had proberen te glippen.

Verkwikt door zijn nachtrust, en met een eigenaardig gevoel van opluchting, trok hij het muskietengaas opzij om op te staan. De mug die hem onder de klamboe gezelschap had gehouden koos de vrijheid en zoemde welgedaan weg, met een buik vol bloed.

Siri trok het gordijn open, stak het gas onder zijn ketel aan, haalde zijn transistorradio tevoorschijn en zette die op de salontafel – een antirevolutionaire daad, maar wel een die hem groot plezier verschafte.

De uitzendingen van de Laotiaanse staatsradio schalden vanaf vijf uur 's ochtends uit openbare luidsprekers die verspreid door Vientiane stonden opgesteld. Menig inwoner genoot het voorrecht dagelijks uit zijn slaap te worden gerukt door de laatste cijfers over de nationale rijstteelt, of de wijze raad dat men de groenten in zijn moestuin met een kring zout tegen slakken kon beschermen.

Siri had het geluk dat hij op een luwe plek woonde, ver genoeg van de luidsprekers in zijn wijk om slechts een vaag rumoer te horen, waardoor hij naar zijn geliefde radiootje kon luisteren. Hij hield het volume altijd laag en had het permanent op de nieuwszender van het Thaise leger afgestemd – de Laotiaanse radiomakers schonken de laatste tijd nog maar weinig aandacht aan het wereldnieuws. De Democratische Volksrepubliek had de Thaise radio en televisie uitgebannen. Niet dat je werd opgepakt als men erachter kwam dat je erop afstemde, maar er kwam dan wel iemand van het Buurtcomité voor Volkswelzijn op je deur bonken en een tirade afsteken die hoorbaar was voor al je buren: 'Kameraad, besef je wel hoezeer je je geest ondermijnt met deze decadente buitenlandse propaganda? Zijn wij niet allemaal tevreden met wat we hier hebben? Waarom zouden we de kapitalistische varkens het genoegen doen om hun leugens tot ons te nemen?'

Je naam kwam vervolgens op een lijst met vierdegraads subversieven te staan, wat er in theorie toe kon leiden dat je mede-arbeiders hun vertrouwen in je verloren. Siri had zijn twijfels over de stichtende werking van de maatregel. Als daar al sprake van was, viel het in het niet bij het amusement dat de Laotianen werd onthouden.

De Thai vonden het namelijk zo verschrikkelijk dat hun buurland ten prooi was gevallen aan de communisten, dat ze in hun berichtgeving iedere nuance lieten varen. Siri vermaakte zich kostelijk met de uitzendingen die door het Thaise leger werden verzorgd. Volgens hem deed het politbureau zichzelf tekort met het luisterverbod. Als de Laotianen deze onzin zouden kunnen horen, was de kans groot dat ze hun eigen regime des te hartelijker zouden omhelzen.

Zo was er onlangs een 'deskundig' verslag uitgezonden over de perfide neiging van de rooien om hun vrouwen met elkaar te delen, een perversie die 'uiteraard' tot inteelt leidde. Het was Siri een raadsel hoe de communistische ideologie kon samenhangen met een stijging in het geboortecijfer van baby's met twee hoofden, maar de Thaise radio scheen over keiharde bewijzen te beschikken.

Zaterdagochtend was zijn lievelingsochtend omdat de Thai ervan uitgingen dat de Laotianen zich dan massaal rond hun radio's schaarden, smachtend naar propaganda. Maar ditmaal was Siri ietwat afwezig. Hij vergat het toestelletje zelfs aan te zetten. Hij bracht zijn modderige Vietnamese koffie naar de salontafel, ging in zijn favoriete stoel zitten en snoof het aroma op. Het rook beter dan het smaakte, dat spul.

Hij wilde net zijn eerste slokje nemen toen hij merkte dat het binnenvallende daglicht weerkaatst werd door iets op het ijzeren tafelblad. Een vochtkring, als van een nat glas. Niets bijzonders – alleen had hij vanochtend nog niets op die tafel neergezet. Zijn koffiekom, die kurkdroog was, had nog geen moment zijn handen verlaten. En in het klimaat van Vientiane was het ondenkbaar dat dat vocht nog van de vorige avond was.

Hij nipte van zijn koffie en keek bedaard naar de kring, wachtend op de verklaring die heus wel bij hem zou opkomen. Zijn blik dwaalde naar de stoel waarop de ochtendschaduwen hun bedrieglijke spel hadden opgevoerd toen hij wakker werd. Als hij luguber wilde doen, zou hij zichzelf kunnen wijsmaken dat de denkbeeldige whiskyfles van de visser precies op die plek had gestaan. Hij stond op, liep naar de wandplank en trok een velletje van de keukenrol die daarop stond.

Maar toen hij terugkwam bij de salontafel viel er geen vochtkring meer te bekennen.

Ook op zondag werd hij op een ongebruikelijke manier wakker, al was het nu vreemd zonder occult te zijn. Mevrouw Vong van het ministerie van Onderwijs had de gewoonte om pas op zijn deur te kloppen als ze al naar binnen was gelopen. Daardoor gebeurde het weleens dat ze Siri aantrof terwijl hij zich net aan- of uitkleedde, maar dan keek ze hem aan alsof het zíjn schuld was. Als hij ooit op dezelfde manier bij haar binnenkwam, zou hij binnen de kortste keren in een beklaagdenbank staan.

Ditmaal haalde ze hem uit een diepe slaap met haar entree, dus wist hij dat het nog erg vroeg moest zijn. De geur van kloosterwierook had zijn kamer al gevuld, maar de kraaien droomden nog van magische vluchten over bergen en meren.

'Vooruit, slaapkop. Tijd om op te staan.'

Omdat ze zelf ongehuwd en kinderloos was, had mevrouw Vong de irritante gewoonte opgevat om iedereen in haar omgeving te bemoederen. Ze liep naar Siri's gordijn en rukte het open, waarop het licht slechts aarzelend naar binnen viel. Een teken temeer van hoe vroeg het nog was. Ze stond bij het raam en zette haar handen op haar heupen. 'We hebben een afwateringskanaal te graven.'

Zijn geest kreunde. Wat was er gebeurd met de weekenden, het begrip 'vrije tijd'? Zijn zaterdagochtenden op het werk liepen steevast uit op hele werkdagen, en nu namen ze hem zijn zondagen ook al af. Hij opende één oog op een kiertje.

Mevrouw Vong droeg een corduroy werkbroek en een praktisch hemd met lange mouwen, dat ze tot de kraag had dichtgeknoopt. Haar dun wordende haar was in twee staartjes gebonden, waardoor ze Siri aan de Chinese boerin op de affiches van de maoïsten deed denken. De Chinese propagandisten maakten nooit veel werk van gelaatstrekken, en in Vongs geval was Moeder Natuur al even laks geweest. Ze moest ergens tussen de dertig en de zestig zijn, en had de bouw van een ondervoede tienerjongen.

'Wat is dit voor getreiter? Laat me met rust.'

'Geen denken aan. Vorige maand heb je ook al met opzet het gemeenschappelijke schilderwerk aan het jeugdcentrum gemist. Ditmaal zorg ik ervoor dat je de kans niet misloopt om mee te kunnen graven aan dat kanaal.'

Gemeenschappelijke arbeid in de stad Vientiane was geen straf – het was een beloning voor goed burgerschap. Het was een geschenk van de autoriteiten aan de bevolking. Men wilde niet één man, vrouw of kind de mogelijkheid ontzeggen om de borstzwellende trots te voelen die gepaard ging met het opnieuw asfalteren van een verkeersweg of het uitbaggeren van een waterweg. De overheid was zich ervan bewust dat de mensen graag hun enige vrije dag prijsgaven voor zo'n verzetje.

'Ik ben verkouden,' zei hij, de deken over zijn hoofd trekkend. Hij hoorde het geklater van zijn fluitketel die met water werd gevuld, en het ploffen van een gasvlam. Hij voelde het muskietengaas kietelen toen ze het van hem aftrok en aan het haakje in de muur bond. Hij hoorde hoe ze de vloer aanveegde met zijn strobezem.

'Daarom zet ik een voedzaam kopje thee voor je, met een scheutje...'

'Ik hou niet van thee.'

'Natuurlijk wel.'

Hij schoot in de lach. 'En ik maar denken dat ik na tweeënzeventig jaar wel een idee had van wat ik lekker vind en wat niet.'

'Je moet kracht opdoen voor het graafwerk.'

'Wat is er met alle bajesklanten? Die deden dit soort dingen toch altijd, sloten graven, riolen ontstoppen?'

'Je blijft me verbazen, dokter Siri. Ik vraag me weleens af of je werkelijk voor de revolutie hebt gestreden. Het is niet langer vanzelfsprekend dat alleen de dommen en ongeschoolden handenarbeid verrichten. We zijn allemaal prima in staat om een schoffel of bijl te hanteren.'

'... of een levertumor te verwijderen,' mompelde hij onder zijn deken.

'Onze misleide criminelen ondergaan hun heropvoeding op de riviereilanden, dat weet je best. Nou, sta je nog op of moet ik je onder die deken vandaan trekken?'

Hij besloot haar te straffen voor haar vrijpostigheid.

'Nee, ik sta zelf wel op. Maar ik moet je waarschuwen, ik ben naakt en heb een ochtenderectie. Is niet seksueels, hoor. Gewoon een gevolg van druk op de...'

De deur werd dichtgetrokken en de planken van de veranda rammelden onder haar voetstappen. Hij duwde de deken omlaag en keek triomfantelijk zijn kamer rond.

Toen hij beneden kwam, stonden daar twee vrachtwagens vol buren die zich gapend en zwijgend op de glorieuze zondag zaten te verheugen. District 29C leverde de arbeidskracht voor sectie 189 van het nieuwe afwateringskanaal. Het graafwerk zou het grootste gedeelte van de dag in beslag nemen, maar in een lunch van kleefrijst, gezouten vis en *tamnin*-steeltjes werd voorzien.

Hij ontweek de slaperige aanval van Saloup en klom het laadruim van de achterste vrachtwagen binnen. In de voorste zag hij mevrouw Vong zitten, die een betoog afstak tegen het jonge echtpaar uit de kamer tegenover de zijne. Toen het konvooi in beweging kwam, knikte hij tegen de mensen om hem heen en maakte een grapje. Ze knikten en lachten terug, maar hun vrolijkheid maakte geen overtuigende indruk.

Ondanks de volstrekt misplaatste reden waarom hij zich ooit bij de Communistische Partij had aangemeld, was Siri al zevenenveertig jaar lid. Al die tijd had hij trouw contributie betaald, maar als communist was hij ondertussen een buitenbeentje. Hij was met evenveel overtuiging in twee strijdige ideeën gaan geloven: dat het communisme de enige leer was die mensen een volwaardig bestaan kon geven, en dat mensen veel te egoïstisch waren om het communisme ooit te laten slagen. De logische uitkomst hiervan was dat mensen volgens hem nooit tevreden konden zijn over hun bestaan. En de geschiedenis, met haar optocht van boze en ontgoochelde idealisten, leek hem gelijk te geven.

Na zich als kind door een Frans koloniaal onderwijssysteem te hebben geworsteld, dat vrijwel onbegaanbaar was door alle beperkingen die arme leerlingen werden opgelegd, leek hij zowaar te hebben bewezen dat een eenvoudige plattelandsjongen iets kon bereiken. Hij had het zeldzame geluk een Franse weldoener te treffen, die hem naar Parijs stuurde om te studeren. Hij was er een bekwame maar niet echt uitblinkende student geneeskunde geworden, in een Frankrijk dat niet bepaald uitblonk in de steun die er geboden werd aan lieden die de pech hadden om in een ander land te zijn geboren. Je moest het er *tout seul* zien te redden.

Maar Siri was het gewend om te ploeteren. In zijn eerste twee jaar aan Ancienne wist hij zich, niet gehinderd door afleidingen, bij de bovenste dertig procent van de studenten te nestelen. Zijn docenten waren het erover eens dat hij zeer beloftevol was, 'voor een Aziaat'. Maar zoals tallozen voor hem was hij er vervolgens achter gekomen dat beloftevolheid je geenszins bestand maakte tegen een weelderige buste. Bij de colleges pathologie in zijn derde jaar werd zijn aandacht verscheurd tussen de schema's op het immense schoolbord en de kalm ademhalende trui van Boua. Zij kwam ook uit Laos – een ruim van rondingen voorziene en van gezondheid blakende verpleegster-in-opleiding, die ongeacht het weertype bij het raam zat. Aan haar trui kon je zien hoe koud het buiten was. 's Zomers maakte de trui plaats voor een kalm ademhalende blouse, met meer knoopjes open dan strikt noodzakelijk was. Hij haalde zijn pathologie maar net en zakte naar de onderste twintig procent van de algemene cijferlijst.

In zijn vierde jaar verloofden ze zich en betrokken een kamertje dat zo klein was dat hij een stuk van het bed moest zagen omdat de deur anders niet open kon. Boua kwam uit Luang Prabang, de oude koninklijke hoofdstad, en was telg van een oude koningsgezinde familie bij wie blauw bloed door de aderen stroomde. Maar terwijl haar ouders nog op hun knieën vielen en orchideeënblaadjes strooiden als de koning voorbijkwam, zat zij in dat kleine kamertje op zijn omverwerping te broeden.

Ze had de Franse Communistische Partij leren kennen door haar vorige minnaar, een magere jonge leraar met wie ze in Lyon had samengewoond, en die ze had verlaten zodra zich de kans voordeed om naar Parijs te verhuizen. Siri was daar om dokter te worden, maar Boua zag haar verpleegopleiding als bijzaak – ze was eigenlijk in Parijs om een zo goed mogelijke communiste te worden, en dan naar haar geboorteland terug te keren en de onderdrukte massa te verheffen.

Ze prentte Siri in dat als hij haar hand wilde, hij ook de rode vlag aan zijn hart moest drukken. Hij wilde haar hand dolgraag, en de rest ook, en beschouwde vier avonden per week, soms een zondag, en vijf franc per maand, als een koopje. In het begin voelde hij zich nogal ongemakkelijk op die bijeenkomsten waarbij de ondergang van het kapitalisme werd gepredikt. De muziek van het kapitalisme lag hem juist wel prettig in het gehoor en hij hoopte erop te kunnen dansen als hij eenmaal zijn bul had. Hij was zijn hele leven arm geweest, een levenswijze die hij als arts voor rijkdom wilde verruilen. Maar het duurde niet lang of hij ging zich schuldig voelen over zulke gedachten.

En zo zorgden het communisme en Boua in eendrachtige samenwerking voor het vervliegen van Siri's dromen. Door zijn verloofde en haar rode vlag aan zijn hart te drukken, verloor hij steeds meer de

25

grip op zijn studie. Aan het einde van zijn vijfde jaar moest hij diverse herexamens doen. En na zijn practicum stonden er twee zwarte sterren op zijn dossier, ten teken dat deze student zich wel een verdomd goeie co-assistent moest tonen als hij zijn beurs wilde behouden en niet voortijdig op een toestel van Airopostale wilde worden gezet.

Gelukkig voor Siri was hij een geboren dokter. De patiënten aanbaden hem, en de staf van het Hôtel Dieu-ziekenhuis gaf zo hoog over hem op dat de directie hem het aanbod deed in Frankrijk te blijven, met een vaste aanstelling. Maar zijn hart lag bij Boua, en toen zij naar Laos vertrok om zich er voor de Goede Zaak in te zetten, zat hij naast haar in het vliegtuig.

Toen hij op maandag naar zijn werk liep langs de Mekong, bleef hij een poosje stilstaan en keek uit over het water. De moessonregens waren dit seizoen extra hardnekkig geweest, maar het was nu wel zeker dat ze weer een maand of vijf zouden wegblijven. Het was een frisse novemberochtend en de zon had nog niet genoeg kracht vergaard om het gras op de oever te drogen. Hij liet zijn voeten nat worden in de dauw en vroeg zich af hoe lang die nieuwe plastic schoenen van de Partij het zouden uithouden in de volgende regentijd.

Hij liep weer verder, trapte links en rechts de geur vrij uit de dotterbloemen. Op de andere oever staarde Thailand onaangedaan naar hem terug, vanachter de bootjes langs de waterkant. De rivier die beide landen ooit verbonden had, vormde er nu een barrière tussen.

Bij het terrein van het Mahosot-ziekenhuis aangekomen, kocht hij een portie *foi* bij een karretje langs de weg en ging ermee op een wiebelig krukje zitten. De noedels smaakten muf. Sinds de omwenteling smaakte niets meer vers, maar dat deed hem geen moment voor zijn gezondheid vrezen. In zijn jaren als arts was hij aan zoveel ziekten blootgesteld dat hij blindelings op zijn afweersysteem vertrouwde. Al spoot hij de salmonella rechtstreeks zijn bloedbaan in, dan nog zou hij er niet ziek van worden.

Na de laatste hap had hij geen excuus meer om zijn werkdag uit te stellen, dus liep hij tussen de blokkendoosachtige gebouwen door naar zijn mortuarium. De Fransen hadden het ziekenhuiscomplex zonder esthetische overwegingen uit de grond gestampt. Het was weinig meer dan een betonnen bunkercomplex. Hij kwam bij zijn gebouwtje en bleef nog even staan talmen. Op het bord boven de deur hadden Fransen het woord 'morgue' geschilderd, en Amerikanen hadden een deurmat met 'welcome' achtergelaten.

Het gebouwtje had slechts twee kamers met daglicht, waaronder het kantoortje dat Siri deelde met zijn twee medewerkers – anderhalve medewerker, zei rechter Haeng altijd.

'Goedemorgen, kameraden.' Hij liep door de betongrijze kamer naar zijn bureau.

Dtui keek op uit haar Thaise showbizztijdschrift.

'Goede gezondheid, dokter.' Ze was een jonge verpleegster met een gezet postuur, een grove gezichtshuid en een blije mond. Wat ze ook hoorde, zag of meemaakte, haar reactie was een lach op haar gezicht, hoewel ze in haar leven weinig had om over te lachen.

'Ik betwijfel of ze het bij Informatie en Cultuur op prijs stellen dat jij zulke decadente bourgeoisblaadjes leest.'

'Dan vergissen ze zich, kameraad, want ik leer er juist van hoe verdorven het kapitalistische systeem is.' Ze hield een onscherpe kleurenfoto omhoog van een Thaise televisieactrice in een minirok. 'Ik bedoel maar, kunt u zich mij in zoiets voorstellen?'

Siri trok grinnikend zijn wenkbrauwen op en verlegde zijn aandacht naar de man die wiegend achter zijn bureautje in de hoek zat. 'Goedemorgen, meneer Geung.'

De man veerde verheugd op bij het horen van zijn naam. 'Goedemorgen, dokter kameraad. Het... het wordt heet vandaag, heet.' Hij knikte om instemming met zijn eigen woorden te betuigen.

'Volgens mij ook, meneer Geung. En, hebben we al klanten vandaag?'

Geung beantwoordde Siri's vaste grapje met de gebruikelijke schaterlach. 'Nee, nee, geen klanten vandaag, dokter kameraad.'

Dit was het. Dit was de staf die hij had geërfd, de functie die hij niet wilde bekleden, het bestaan dat hij niet verwacht had te zullen leiden in deze fase van zijn leven. Al een jaar lang was hij de gerechtelijke hoofdlijkschouwer van Laos, een leidende positie die niet echt leidend kon worden genoemd omdat hij tevens de *enige* lijkschouwer van het land was. Hij miste er de kwalificaties voor, en vooral ook de ambitie, en was de eerste om zowel het een als het ander toe te geven. De eerste maand van zijn opleiding-in-de-praktijk was ronduit belachelijk geweest. De enige Laotiaanse arts met ervaring in het verrichten van secties was lang voor Siri's aanstelling de rivier overgestoken, naar gefluisterd werd in een opgepompte binnenband. Dus was er niemand geweest om hem in te werken, afgezien van meneer Geung, die als sectiebediende van de gevluchte arts een schat aan kennis had opgebouwd, maar het vermogen ontbeerde om die door te geven.

Nadat hij zijn pensioen uit zijn hoofd had gezet, had Siri het vak moeten leren uit een paar oude Franse handboeken met lichte brandschade. Hij had een muziekstandaard uit de verlaten Amerikaanse school gehaald om de boeken te kunnen inzien terwijl hij zijn eerste postmortale snijwerk deed. Met één oog op de standaard had hij zich een concertlijkschouwer gevoeld, die de ingewanden van lijken moest bespelen om muziek voort te brengen die hij niet kende. Op zijn 'ja' had Dtui de bladzijden voor hem omgeslagen, zodat hij, paragraaf voor paragraaf, de aanwijzingen kon volgen die Franse pathologen-anatomen vlak na de Tweede Wereldoorlog hadden neergeschreven.

In de jaren daarvoor had hij ruime ervaring opgedaan met oorlogschirurgie, maar het oplappen van levenden was heel iets anders dan het onderzoeken van doden. Er moesten heel andere procedures worden gevolgd, en heel andere waarnemingen worden gedaan. Hij had nooit kunnen bevroeden dat hij zich op zijn tweeënzeventigste nog in een nieuwe discipline zou moeten bekwamen. Toen hij op 23 november 1975 met de zegevierende Pathet Lao in Vientiane was aangekomen, had hij een heel wat plezieriger toekomst in gedachten gehad.

Na het historische congres van 5 december had de feestvreugde geen grenzen gekend. De beweging vierde haar overwinning en de van rijst gestookte sterkedrank vloeide rijkelijk. Ieders wangen waren beurs van de vele kussen.

De kroonprins had in een stemmig kostuum en met een bedrukt gezicht de brief voorgelezen waarin zijn vader troonsafstand deed, waarna hij er respectvol voor bedankt had om mee te feesten, en dat was dat – na een guerrilla van tientallen jaren heerste de Pathet Lao over het Laotiaanse vaderland. Het koninkrijk was nu een republiek, er kwam een droom uit die veel oudere strijders al heimelijk hadden opgegeven.

Als rechtgeaarde junglesoldaten droegen ze de lange buffettafels de eetzaal uit, legden er rieten matten neer en gingen in kringetjes hun overwinning zitten vieren. Jonge vrouwelijke medestrijdsters voerden de hele avond eten en drinken aan, hun uniformen smetteloos groen, hun lippen overdadig gestift.

Ook Siri, die in zijn leven waarschijnlijk meer tijd met gekruiste benen op de grond had doorgebracht dan in stoelen, was in een stralend humeur, zij het om andere redenen dan die van zijn kameraden. Net toen hij zich opmaakte om zijn barak op te zoeken en de slaap der rechtvaardigen te gaan slapen, was daar opeens senior-kameraad Kham.

De lange en broodmagere partijbons maakte gebruik van het plekje dat naast Siri was vrijgekomen en liet zich er neerzakken.

'Zo, kameraad Siri, het is ons dan toch gelukt.'

'Daar ziet het wel naar uit, ja.' Siri had meer rijstwhisky op dan hij gewend was, met een zekere losheid als gevolg. 'Maar ik heb toch het gevoel dat we hier niet zozeer het begin als wel het einde van iets vieren.'

'Marx zegt dat alle begin moeilijk is, kameraad.'

'Volgens mij had Marx geen idee van de problemen die dit land te wachten staan, mijn beste Kham. Maar één ding moet ik jullie nageven: jullie hebben de twijfelaars muisstil gekregen.' Hij tikte met zijn glas tegen dat van Kham, maar nam als enige een slok. De ogen van kameraad Kham lagen diep in hun kassen, als slangen die vanuit hun holen de wereld afloerden.

'Je zegt "jullie" alsof je niet van plan bent ons te helpen bij die problemen.'

Siri schoot in de lach. 'Ik ben haast net zo oud als de twintigste eeuw, kameraad Kham. Ik ben moe. Ik ben aan een moestuintje toe, rustige ochtenden met een kop koffie, middagen met een goed boek of een eindje wandelen, en 's avonds vroeg naar bed met een lekkere cognac om me in slaap te sussen.' Kham hief zijn glas naar de eerste minister, die met rode wangen van gelukzaligheid in een andere kring zat. Ze riepen elkaars naam en gooiden beiden hun drankje achterover.

'Daar kijk ik van op, kameraad Siri. Ik meen te weten dat je geen levende familieleden hebt. Hoe dacht je dat luxeleventje te bekostigen?'

'Nou, ik zou denken dat zesenveertig jaar partijlidmaatschap wel recht gaf op...'

'Een pensioen?' Kham lachte onbeleefd hard.

'Waarom niet?'

Siri's hoop op een uiteindelijke overwinning was altijd aan het idee verbonden geweest dat het hem daarna vergund zou worden om op zijn lauweren te rusten. Dat was zijn droom geweest in de klamme nachten van het noordelijke oerwoud. Het was zijn gebed geweest boven het ontzielde lichaam van iedere zwaargewonde die hij niet had kunnen redden. Het had hem zo vanzelfsprekend geleken dat hij er altijd van uit was gegaan dat iedereen er zo over dacht.

'Mijn beste oude vriend,' antwoordde Kham, 'na zesenveertig jaar zou je toch beter moeten weten. Socialisme houdt in dat je je steentje blijft bijdragen zolang je dat nog kunt. Pas als je niet meer weet waar je mond zit en eidooier over je hemd kwijlt, pas als je met een opgevouwen handdoek in je onderbroek loopt om het daar droog te houden, pas dán zal de staat je zijn dankbaarheid tonen. Het communisme zorgt goed voor zijn zieken en onbekwamen. Maar zie me jou eens aan. Jij bruist nog van kracht en levenslust. Je geest is nog vlijmscherp. Vergeet niet wat Marx zegt, Siri: "Van ieder naar zijn mogelijkheden, aan ieder naar zijn behoeften!" Het zou toch egoïstisch zijn om dit land niet te helpen opbouwen nadat je het van de tirannie hebt helpen bevrijden?'

Siri keek naar de kring met hooggeplaatsten. De president, een bekeerling uit de koninklijke familie, had aan beide zijden een bekoorlijk opgemaakt strijdstertje naast zich zitten en hief een revolutionair Vietnamees lied voor hen aan. Er viel meteen een stilte en iedereen luisterde vol aandacht. Halverwege het tweede couplet wist hij niet meer hoe het verder ging, waarop hij overladen werd met applaus en gejuich van de kameraden. Op het podium begon een orkestje met instrumenten van hout en bamboe te spelen, en de gesprekken werden weer voortgezet.

In de tussentijd was het Siri niet gelukt zijn teleurstelling van zich af te zetten. Hij wachtte tot Kham een discussie met zijn rechterbuurman had afgerond, tikte hem aan en hoorde zichzelf een toon gebruiken die Kham allang niet meer gehoord had.

'Ik neem aan dat mijn situatie besproken is door het politbureau?'

'Uiteraard. En we hebben allemaal onze waardering geuit voor je kalme toewijding door de jaren heen.'

Siri wist dat 'kalm' eigenlijk 'passief' moest zijn. In de afgelopen tien jaar had hij niet langer het revolutionaire elan kunnen etaleren dat van hem verwacht werd. De partij had hem daarom ook ondergebracht in Gastenverblijf 3, ver van de strategen en beslissers in Xam Neua, met niets dan gewonden om zich over te ontfermen.

Kham vlijde zijn linkerknie tegen Siri's rechter en sloeg een arm om hem heen. De dokter was allerminst contactschuw, maar in een gesprek als dit vond hij het een verre van gepast gebaar.

'We hebben je een hoogst verantwoordelijke positie toebedeeld.'

Het kwam als eerbetoon over Khams lippen, maar Siri werd erdoor getroffen als door een splinterige honkbalknuppel. Verantwoordelijkheid was wel het allerlaatste waar hij nog behoefte aan had.

'Waarom?'

'Omdat je de beste man bent voor de positie in kwestie.'

'Kameraad, ik ben nog nooit de beste man voor wat dan ook geweest.'

'Kom kom, niet zo bescheiden. Je bent een ervaren chirurg, je hebt een weetgierige geest en een nieuwsgierige instelling, en je gaat nooit zomaar op indrukken af. We hebben besloten je tot Gerechtelijk Hoofdlijkschouwer van de republiek Laos te benoemen.'

Hij keek Siri aan en zocht naar trots in zijn groene ogen, maar zag slechts verbijstering, alsof hij hem de post had gegeven van Nationale Fietsacrobaat.

'Ik heb van mijn leven nog nooit één autopsie verricht!'
'Ach, of je ze nu repareert of uit elkaar haalt, wat is het verschil?'
'Dat is een héél verschil.'

Hij zei het zonder enige agressie, maar Kham was onthutst. Het hogere partijkader was gewend geraakt aan eerbied en directe instemming. Siri had altijd al de gewoonte gehad om hen op vergissingen te wijzen, ook een reden om hem naar de jungle te verbannen, maar deze openlijke tegenspraak kwam als een totale verrassing.

'Pardon?'

'Ik zou niet weten waar te beginnen. Natuurlijk kan ik die post niet aanvaarden. Veel te hoog voor mij. Waar zien jullie me voor aan?'

De whisky gaf nog steeds een gloed aan Khams slangenogen, maar hij was zichtbaar ontstemd over Siri's gebrek aan dankbaarheid. Hij verstevigde zijn greep om de schouders van de oude man, en blafte hem in zijn oor.

'Je bent een radertje in de grote revisionistische machine die ons geliefde land nu aandrijft. Een radertje, kameraad, net als ik, net als de president. Elk radertje kan ertoe bijdragen dat de machine soepel draait, maar door niet te functioneren kan het ook alles doen vastlopen. Op dit belangrijke moment in de wordingsgeschiedenis van het moderne Laos is het van groot belang dat alle radertjes hun best doen om in het grote geheel te passen. Laat ons niet in de steek, Siri, stuur de boel niet in het honderd.'

Hij drukte Siri nog eenmaal hardhandig tegen zich aan, stond op en zocht een andere kring op. Siri bleef verdwaasd achter. Zijn blik gleed langs de revisionistische machinerie om zich heen, waarvan de radertjes nu zo grondig met alcohol waren gesmeerd dat ze begonnen te vervormen. Belangrijke radertjes en tandwieltjes van niks. Sommige waren naar de wc gegaan en niet teruggekomen, waardoor er een gat in het achtergebleven mechaniek was gevallen. Andere zaten dicht bij elkaar in kleine submechaniekjes en leken maling te hebben aan het grote geheel.

Siri's humeur zakte naar een dieptepunt. Hij vertelde zijn eigen mechaniekje dat hij moest piesen, waggelde ook weg in die richting, maar liep de toiletten voorbij en de poort van het stadhuis uit. De poortwachters, weinig meer nog dan jochies, hieven hun geweer op in een saluut. Hij salueerde terug, rukte zijn zwarte stropdas af en hing die over een van de blinkende bajonetten.

Met een grijns en een bedankje wuifde hij de chauffeurs weg van de oude zwarte Zil-limousines, afdankertjes van de Russen, die klaarstonden om de kameraden naar hun tijdelijke barakken te brengen. De decembernacht was kil en sterreloos, maar het was een rechte weg terug. Hij liep met onzekere tred over de verlaten Lan Xang-avenue, in de richting van het gebouw dat voortaan het presidentiële paleis zou heten, op naar een toekomst waar hij bepaald niet naar uitzag.

2

De vrouw van kameraad Kham

Hoe moeilijk de omstandigheden ook konden zijn in Vientiane, de oude stenen oven naast de moskee werd iedere nacht om drie uur opgestart om het lekkerste brood van heel het land te bakken. Drie mannen met ontbloot bovenlijf stookten het houtvuur en kneedden het deeg in lange vingers en legden die in rijen op de roestige zwarte bakplaten. Aan hygiëne werd niet al te zwaar getild, maar volgens sommigen kwam het ook juist door het stof, de roet, het zweet en de roest dat de baguettes van tante Lah onovertroffen van smaak waren. Haar drie zonen wikkelden hun handen in smoezelige handdoeken om de gloeiend hete broodjes uit de oven te plukken en op haar karretje te leggen.

Elke ochtend om zes uur duwde tante Lah haar geurige karretje naar de hoek bij de zwarte stupa. Rond halfacht was ze door haar broodjes heen en ging ze terug naar de bakkerij om nieuwe te halen. Daarmee toog ze naar de hoek van de Sethathiratstraat en de Nong Bonstraat, waar de meeste overheidsgebouwen stonden. Voor die tweede verkooprondе breidde ze haar karretje uit tot een heus snelbuffet op wielen – de ambtenaren op weg naar hun werk konden kiezen uit een menu van 'gecondenseerde melk, sardientjes of gepekeld buffelvlees', waarna tante Lah met veel toewijding hun broodje sneed en belegde.

Maar het meest speciale broodje had ze altijd al klaar. Voorzien van veel extra's en verpakt in vetvrij papier lag het te wachten op haar favoriete klant, die haar karretje geen dag oversloeg. Siri hoefde nooit zijn keuze te bepalen. Hij at gewoon wat tante Lah voor hem had klaargemaakt, in de wetenschap dat het altijd verrassend was, en altijd lekker. Hij betaalde haar aan het eind van iedere week, en ze vroeg nooit meer dan het standaardbedrag.

Als Siri het weleens te druk had om zelf te komen, stuurde hij Dtui, die hem bezwoer dat de oude vrouw dan zichtbaar teleurgesteld was.

'Doe niet zo gek.'

'Nee, echt. Ik zag het al voor ik de straat was overgestoken. Ze heeft een oogje op u.' Minstens drie van Siri's vijf liter bloed steeg naar zijn gezicht. Dtui giechelde en gaf hem zijn lunch aan.

'Waarom nemen jullie geen verkering?'

'Verkering? Daar zouden we een tikkeltje te oud voor zijn, hoor.'

'Onzin!'

'Wablief, jongedame?'

'Weet u wat Somchai Asanajinda zegt? Zolang je hart voor één kan kloppen, kan het ook voor twee kloppen.'

'Dan is Somchai Asanajinda geen arts, vermoed ik.'

'Hebben jullie dan nooit naar films gekeken, daar in het oerwoud en de grotten? Hij is de beroemdste filmster van Thailand!'

'Ach, werkelijk? Hoe kan een land zonder beroemde films nou een beroemde filmster voortbrengen?'

'Ze hebben zat beroemde films. Beroemd in Thailand tenminste. Echt hoor, heel mooie films worden daar gemaakt.'

'Een en al pief-paf-poef en sentimentele romantiek.'

'Ah, zie je, u heeft wél Thaise films gezien. Somchai is al heel oud, maar hij praat nog steeds over liefde en romantiek.'

'Hoe oud, veertig?'

'Nee, over de vijftig al.'

'Mijn hemel, hoe houden ze de mensen zo lang in leven daar?'

'En aan romantiek is niets goedkoops. Al het geld van de wereld kan geen liefde kopen.'

Siri keek op van zijn sectierapport vol spelfouten. Dtui stond met haar rug naar hem toe bij het raam en keek tussen de lamellen door naar buiten. Hij kon aan haar houding zien dat ze van streek was. Voor zover hij wist had ze nog nooit iets met een man gehad.

De romantiek die zij zocht viel in het mortuarium niet te vinden, noch in de eenkamerwoning die ze deelde met haar zieke moeder.

Het was zelfs twijfelachtig of ze de liefde waar dan ook in Laos zou kunnen vinden, want de mannen waren er in meerderheid eendimensionale wezens met specifieke driedimensionale wensen.

Er waren tijd geweest waarin een struise vrouwengestalte hoog in aanzien stond, als symbool van welstand. Maar fysieke voorkeuren waren cyclisch van aard en in de twintigste eeuw was ondervoeding in de mode. Met haar wasmand-achtige lichaamsbouw lag Dtui slecht in de markt. De mannen verdrongen zich bepaald niet voor haar deur. Ze zouden niet diep hoeven graven om haar liefheid en humor te ontdekken, maar niemand nam ooit een schep ter hand.

Na de fouten in het rapport te hebben verbeterd, pakte Siri zijn baguette, een paar bananen en een thermosfles thee, en liep ermee naar de rivieroever. Kameraad Civilai had zijn plekje al ingenomen op hun liggende boomstam, en zaagde met een zakmes in een stuk stokbrood dat hij thuis zelf had belegd. Siri ging grinnikend naast hem zitten. Civilai stak met gespeelde verbazing zijn neus in de lucht.

'Hmm, wat ruik ik hier opeens? Een rottende pancreas? Een gangreneuze nier?'

'Dan zullen het die van jezelf zijn, ouwe dwaas. Ik heb de hele ochtend geen lijk gezien, laat staan opengemaakt.'

'Wat een luizenleven.' Civilai sneed met noeste bewegingen verder. 'Krijg je daar dat riante salaris voor? Lekker op je krent zitten, beetje flirten met je verpleegster... *verdomme.*' Het afgesneden stukje viel via zijn schoot op de grond en rolde de schuine oever af. Hij legde zijn lunch opzij en zette de achtervolging in.

Als de moessonregens het komende jaar terugkeerden, zou de rivier tot op enkele meters van hun boomstam opzwellen, maar de waterkant lag nu een meter of dertig van hen af. Buurtbewoners hadden de drooggevallen bedding in vakken verdeeld en moestuintjes aangelegd. De rode kleigrond leende zich uitstekend voor het telen van groente.

Civilai achterhaalde zijn sneetje brood en klopte er de aarde af terwijl hij de klim terug inzette, die hij hier en daar onderbrak om een mals blaadje sla te plukken. Zwetend en buiten adem kwam hij aan.

'Waarom hap je je brood ook niet gewoon af, zoals iedereen?' vroeg Siri.

'Omdat ik een heer ben,' pufte Civilai. Hij blies er het laatste rode stof af. 'Ik wil niet als een holbewoner op zo'n taaie stok zitten knauwen. En ik heb bovendien niet zo'n grote muil als jij.' Hij nam een zuinig hapje ter illustratie.

Civilai was het enige lid van het politbureau met wie Siri een vriendschapsband had, vermoedelijk omdat Civilai net zo'n buitenbeentje was als hijzelf. Maar waar Siri opviel door zijn gebrek aan volgzaamheid, deed Civilai dat door zijn onnavolgbaarheid. Hij was even briljant als excentriek, geestelijk vader van de stoutmoedigste plannen binnen het partijbeleid.

Hij was alleen iets te bevlogen voor het trage socialistische systeem waarvan hij deel uitmaakte. Hij deed Siri denken aan een levendig hondje dat hij eens uitgelaten had zien worden door een Franse dame die zichtbaar met jicht te kampen had. Hijgend en kwijlend had het beestje alle kanten op gerend en onvermoeibaar aan zijn halsriem getrokken, maar wat het ook deed, niets had de dame van tempo of richting kunnen doen veranderen. Frustratie was Civilai's lot.

Hij was klein van stuk, met een knokige bouw die hem geschikt zou hebben gemaakt voor op een fietstaxi. Zijn hoofd deed al jaren geen poging tot haargroei meer en hij droeg een grote hoornen bril die hem een beetje op een krekel deed lijken. Hij was twee dagen eerder ter wereld gekomen dan Siri, en verdiende het daarom nauwelijks dat die hem aansprak met de beleefdheidsvorm *ai*, oudere broer.

'Je zou je mond eens wat vaker moeten opentrekken, *ai*. Misschien dat hij dan nog wat groeide. En als je niks te zeggen weet, zou je mijn zaak eens kunnen bepleiten.'

'O hemel, daar begint ie weer.'

'Neem het me maar eens kwalijk, ik heb toch gelijk?' zei Siri. Hij hapte de punt van zijn baguette en sprak met volle mond verder. 'Ik ben een zieke oude man die vast niet lang meer te gaan heeft. En als de oude papaja geen vruchten meer draagt, dan is het toch logisch dat je nieuwe spruiten plant? Dan wacht je toch niet af tot hij is afgestorven? De partij stuurt elk kwartaal zes studenten naar Oost-Europa voor een medische opleiding. Wat zou ertegen zijn als jullie er eentje, ééntje maar, een specialisatie in postmortaal werk lieten doen?'

'Ik ben niet de afgevaardigde voor gezondheidszorg, dat weet je best!'

'Nee, maar je bent wel een hoge ome. Je hoeft het alleen maar aan te kaarten om de zaak in beweging te brengen.' Hij nam een teug van zijn thee en reikte Civilai de thermosfles aan. 'Ik voel er niets voor om in lijken te blijven kerven tot ik er zelf een ben. Je moet me helpen. Ik moet weten wanneer ik een vervanger kan verwachten, wanneer ik kan stoppen. Allemachtig, ai, als ik straks van ouderdom omval, wat doe je dán?'

'De rest van je broodje opeten.'

'Wat heeft het voor zin om een vriend binnen het politbureau te hebben als je niet af en toe een ruggensteuntje krijgt?'

'Kun je niet gewoon fouten gaan maken?'

'Pardon?'

'Zolang ze tevreden over je werk zijn, zullen ze je in dienst willen houden. Dus als je nu eens, weet ik veel, lichaamsdelen door elkaar gaat halen, dan zullen ze allicht de noodzaak van een vervanging inzien.'

'Lichaamsdelen door elkaar halen?'

'Ja. Je stuurt je goede vriend de rechter een foto van hersenen en zegt dat het een lever is.'

'Alsof hij die fout zou opmerken. Hij hééft een lever in plaats van hersenen.' Ze lachten.

'Zeg, je drijft toch niet de spot met de rechterlijke macht, hè? Want daar zou ik je in principe voor moeten aangeven.'

'Ik heb niets tegen de rechterlijke macht.'

'Mooi zo.'

'Alleen tegen de malloot die haar vertegenwoordigt. Hoe was je weekend, trouwens?'

'Fantastisch. Ik heb beide dagen in Van Viang gezeten om een partijbijeenkomst bij te wonen. En jij?'

'Ik heb een sloot gegraven.'

'En, hoe was dat?'

'Fantastisch. Mijn straat won de hoofdprijs in de "opwekkende arbeidsliederen"-competitie.'

'Bravo. En wat kregen jullie?'

'Een schoffel.'

'Eén schoffel voor jullie allemaal?'

'Ja, we mogen hem om de beurt een week gebruiken, op alfabetische volgorde. Was er nog nieuws op die bijeenkomst?'

'Groot nieuws zelfs. Ons land staat sinds vorige week op de eerste plaats van een wereldranglijst.'

'De laagste misdaadcijfers?'

'Hoogste inflatie.'

'Van de hele wereld? Zo zeg. Reden voor een nationale feestdag, dunkt me.'

'En dat hardnekkige poppenschandaal kwam ook weer aan de orde.'

'Een poppenschandaal? Vertel.'

'De partij had de marionetten van het Xiang Thong-klooster in Luang Prabang een verbod op de royalistische spreektrant opgelegd. Ze moesten elkaar voortaan met "kameraad" aanspreken.'

'Volstrekt terecht. Anders leren ze nooit wie er aan de touwtjes trekt.' Civilai sloeg hem met een slablad. 'Maar hoe heeft dat in een schandaal kunnen ontaarden?'

'De poppen weigerden.'

'Subversieve schoften.'

'De lokale partijfunctionarissen hebben ze nu in hun doos opgesloten. Ze mogen er pas weer uit als ze gehoorzamen.'

'Dat zal ze leren.'

Ze rekten hun lunch zo lang mogelijk en liepen gearmd als twee dronkenlappen terug. Bij de betonnen ziekenhuispoort werd Siri er door zijn vriend aan herinnerd dat die de rest van de week in het zuiden zou zitten, dus was het aan hem om hun boomstam zolang bezet te houden. Ze namen afscheid en Siri liep de oprit op.

Een paar stappen later zag hij Geung naar hem toe komen hollen. De sectiebediende kwam op luttele centimeters voor hem tot stilstand. Hij was bijzonder opgewonden, en opwinding maakte dat zijn woorden nog vaster dan anders in zijn keel bleven steken. Hij opende zijn mond om iets te zeggen, maar kreeg niets uitgebracht en liep blauw aan.

Siri deed een stap naar achteren, legde zijn handen op Geungs schouders en kneedde ze stevig. 'Rustig ademhalen, meneer Geung. Geen boodschap is belangrijk genoeg om in te stikken.' Geung ging geduldig in en uit staan ademen.

'Goed, en vertel me dan nu maar eens wat voor schokkends er gebeurd is terwijl ik mijn broodje at.'

Kameraad Kha... Kha... Kha...'

'Kham?'

'Ja! Nee! Zijn... zijn...'

'Zijn wat?'

'Zijn vrouw.'

'Wat is er met zijn vrouw?'

'Die is hier.'

Geung straalde om het welslagen van de communicatie. Hij snoof, sloeg zijn handen in elkaar en stampte met zijn rechtervoet op de grond. Twee voorbijgangers in boerendracht bleven stilstaan om hem opzichtig te bekijken. Wellevendheid was geen hoofddeugd op het Laotiaanse platteland. 'Een gek,' zei de een tegen de ander.

Geung draaide zich met een ruk naar hen toe. 'Wat je zegt, ben... dat ben je zelf!'

Siri was zo verrukt als de twee kinkels verbluft waren. Hij lachte hen uit, sloeg zijn arm om Geungs schouders en voerde hem mee. 'Uitstekend, meneer Geung. Wie heeft je zo goed van je af leren bijten?'

Geung lachte. 'U.'

Een eindje verder, ter hoogte van het administratiegebouw, trok de vrolijkheid van Geungs gezicht. 'Maar ik... maar ik ben wel een gek.'

Siri bleef staan en keek hem aan. 'Meneer Geung, wanneer geloof je me nou eens? Je bent geen gek. Je vader had het mis. Hij begreep het niet. Wat heb ik je keer op keer gezegd?'

'Ik heb een, een...'

'Een aangeboren afwijking, en die heet... nou?'

'Die heet downsyndroom.' Nu Siri hem op het goede spoor had gezet, haalde hij de rest moeiteloos boven. 'In sommige opzichten ben ik trager dan andere mensen, maar in andere ben ik superieur.' Ze liepen weer verder.

'Precies. Zo ben je superieur in het onthouden van dingen. Wat jij in je hoofd hebt, gaat er nooit meer uit. In het herinneren van dingen ben je nog veel beter dan ik.'

Geung gromde van plezier. 'Ja.'

'Nou en of. En waar je ook superieur in bent is ijswater.'

'Ja, dat ook.'

Sinds de ziekenhuisleiding het hun verboden had om verfrissingen te bewaren in de koelcel van het mortuarium, waren ze aangewezen op de ijskast in de kantine. Geung schiep er altijd groot genoegen in om glaasjes water te gaan halen voor bezoekers, omdat de kantinemeisjes met hem flirtten.

'Is de vrouw van kameraad Kham alleen?'

'Ja.'

'Wat denk je, zou je een lekker koud glas water voor haar kunnen halen? Het is een hete dag.'

'Ja, kan ik goed.'

Hij holde weg naar de kantine en Siri vertraagde zijn pas om te bedenken wat de reden kon zijn voor de komst van mevrouw Nitnoy. Ze kwam wel vaker naar het mortuarium, en altijd om hem ergens over te kapittelen. Maar volgens hem had hij de laatste tijd niets gedaan wat een uitbrander rechtvaardigde. De vrouw van kameraad Kham was een oorverdovend vrouwmens met een boezem van vreeswekkende omvang en heupen die op je toe rolden als de rupsbanden van een tank. Ze zat in het bestuur van de Vrouwenbond en was politiek van nog groter gewicht dan in fysieke zin. En ze hechtte overdreven veel belang aan regels.

Het zullen mijn sandalen wel zijn, dacht hij. Die gluiperd van een Haeng had haar er vast van op de hoogte gesteld dat hij geen Chinese plastic zweetschoenen wilde dragen, en nu zat ze hem achter zijn eigen bureau op te wachten, starend naar de wandklok die aangaf dat hij allang terug had moeten zijn van zijn lunchpauze. Ze zou hem heel vriendelijk een hand geven en naar zijn gezondheid informeren, en daarna kreeg hij ervanlangs en moest hij schoenen gaan dragen die hem zijn voeten gingen kosten.

Hij liep mismoedig onder het Franse bord door, bleef voor de deur van zijn kantoor stilstaan en telde tot drie alvorens hij met een zorgeloos air naar binnen stapte. Dtui zat in haar eentje achter haar bureau en stopte haastig een tijdschrift in een la.

'Waar is mevrouw Nitnoy?'

'In de koelcel, natuurlijk.'

Zijn mond zakte open. 'Wa...'

'Ze is kort nadat u met pauze ging binnengebracht.'

'Wat is er met haar?' Hij liet zich ontdaan op zijn piepende bureaustoel zakken.

'Ze is dood.'

'Dat mag ik wel hopen, ja, als ze in de koelcel ligt. Maar hoe is ze gestorven?'

Ze keek naar hem op met haar vertrouwde glimlach. 'Ik ben verpleegster, u bent lijkschouwer, moet ík ú vertellen waar ze aan is doodgegaan?'

'Nou, je kunt me misschien wel op weg helpen. Door wie is ze binnengebracht? Wat zeiden ze?'

'Twee chauffeurs van de Vrouwenbond. Ze vertelden dat ze had zitten lunchen en opeens begon te kwijlen, en toen was ze voorovergezakt. Toen ze haar pols voelden, was ze al dood. De bondsarts zei dat ze hierheen moest worden gebracht, want volgens hem was er een, hoe heet het, een onnatuurlijke doodsoorzaak.'

Siri stelde ietwat onthutst vast dat zijn eerste gevoel geen medelijden met de arme vrouw was, maar opluchting omdat hij geen plastic schoenen aan hoefde. Zijn tweede gevoel was ongerustheid. Na tien maanden werd dit zijn eerste vooraanstaande dode. Er zouden een hoop partijbonzen over zijn schouders meekijken. Hij vroeg zich af waar dat allemaal toe kon leiden.

'Is kameraad Kham al op de hoogte?'

'Hij zit in Xiang Khouang momenteel. Ze hebben hem gebeld, en hij zei dat de sectie alvast verricht moest worden. Hij vliegt vanavond terug.'

'Nou, laten we dan maar aan de slag gaan.' Hij stond op, haalde diep adem en liep naar de sectiekamer. Meneer Geung stond al te popelen bij de deur van de koelcel, met een glas ijswater in zijn ene hand en een tissue in de andere.

Het liep tegen halfdrie toen het uitwendige onderzoek zijn einde naderde. Mevrouw Nitnoy was ontkleed, bekeken en gemeten, maar niet gewogen, omdat ze geen weegschaal hadden. Eerder dat jaar hadden ze geëxperimenteerd met twee personenweegschalen, waarbij Siri en Geung eerst zichzelf wogen en vervolgens de dode tussen hen in hielden. Maar door een of andere raadselachtige natuurwet woog het lijk dan maar de helft van wat het zou moeten wegen. Dus hadden ze die handeling maar in zijn geheel afgeschaft.

Siri boog zich over het gezicht van de vrouw, snoof en riep Geung erbij.

'Meneer Geung, jouw neus is beter dan de mijne. Valt jou niet een bepaalde reuk op?'

Geung hoefde zich niet te buigen. Hij had het al geroken.

'Tijgerbalsem.'

'Heel goed. Nou, zullen we dan maar wat kiekjes gaan nemen?'

'En noten.'

'Wat?'

'En noten. Noten ruik ik ook. Tijgerbalsem en noten.'

Siri rook niets van dien aard, had geen idee waar Geung op kon doelen, maar liet het wel door Dtui opschrijven in haar aantekenboek.

Na het uitwendige onderzoek werd een lijk gefotografeerd. Het ziekenhuisbudget liet per zeven doden één rolletje kleurenfoto's toe, wat neerkwam op één overzichtsfoto van voren, één van achteren, en één detailfoto als er een plek was waar zich de kennelijke doodsoorzaak liet aanzien. De resterende opnamen waren voor andere belangwekkende onderdelen van de anatomie, maar werden in de regel gebruikt voor groepsportretten van verpleegsters die hun familie op het platteland een kiekje wilden sturen.

Na zijn plaatjes te hebben geschoten nam Siri zijn scalpel ter hand. Hij boog zich over de formidabele boezem van mevrouw Nitnoy en maakte twee incisies aan weerszijden, die samenkwamen onder haar borstbeen, vanwaar hij een snede maakte naar haar schaambeen. De sectie was begonnen. Hij beschreef elke handeling voor Dtui, heel langzaam omdat ze alles moest noteren en geen steno beheerste.

Terwijl Dtui naarstig zat te pennen, gebruikte Siri de oude ribbenschaar om haar borstholte te openen, waarna hij een voor een haar organen verwijderde, woog, beschreef en in kommen en potten legde. Toen alles eruit was, maakte hij een snede rond de schedel en trok de hoofdhuid over het gezicht van de onfortuinlijke bestuurster van de Vrouwenbond, waarna hij zich meer in detail met de organen op de onderzoekstafel ging bezighouden en het schedeldak aan meneer Geung overliet.

Hoewel ze al maanden geleden een elektrische schedelzaag hadden aangevraagd, was de ziekenhuisleiding nog steeds niet tot de aanschaf overgegaan en moesten ze het met een ijzerzaag zien te redden. Het gelukkige toeval wilde evenwel dat zagen een van de superieure bekwaamheden van Geung was. Met zijn tong uit zijn mondhoek toog hij aan het werk, uiterst nauwkeurig, diep genoeg om door de schedelbeenderen te komen, maar nergens de hersenen rakend. Het was een kunst die Siri zich nooit meester had kunnen maken.

1976 liep ten einde, maar het mortuarium was nauwelijks beter toegerust dan de uitbenerij achter de ochtendmarkt. Voor zijn eigen slagerswerk had Siri niets dan botte zagen en messen, een ribbenschaar uit het jaar nul en boren die nog aan de Fransen hadden toebehoord. Hij had zijn eigen collectie van fijnere scalpels en andere instrumenten. Aan glaswerk waren er wat maatbekers, infuusflessen en pipetten, maar een laboratorium had hij niet. Het dichtstbijzijnde pathologisch-anatomische lab was kilometers verder, over de grens in Udon Thani, en de Thai hadden de grens gesloten uit vrees voor de communistische horde.

Er was een oude microscoop die Siri gevorderd had uit het magazijn van de Dong Dok-kweekschool, en als daar ooit de afdeling

Biologie werd heropend, zouden ze hem zeker terug willen hebben. Het was een antiek ding dat eigenlijk in een museum thuishoorde, maar het vergrootte nog prachtig. Daar stond echter tegenover dat de histopathologische foto's in zijn oude handboeken zo vaag waren, dat hij meestal geen idee had waar hij naar moest zoeken.

Het enige laboratoriumonderzoek dat hij kon doen, bestond uit primitieve kleurtesten: lakmoesproeven en combinaties van chemicaliën, waarmee hij hooguit dingen kon uitsluiten en niets kon aantonen. Als hij de benodigde stoffen al kon bietsen bij de lerares scheikunde van het Lycée Vientiane, kon hij zo'n vijftig mogelijke doodsoorzaken elimineren, waarna hij er zo'n honderdvijftig overhield.

Dus was het nauwelijks verrassend dat Siri om halfvijf nog geen idee had waarom mevrouw Nitnoy niet langer in leven was. Hij kon een lijst zo lang als een scheenbeen geven van dingen die niét waren gebeurd. Ze was niet onder een trein gekomen (want er reden geen treinen in Laos). Ze was niet neergeschoten, gewurgd of gekeeld, noch waren haar benen afgesneden door de uitstekende rand van een patrouilleboot. Maar aangezien ze onder de ogen van vele tafelgenoten aan haar eind was gekomen, mochten dat geen opzienbarende bevindingen worden genoemd.

Volgens sommige getuigen was ze gestikt in haar voedsel, maar de afwezigheid daarvan in haar slokdarm en luchtpijp, en de abruptheid van haar dood, maakten die toedracht onwaarschijnlijk. Zonder laboratorium was het onbegonnen werk om naar vergif te zoeken, tenzij je al wist om welk vergif het ging, maar ze had een gezamenlijke maaltijd gebruikt en geen van de andere eters was zelfs maar misselijk geworden.

Om rechter Haeng en diens neiging tot meedenken voor te zijn, had Siri er alles aan gedaan om een hartverlamming uit te sluiten. Er waren niet de minste aanwijzingen voor een vaatafsluiting of bloedprop.

Hij had weleens over forensisch deskundigen gelezen voor wie een mysterie als dit een feest was. Hij wist zelf al dat hij niet tot die kring zou gaan behoren.

Net toen Dtui en Geung zich opmaakten voor hun dagelijkse uurtje wieden in de groentetuin van het ziekenhuis, kwam een directieassistent melden dat kameraad Kham om zes uur op Wattay zou landen en meteen ontvangen wilde worden. Siri zei zijn medewerkers dat ze konden gaan en dat hij hem wel alleen zou opvangen.

Hij ging aan zijn bureau zitten om Dtui's notities tot een verslag uit te werken. Haar handschrift was zo priegelig dat hij overwoog de microscoop erbij te pakken. In plaats daarvan bracht hij het volgende uur door met het op en neer bewegen van zijn leesbril om de woordjes te ontcijferen, waar hij ten slotte zo'n hoofdpijn van kreeg dat hij de tweede helft van zijn verslag maar uit zijn hoofd schreef.

Om negen uur kwam senior-kameraad Kham het kantoortje binnen. Zijn adem rook naar whisky, alleen zijn mond getuigde van droefenis en Siri kreeg zelfs de indruk dat hij de hoeken alleen omlaag trok om een glimlach te verbloemen.

'Mijn oprechte deelneming, kameraad.'

'Waar is ze?'

'In de koelcel.' Siri gebaarde de man hem te volgen naar de sectiekamer.

'Waar ga je heen?'

'Ik dacht dat je haar wilde zien.'

'Alsjeblieft niet, zeg. Maar, eh, ze is dus wel dood?'

'Ja.'

Kham liep langs Siri heen en ging op zijn bureaustoel zitten, zodat hij zelf maar achter het bureau van Dtui plaatsnam. De partijman bladerde wat door de papieren voor hem. 'Heb je haar, eh... opengesneden?'

'Mm-hm.'

'Dat is dan zonde van je moeite, want ik kan je vertellen waar ze aan gestorven is.'

'Werkelijk? Dat zou een pak van mijn hart zijn, want ik tast tot nog toe in het duister.'

'Ik heb haar er jarenlang voor gewaarschuwd. Maar ja, als je verslaafd bent, ben je niet voor rede vatbaar, hè Siri?'

'Verslaafd? Waar was ze aan verslaafd?' Hij had geen naaldsporen op haar armen gevonden, en haar lever was puntgaaf.

'*Lahp*.'

'*Lahp*? Verdomd.' Waarom had hij daar zelf niet aan gedacht? Hij schaamde zich diep. Als junglearts had hij talloze sterfgevallen gezien door het eten van *lahp, pa daek* of andere rauwe vis- of vleesgerechten. De boeren aten het in roekeloze overmaat.

Rauw vlees vormt alleen maar gezond voedsel als het vers is. Zo niet, dan wemelt het al gauw van bacteriën en parasieten, die flink kunnen huishouden in je binnenste. Als je geluk hebt, blijven de gevolgen beperkt tot je darmen en houd je er alleen abcessen, krampen en levenslange diarree aan over.

Maar er is een avontuurlijker ingestelde parasietensoort, die helemaal naar de achterste oogkamer trekt om daar zijn eitjes te leggen, en vandaar via het netvlies je hersenen binnenkruipt. Het ene moment voel je je nog kiplekker, het volgende lig je op de snijtafel van een mortuarium. Siri schrok op uit zijn overpeinzing en luisterde weer naar de partijbons.

'... at al varkens-*lahp* sinds haar kindertijd. Ze was er verzot op. Altijd buikklachten, natuurlijk, maar ze was ervan overtuigd dat ze uiteindelijk immuun zou worden voor de ziektekiemen. Zelf verfoei ik dat spul, maar zij kon er geen genoeg van krijgen. Vraag het aan al onze vrienden.

Op mijn weg hierheen ben ik bij Justitie langsgegaan en heb ze er alles over verteld. Er zal geen gerechtelijk onderzoek worden gestart.'

Siri zat nog steeds zijn hoofd te schudden. 'Wat stom van me om daar zelf niet aan te denken. Maar wie verwacht ook dat iemand als mevrouw Nitnoy rauw varkensvlees eet?'

'Vergis je niet, hoor, het was maar gewoon een boerentrien. Je kon haar de mooiste kleren aantrekken, maar haar huid bleef naar buffels stinken.'

Siri begreep niet goed waarom Kham op deze toon over zijn vrouw sprak. Het moest de ontreddering zijn. 'Tja, in dat geval doe ik nog een paar testjes, stel een rapport op en...'

'O, schrijf dat rapport maar zonder verder gedoe. Het lijkt me beter om niet meer met haar te sollen en haar zo snel mogelijk te cremeren. Haar familie wil al met de reinigingsrite beginnen. Ze wachten op haar bij het klooster.'

'Maar ik moet nog...'

'Siri, ouwe strijdmakker van me.' Kham kwam overeind, ging op Dtui's bureau zitten en keek op Siri neer. 'Als arts ben je een man van de wetenschap, dat begrijp ik best. Maar zelfs een wetenschapsman moet rekening houden met onze cultuur en religie, vind je zelf ook niet?'

Het was een verrassende mening voor een lid van het Comité, dat het boeddhisme als staatsreligie had opgeheven en een verbod op het geven van geld aan monniken had ingesteld.

'Ik...'

'Er is vandaag al genoeg met haar gedonderjaagd. Laat haar nu maar met rust, hè?'

'Kameraad Kham, ik heb de wet niet geschreven. Ik kan geen akte afgeven voor ik heb kunnen bevestigen dat ze aan parasieten is bezweken.'

Kham stond weer op en schonk hem een innemende glimlach. 'Dat begrijp ik, mijn vriend, geloof me. Wat zou ik in het politbureau te zoeken hebben als ik de wet niet wilde eerbiedigen?' Hij liep naar de deur, maar draaide zich om in de opening. 'Daarom heb ik haar eigen arts een akte laten tekenen.'

'Pardon?'

'Het spijt me dat je je zoveel moeite hebt moeten getroosten, kameraad. Maar aangezien er geen sprake is van verdachte omstandigheden, is er geen grond voor forensisch onderzoek. Je verdient nog wel een pluim, trouwens. Voor iemand die met zoveel tegenzin aan zijn functie begon, heb je je voorbeeldig van je taak gekweten. Zeer onder de indruk!'

En met die woorden liep hij de gang in, Siri in gepeins achterlatend. Kham had geweten dat er een lijkschouwing ging plaatsvinden. Hij had er nota bene zelf het groene licht voor gegeven toen ze hem belden met het droeve nieuws. En nu zei hij dat er geen reden voor was. Siri had drie uur vergeefs naar een doodsoorzaak staan zoeken. Als hem van tevoren zou zijn verteld dat het om parasieten ging, was hij in de helft van die tijd klaar geweest.

De schemering begon te vallen. Hij staarde naar zijn eigen bureau en kreeg het gevoel dat er daar iets niet op zijn plaats lag, maar voor hij kon bedenken wat, schrok hij op door kabaal in de gang. Hij wierp nog een vluchtige blik op zijn bureau en ging kijken wat er aan de hand was.

Er kwamen twee mannen door de gang, die een bovenmaatse doodkist voor zich uit duwden op een ziekenhuisbrancard, op de voet gevolgd door Kham.

'Neem je haar nu al mee?'

De mannen duwden de kist langs hem heen naar binnen en liepen door naar de sectiekamer. Kham volgde hen, maar bleef stilstaan in de halfdonkere tussenruimte, waar hij zich omdraaide naar Siri.

'Haar familie wacht met smart, kameraad.'

Siri keek naar de lange, magere man en kreeg opeens sterk de indruk dat er iemand achter hem stond, enkele meters van hem af. Het was weinig meer dan een schim, een gezicht viel niet te ontwaren in de onverlichte ruimte, maar Siri kreeg er een luguber gevoel bij, dat omsloeg in ontzetting toen hij er de gestalte in herkende van... mevrouw Nitnoy.

Hij moest aan de visser denken die hij door het waas van zijn ontwaken in zijn woning had gezien. Dat was behoorlijk angstaanjagend geweest, maar hij had het kunnen toeschrijven aan zijn slaperigheid. Nu was hij klaarwakker. Dit was geen droom. Hij zag duidelijk het struise postuur van een vrouw die dood in de koelcel hoorde te liggen. Ze stond rechtop, leek te beven van spanning of woede. En het volgende ogenblik stormde ze op de rug van haar echtgenoot af, als een stier die hem op de hoorns wilde nemen.

Als het echt mevrouw Nitnoy was, zou ze hem finaal ondersteboven lopen. Het kunstlicht uit de sectiekamer viel over haar gezicht en nam in een flits alle twijfel weg. Ze was het, en ze was razend. Maar toen ze contact maakte met het lichaam van haar man, loste ze op in het niets.

Kameraad Kham rilde.

'Hoe hou je het uit in dit gebouw? De tocht hier geeft me kippenvel.' Hij zag Siri naar een punt achter hem staren en draaide zich om. 'Die deur daar, is dat de koelcel?'

Siri's hart bonkte. Hij kon geen woord uitbrengen, strompelde langs Kham heen naar de sectiekamer, waar de lijkdragers geduldig stonden te wachten. Hij duwde de hendel van de koelceldeur omlaag, die langzaam openzwaaide.

Ze lag er nog. Even stil en even dood als tijdens het onderzoek. Siri merkte dat hij het amper kon geloven. Hij trok het lichtblauwe laken omhoog. Haar gezicht was bleek en uitdrukkingsloos. Geen spoor van boosheid, niet het minste teken dat ze zojuist had lopen spoken.

Siri stopte de randen van het laken onder haar lichaam, als om haar in een wade te wikkelen die haar moest beschermen tegen de ruwe handen en blikken van de mannen die haar kwamen halen. Hij trok het uitschuifblad naar voren en deed een stap opzij, zodat ze haar konden pakken. Haar grote voeten staken als zwemvliezen onder het lichtblauwe doek uit. De mannen tilden haar beheerster op dan Siri voor mogelijk had gehouden, en lieten haar zachtjes in de kist zakken.

'Ze is toch wel, eh... ik neem aan dat je haar weer goed in elkaar hebt gezet,' zei Kham tegen Siri. En tegen de mannen: 'We willen onderweg geen losse onderdelen verliezen, hè jongens?' De mannen lachten nerveus, meer om wie hij was dan omdat ze zijn humor waardeerden. Als zijn grofheid met ontreddering te maken had, dan was hij wel héél erg van streek.

Maar dat geloofde Siri niet langer. Hij keek Kham aan, keek hem diep in zijn ogen, en de senior-kameraad wendde zich af met een zekere verlegenheid in zijn houding, en niet alleen verlegenheid. Siri zweeg. Kham liep weg.

De mannen handhaafden een eerbiedig stilzwijgen, legden het deksel op de kist en timmerden het zo zachtjes mogelijk vast. Toen ze de vrouw van kameraad Kham naar buiten wilden rijden, speelden de brancardwieltjes op onder het extra gewicht. Ze zwenkten naar rechts, waardoor de kist tegen de deurpost bonkte. De mannen probeerden het opnieuw, maar nu draaide de brancard naar links, alsof hij het pand niet wilde verlaten.

Kreunend van inspanning tilden de mannen de brancard met lading en al op en droegen hem door de deuropening. Kameraad Kham stond hen buiten op te wachten, met een goedkope, snel brandende sigaret tussen zijn lippen. Hij zei niets meer tegen Siri en liep naast de brancard mee, die weigerachtig bleef zigzaggen.

Toen ze om de hoek van het gebouw waren verdwenen, bleef Siri onder het Franse bord staan, met zijn hoofd een beetje schuin, als een luisterende hond. Maar deze oude hond had slechts aandacht voor het debat dat in zijn hoofd woedde. Hij kalmeerde zijn zenuwen door diep adem te halen, maar zijn hart bleef jagen.

De helft van zijn geest zei hem naar huis te gaan, nu meteen, de deuren openlaten en het licht laten branden. Wegwezen hier en niet meer terugkomen. Maar de verstandige helft, de wetenschappelijke helft, zei dat hij zich niet moest aanstellen. Hij draaide zich om en liep terug naar de sectiekamer.

Die werd verlicht door een flakkerende tl-buis. Siri ging eronder staan, in het midden van de kamer, en spitste zijn oren. Hij kon de motten tegen de raamhor horen tikken, hij hoorde de buis boven zijn hoofd zoemen. Van buiten, ergens op het ziekenhuisterrein, kwamen gespreksflarden, en een haan oefende er zijn gekraai. Maar dat was dan ook alles. Verder hoorde hij niets.

Er schoot een kakkerlak voor zijn voeten langs. Siri zag hem naar de opslagruimte snellen. Geen bestrijdingsmiddel ter wereld, hoe kwistig ook toegepast, haalde iets uit tegen de kakkerlakken in Zuidoost-Aziatische ziekenhuizen. Dtui en Geung schrobden en dweilden viermaal per dag, strooiden gif en zetten kleefvallen uit, maar een levensvorm die de grote meteorietinslag en de IJstijd had doorstaan, hield het ook wel uit in Siri's mortuarium.

Hij volgde het beestje naar de opslagruimte, knipte er het licht aan en zag een tiental medeplichtigen wegschieten in spleten en onder kasten. Alles in de kamer was dubbel verpakt of opgeborgen in potten met schroefdeksel, dus het ongedierte had geen schijn van kans om zich te goed te doen aan de weefselmonsters op de planken. Maar de ruimte was doortrokken met het aroma van de dood, en voor een kakkerlak was dat als de geur van jasmijn op een zwoele avond.

De stellingkasten waren opgesteld als in een bibliotheek, met net genoeg ruimte om er zijdelings tussendoor te schuifelen. Siri begaf zich tussen kast drie en vier en vond al snel wat hij zocht. Vlak boven zijn hoofd lag het brein van mevrouw Nitnoy in een pot vol formaline, in een katoenen hangnetje om te voorkomen dat het zou vervormen op de bodem van de pot. Siri verheugde zich in de aanblik – morgenochtend zou de vrouw van kameraad Kham hem alsnog iets te melden hebben.

Toen Geung die dinsdagochtend het mortuarium binnenkwam, zat dokter Siri al aan de werktafel in de sectiekamer. De glazen pot stond leeg voor hem en hij maakte net aanstalten om zijn mes in de hersenen van mevrouw Nitnoy te zetten.

'O... hal-hallo, dokter kameraad.'

Siri keek op. 'Goedemorgen, meneer Geung.'

Geung stond bedremmeld naar hem te kijken. 'U bent er al.'

'Volgens mij ook.' Siri begreep zijn verwarring. Geung was altijd als eerste aanwezig. Hij was nog nooit op een werkende dokter kameraad gestuit en orde, regelmaat en herhaling waren belangrijk voor hem. Hoewel het nergens op sloeg, stelde Siri daarom toch zijn vaste vraag. 'En, hebben we al klanten vandaag?'

Geung klapte schaterend in zijn handen. 'Nog geen klanten, dokter kameraad.' Hij zette gerustgesteld zijn doosje rijst op zijn bureau en begon aan zijn schoonmaakwerk. Siri boog zich weer over zijn hersenmassa.

'Asjemenou! Hebben ze u gisteravond ingesloten?' Dtui stond in de deuropening naar hem te glimlachen.

'Het komt heus wel vaker voor dat ik vroeg aan de slag ga, zuster.'

'Ja, en er valt ook weleens sneeuw in Vietnam. Maar dat haalt dan wel alle voorpagina's.' Ze zag de deur van de koelcel openstaan. 'Is ze een eindje om?'

Siri lachte. 'Als ik geweten had dat je 's ochtends zo geestig was, zou ik al vaker vroeg zijn gekomen. Haar man is haar gisteravond komen ophalen.'

'Wat romantisch.'

Dtui liep het kantoor binnen om haar lunchpakket op haar bureau te leggen. Ze botste bijna op Geung.

'Goeiemorgen, mooie man!' spoorde hij haar aan.

'Goeiemorgen, mooie man,' zei Dtui.

'Goeiemorgen, mooie vrouw. Mopje?'

'Het heeft twee wielen en eet mensen.'

'Geen idee.'

'Een leeuw op een fiets.' Geung lachte zo uitbundig dat ze onwillekeurig met hem meelachte. Zelfs Siri werd er in de sectiekamer door aangestoken, en hij voelde een vaderlijke trots omdat zijn medewerkers het zo goed met elkaar konden vinden. Dit was kennelijk een vast ochtendritueel van die twee. Het was de vraag of Geung al die mopjes begreep, maar het leed geen twijfel dat hij ze maanden later nog woord voor woord zou kunnen navertellen.

Hij staarde naar het brein op de glazen snijplaat voor hem. Eén nacht formaline was niet genoeg om een orgaan van die omvang te laten harden, en het lag daar uitgezakt als een pudding. Maar hij wilde het nú weten, voor zijn eigen gemoedsrust. Hij nam zijn langste scalpel en maakte een rechte, diepe snede – een beweging die hij bleef herhalen tot de hersenen in weke plakken voor hem lagen, als een ongaar, te vroeg gesneden brood. Hij trok ze een voor een naar zich toe met een pincet en bekeek ze met een vergrootglas.

Dtui veegde ondertussen de opslagruimte aan. Ze had een operatiemaskertje voorgebonden tegen het stof en het kakkerlakkengif.

'Dtui, kun jij me het fototoestel even aangeven?'

Ze keek hem fronsend aan. 'Het fototoestel?'

'Ja.'

'Maar...'

'Wat is er?'

'Er zitten nog maar drie opnamen op het rolletje.'

'Geen probleem, dat zou genoeg moeten zijn.'

'Dokter, de bruiloft van zuster Bounlan is vanavond. Ik zou...'

'Ik wens haar veel geluk, maar dit is belangrijker, geloof me.'

Na de plakken in potten te hebben gedaan, en etiketten op de potten te hebben geplakt, zei Siri dat hij een poosje de deur uit ging. Hij had een kleine plastic zak met een dikke vloeistof in zijn hand, pakte er wat medicijnpotjes bij, en zei niet waar hij heen ging.

Hij liep het mortuarium uit, langs de stalling waar zijn verlamde oude motorfiets stof en spinnenwebben stond te vergaren. De carburateur had het drie maanden geleden begeven en Siri kon zich geen nieuwe veroorloven. Hij wilde net nagaan of hij geld genoeg had voor een *songtaew* toen hij op een idee kwam en terugliep naar zijn kantoor, waar Dtui met een showbizzblaadje achter haar bureau zat.

'Dtui...'

'Hemel! Ik schrik me dood.'

'Doe dan geen dingen die je niet zou moeten doen. Hoe ben jij hier vandaag gekomen?'

'Eh, zoals elke dag, op mijn fiets.'

'Mooi. Kan ik die dan even lenen?'

'Waarvoor?'

'Waarvoor? Waarvoor lenen mensen doorgaans een fiets?'

'U gaat niet op mijn fiets rijden, hoor.'

'En waarom niet, als ik vragen mag?'

'Ik zou het mezelf nooit vergeven als u... nou, u weet wel.'

'Nee, ik heb eerlijk gezegd geen flauw idee.'

'Dokter, wees eerlijk, u bent geen twintig meer.'

'Wou je soms zeggen dat ik te oud ben om te fietsen?'

'Nee, natuurlijk niet.'

'Wat wou je dan wél zeggen?'

'Dat mensen boven de zeventig... Vanaf je zeventigste stijgt de kans op een hartaanval elk jaar met veertig procent.'

'Alle duivels, dan kom ik met mijn volgende verjaardag op honderdtwintig procent! Dat ziet er niet best voor me uit.'

'Oké, misschien vergis ik me. Maar ik wil niet dat mijn fiets uw doodsoorzaak wordt.'

'Doe niet zo mal, Dtui. Ik beloof je dat ik geen hartaanval krijg. Leen me je fiets nou even.'

'Nee.'

'Dtui, alsjeblieft.' Hij liet zijn groene ogen vochtig worden. Daar smolt ze altijd voor.

'Nou, goed dan. Maar op twee voorwaarden.'

'Ik weet nu al dat ik er spijt van krijg, maar vertel.'

'Eén, dat u langzaam fietst en ophoudt als u moe wordt.'

'Beloofd.'

'En twee, dat u me opleidt tot lijkschouwer.'

'Dat ik wát?'

'Dokter Siri, u smeekt Gezondheidszorg al maanden om iemand naar Oost-Europa te sturen, en daar komt nooit iets van.'

'Nee.'

'Terwijl u hier een jonge, intelligente verpleegkundige hebt, die overloopt van enthousiasme en leergierig is als ik weet niet wat, en zo betrouwbaar als een, als een...'

'Nee.'

'Dan kunt u zeggen dat u hier een talentvolle jonge vrouw hebt, die u zelf al hebt opgeleid en die alleen nog maar wat ervaring hoeft op te doen, in Bulgarije of zo.'

'Nee.'

'Waarom niet?'

'Ongeschikt.'

'Omdat ik een vrouw ben?'

'Omdat je strips en flodderige blaadjes leest.'

'Om mijn geest mee te prikkelen!'

'Ik sta er versteld van dat je het vraagt, Dtui. Je bent een leeghoofd. Sinds wanneer heb jij belangstelling voor pathologische anatomie?'

'Die had ik altijd al, maar u laat me nooit iets interessants doen. U behandelt me als een secretaresse.'

Geung liep het kantoor binnen, met een emmer in zijn ene hand en een mop in de andere.

'Hebben jullie, hebben jullie ruzie?' Hij glimlachte onzeker.

Siri griste het fietssleuteltje van Dtui's bureau. 'Welnee, we hebben geen ruzie. Zuster Dtui probeert een driejarige opleiding en een reis naar Europa in ruil te krijgen voor twintig minuten op haar fiets. Alleszins redelijk, vind je ook niet?'

Dtui stormde de deur uit. 'Pak die rotfiets maar!'

Na een rit van aanzienlijk meer dan twintig minuten stond Siri voor een huisje dat uitzag op de grote gele stupa. Hij had in geen dertig jaar op een fiets gezeten. Hij had halverwege de That Luangstraat moeten afstappen om uit te rusten, want op dat punt was hij buiten adem geraakt en had hij de kracht uit zijn benen voelen vloeien.

Maar hij wilde Dtui laten zien hoe weerbarstig hij nog was als zeventiger.

'Dag oom.' Lerares Oum stond in de deuropening, keek naar de hijgende oude dokter en vroeg zich af waarom hij niets zei. Ze wist niet wat ze doen moest om hem weer op adem te helpen komen, dus deed ze maar niets. Ze was scheikundige, geen verpleegster.

Oum was aangenaam weelderig van gestalte en ze gaf les aan het Lycée Vientiane. Menige man vond haar aanbiddelijk, maar Siri vond haar méér dan dat, en wel om twee redenen. Om te beginnen was ze de laatst overgebleven leerkracht in heel het land die scheikundelessen verzorgde, wat haar de enige maakte bij wie hij kon aankloppen voor de chemicaliën die hij zo hoognodig had. De kleur die zichtbaar wordt na een deskundige menging van bepaalde lichaamsvloeistoffen met bepaalde chemicaliën, kan een hoop pathologisch anatomische vragen beantwoorden.

Oum was nog maar kort terug uit Australië, waar ze een graad in de chemische technologie had behaald en had samengewoond met een warmbloedige jongeman uit Sydney, Gary geheten – met als gevolg dat ze meer kennis van scheikundige verbindingen had dan wie ook in Laos, en perfect Engels sprak, en moeder was van een eenjarig zoontje met rood haar.

Haar beheersing van het Engels was Siri's tweede reden om haar op een voetstuk te plaatsen. Hij bezat een handleiding van de universiteit van Chiang Mai, waarin de belangrijkste forensische kleurentests op precieze wijze uit de doeken werden gedaan. Als dit werkje in het Thais, Frans of zelfs Vietnamees was gesteld, zou het van onschatbare waarde voor zijn werk zijn geweest. Maar het was helaas in het Engels. En de arme dokter kende slechts elf Engelse woorden, die hij zo beroerd uitsprak dat niemand ooit begreep wat hij bedoelde.

Dus had hij lerares Oum niet alleen nodig om aan chemicaliën te komen, maar ook om toegang te krijgen tot de tekst die beschreef hoe hij die chemicaliën gebruiken moest.

'Wat zit er in die zak?'

Siri had nog steeds de plastic zak met vloeistof in zijn hand, vanboven afgesloten met een elastiekje. Zijn adem en stem keerden stilaan terug.

'Iemands maaginhoud.'

'Mm, weer eens iets anders. Mijn bezoek neemt meestal sojamelk of ijskoffie mee.'

'Neem me niet kwalijk.'

'Al ontbeten?'

'Nee.'

Een uur later kwamen ze bij de school aan. Op dinsdag had ze haar eerste les pas om tien uur. Oum was zoals iedere ochtend op haar motorfiets gekomen, waarbij ze Siri naast zich had meegetrokken door hem bij zijn arm vast te houden. Hij beefde nog na van de inspanning om zijn voorwiel niet tegen haar motor of in de gaten in het wegdek te laten belanden.

Het scheikundelokaal was karig ingericht. Oums kantoortje was een inloopkast met planken tot aan het plafond, een nietig werkblad en twee krukken. Op de planken stonden honderden potjes en flesjes met handgeschreven etiketten die allerlei sulfaten en nitraten beloofden. In veel gevallen was de belofte net zo leeg als het potje zelf. De goedgeefsheid van Amerikanen was allang opgedroogd en Oum moest het doen met wat er in Laos en omgeving verkrijgbaar was. En dat was niet veel. Ze sprong zo zuinig mogelijk met haar stoffen om en probeerde van alles een beetje te bewaren, al was het maar uit nostalgie. Maar Siri's bezoeken hadden al een forse aanslag op haar voorraden gepleegd.

Samen hadden ze al menige aanvraag ingediend bij de Dienst voor Buitenlandse Hulp, maar ze wisten dat ze laag op de lijst stonden. Er was gebrek aan alles. Dus hadden ze onlangs op een zondag nauwgezet smeekbrieven in het Russisch en Duits zitten overschrijven en naar scholen en universiteiten in het Oostblok verstuurd. Tot dusver geen reactie.

Siri trok de beduimelde *Handleiding chemische toxicologie* uit zijn katoenen schoudertas. Het was een bundel aaneengeniete stencils, die hij mee terug had genomen uit Chiang Mai. De bladzijden waren maar aan één kant bedrukt. Op de andere kant stond het gekrabbel waarin hij Oums vertalingen en uitleg had vastgelegd.

'Waar zijn we vandaag naar op zoek, oom?'

'Tja, laten we maar eens beginnen met cyaankali.'

'Ooo, vergif!' Ze bladerde naar de pagina met cyaniden en bekeek de verschillende tests. 'Naar vergif hebben we nog nooit gezocht. En je klinkt ook niet erg zeker van je zaak.'

'Je kent me, Oum, ik ben nooit ergens zeker van. Dit is ook weer een gok, zoals zo vaak, al heb ik toch wel een paar veelzeggende aanwijzingen.'

'Vertel.' Ze pakte her en der potjes van de planken en keek of er nog wel genoeg in zat.

'Nou, ten eerste stierf ze, het slachtoffer bedoel ik, plotsklaps. Zonder het minste teken van ongemak te hebben vertoond. En ten tweede waren haar ingewanden opvallend helrood. Waarom snuif je aan dat potje? Die stoffen bederven toch niet?'

'Nee, maar hier word je lekker licht in je hoofd van. Heel even maar, hoor. Ook een snufje?'

'Nee, dank je. Ten derde zei mijn meneer Geung iets merkwaardigs terwijl ik sectie verrichtte. Hij zei dat hij noten rook.'

'Noten?'

'Hij kon niet zeggen wat voor noten, maar het zou me niks verbazen als het de geur van amandelen was. Zoveel noten heb je niet met een nadrukkelijk aroma.'

'Maar dan zouden jij en je verpleegster het toch ook wel hebben geroken?'

'Hoeft niet per se. Veel mensen zijn niet in staat om die geur te onderscheiden, terwijl meneer Geung een aantal verbazende zintuiglijke eigenschappen heeft. Al met al vraag ik me af of iemand haar stiekem cyaankali heeft toegediend. Per slot van rekening is dat nog altijd het meest gebruikte vergif. Als ik het lichaam nog had, zou ik naar andere tekenen kunnen zoeken.'

'Ben je het stoffelijk overschot kwijt?'

'Het is opgeëist door de familie.'

Oum keek naar hem op. 'Da's nou ook sterk.'

'Wat is er sterk?'

'Ik hoorde gisteravond dat de vrouw van kameraad Kham zomaar overleden was, en dat hij haar lichaam persoonlijk uit het mortuarium heeft weggehaald.'

'Werkelijk? Wat een wild verhaal. Van wie heb je dat gehoord?'

'Dit is Vientiane, oom, niet Parijs.'

Daar had ze een punt, wist Siri. Als de theorie klopte dat iedereen op aarde via een netwerk van maximaal vijf tussenschakels met elkaar verbonden was, dan had je in Laos genoeg aan een schakel of twee om heel de natie binnen je netwerk te hebben. De bevolking was er tot onder de drie miljoen gedaald en Vientiane had nog hooguit 150.000 inwoners. De kans om direct of indirect over een sterfgeval als dit te horen, was behoorlijk groot.

'Da's waar. In Parijs hebben de meeste mensen wel iets anders aan hun hoofd dan roddels en bakerpraatjes. Als Vientianers een dag of twee niks sappigs horen, verzinnen ze zelf wel iets om de verveling te verdrijven.'

'Dus jij beweert dat die smakelijke zak maaginhoud niets te maken heeft met...'

'Lieve kind, als jij dat soort vragen voor je houdt, beloof ik dat ik niet tegen je zal liegen.'

'Oké, dan gaan we maar aan de slag. Je grote toverboek heeft drie kleurtesten voor kaliumcyanide. Voor twee van de drie heb ik de chemicaliën in huis.'

Siri haalde twee plastic filmrolkokertjes uit zijn schoudertas.

'Ik heb hier ook haar bloed en urine, dus we hebben drie monsters voor elke test.'

'Drie, weet je het zeker? Geen andere resten van Khams vrouw in je tas?'

Hij probeerde haar zo boos mogelijk aan te kijken – zijn minst overtuigende pose.

'Oum, als mijn vermoeden uitkomt, kan dat maar beter niet de ronde gaan doen. Mensen die loslippig zijn over dit soort dingen, krijgen daar vaak lelijk spijt van, begrijp je wat ik bedoel?'

'Ja, neem me niet kwalijk, dat begrijp ik heel goed. Maak je geen zorgen.'

Het was lunchtijd toen Siri het mortuarium binnenkwam. Tante Lah was al naar huis na al haar baguettes te hebben verkocht, maar meneer Geung had de lunch van de lijkschouwer opgehaald en op zijn bureau neergelegd. Het kantoor was verlaten, dus liep Siri naar de boomstam en ging er in zijn eentje zitten eten, en nadenken. Na een poosje werd hij uit zijn overpeinzingen gerukt omdat hij vlak achter zich de stem van Geung hoorde.

'Dtui, zij... zij is naar huis.' Siri draaide zich om en zag dat zijn sectiebediende zich als een schoolmeester over hem heen boog en zijn wijsvinger bestraffend op zijn neus richtte.

'Ah, meneer Geung. Bedankt voor het halen van mijn...'

'U bent heel stout geweest, heel stout.'

'Wat heb ik gedaan dan?' Hij was verbluft, maar voelde meteen dat dit geen misverstand was.

'Zij is geen, geen... zij is geen leeghoofd! Zij is een heel lief meisje, heel lief.'

'Ik...'

'Het was heel stout, heel stout, om zoiets naars te zeggen.'

Siri dacht aan wat hij gezegd had. Het was niet bij hem opgekomen dat zijn woorden kwetsend konden zijn. Dtui had hem onkwetsbaar geleken. 'En nu is ze naar huis, zeg je?'

'Ja.'

'Maar ze gaat nooit thuis lunchen. En ik had haar fiets.'

'Ze is gaan lopen, want ze was heel verdrietig. U heeft haar heel verdrietig gemaakt.'

'Dat was...'

Maar Geung was uitgepraat. Hij keerde Siri zijn rug toe en liep weer naar het ziekenhuis.

'Meneer Geung?'

Hij keek niet om.

Siri was nog nooit bij Dtui thuis geweest. Ze woonde achter het nationale stadion in een huttencomplex waarin mensen waren ondergebracht die uit het noorden waren gekomen om bij de wederopbouw te helpen. De hutten waren er neergezet als tijdelijke opvang, maar na een jaar was er nog niemand geherhuisvest. Het partijkader had voorrang voor de nieuwbouw in de buitenwijken. De kleine tandwieltjes moesten wachten.

Bij gebrek aan naambordjes en huisnummers duurde het een tijdje eer hij de hut van Dtui gevonden had. Het ding had wanden van gevlochten bananenbladeren, vol gaten en kieren. Laotiaanse werklieden verstonden de kunst om noodwoningen zo te bouwen dat de nood ervan afstraalde. Aan het einde van de huttenrij stond een gemeenschappelijk toilet.

Op de vloer in het midden van de hut lagen twee matrasjes, en op elk daarvan lag een gezette vrouwengestalte. Siri herkende een van de twee als Dtui. Ze lag een Thais blaadje te lezen.

'Mag ik even storen?'

Dtui en haar moeder keken verrast op naar de dokter in de deuropening, maar alleen de dochter krabbelde overeind. Ze schaamde zich zichtbaar voor de omstandigheden waarin Siri haar aantrof en keek hem zwijgend aan – wachtend op een reprimande omdat ze zomaar naar huis was gegaan. Maar hij zei niets.

'Ma, dit is dokter Siri.'

De oudere dame werkte zich moeizaam op haar ellebogen en het was duidelijk dat ze tot weinig meer in staat was. 'Goede gezondheid, dokter. Neemt u me niet kwalijk dat ik niet opsta.'

'Ma heeft cirrose, maar dat had ik u al verteld, nietwaar?'

'Jazeker. Goede gezondheid, mevrouw Vongheuan.' De beleefdheidsfrase had niet misplaatster kunnen klinken, maar de Laotiaanse omgangsvormen schreven die nu eenmaal voor. Siri wist dat de vrouw al jaren ziek was door een leverinfectie die ze in het noorden had opgelopen.

Dtui pakte de dokter bij zijn onderarm en nam hem mee naar buiten. Halfnaakte peuters dartelden rond in het zand. Een hond gromde zachtjes toen Siri hem voorbijliep. Dtui voerde hem mee naar de muur van het stadion, waar de buren hen niet konden afluisteren. Siri had een verontschuldiging klaar, maar zij was hem voor.

'Het spijt me, dokter. Ik ben de hele nacht op geweest met ma. Dat is geen reden om zo uit te vallen, maar ik was...'

'Ik kom alleen maar vragen of je me de eer wilt bewijzen mijn leerling te worden in het mortuarium.'

'Wat? Ah, nee, wacht even... dat zegt u alleen maar omdat ik me zo liet gaan. Maar u hoeft me niet...'

'Ik meen het serieus. Het wordt echt tijd om een opvolger op te leiden. Dat dacht ik zojuist nog toen ik met je fiets tegen de muur van het presidentieel paleis botste.'

'Nee! Heeft u...'

'Volgens mij doe je er goed aan om je terugtraprem te laten nakijken.'

'Ik fiets nooit hard genoeg om die nodig te hebben. Bent u echt...'

'Vanaf That Luang gaat het de hele tijd heuvelafwaarts, en het was niet bij me opgekomen om van tevoren je rem uit te proberen. Ik schoot als een raket door de Anusawari-boog, en ter hoogte van het postkantoor moet ik minstens 120 kilometer per uur zijn gegaan. Alles trok als een waas aan me voorbij.'

'Dokter.'

'Maar ik ben niet écht tegen het paleis geknald, hoor. Er stond gelukkig een venter met bezems en borstels langs de kant, en dat leek me een zachtere landing dan de paleismuur. En we zijn er allebei goed van afgekomen. Ik heb niks gebroken, en hij heeft drie bezems aan het mortuarium verkocht.'

'En mijn fiets?'

'Niks aan de hand. Schoenen maken kunnen ze niet, die Chinezen, maar ze bouwen fietsen die je met geen antitankwapen kapot krijgt. Maar goed, wil je?'

'Wil ik wat?'

'Mijn leerling worden?'

'Reken maar!'

'Mooi zo. Nou, voor ik ga wil ik eerst je moeder nog even zien. Ik ben hier nu toch.'

'Vindt u haar leuk?'

'Haar cirrose, meisje, haar cirrose.'

Op woensdag was Siri weer als eerste op het werk. En alsof dat al niet verwarrend genoeg was voor Geung, trof deze zijn baas ook nog eens op handen en knieën bij de betonnen goot voor de verbrandingsoven, waar hij met een pincet dode kakkerlakken uit viste en in een potje stopte.

'Môge, meneer Geung. En, hebben we al klanten vandaag?'

'Nog geen klanten, dokter kameraad.' Geung lachte welwillend, maar bleef staan kijken. 'Dat... dat is erg vies. Eigenlijk mag u daar niet spelen, eigenlijk niet.'

'Je hebt volkomen gelijk, meneer Geung. Hier zet je altijd de zakken neer die verbrand moeten worden, nietwaar?'

'Ja.'

'De conciërge schijnt er niet te zijn. Weet jij of hij gisteren ons afval heeft verbrand?'

'Dat moet hij. Dat moet. Zo zijn de regels. Hij moet al het ziekenhuisafval binnen twaalf uur verbranden. Binnen twaalf uur nadat het is afgeleverd. Dat moet hij.'

'Twaalf uur. Dus wat wij maandagavond hebben afgeleverd, heeft hier nog de hele nacht gestaan?'

'Ja.'

'Mooi zo. Wil jij dan onze kleine vriendjes in de koelkast zetten terwijl ik de viezigheid van me af was?'

'Kleine vriendjes, ha!' Geung lachte smakelijk en rende naar binnen met het potje.

Siri nam een douche, kleedde zich om en vertrok rond tien uur, zonder te zeggen waar hij heen ging.

Toen hij de weg overstak om alvast zijn lunch op te halen bij tante Lah, dacht hij terug aan wat Dtui op maandag had beweerd. En warempel, bij nadering van het karretje zag hij dat de broodjesventster blosjes op haar wangen kreeg. Misschien school er wel enige waarheid in Dtui's bewering. Hij bleef iets langer dan anders bij het karretje staan, maakte een praatje alvorens hij haar een goede gezondheid wenste en verder liep.

'Het ziekenhuis is die kant op, broer Siri.'

'Ik ga even spijbelen. Niet tegen de directeur zeggen, hoor.'

'Veel plezier dan. Misschien kunnen we een keer samen spijbelen.'

Hij lachte.

Zij lachte.

Verdomd, Dtui had gelijk!

Na een tijdlang de rivieroever te hebben gevolgd, sloeg hij een straatje zonder wegdek in. De Laotiaanse Vrouwenbond was gevestigd in een gebouw met een bovenverdieping, waarvan de voorzijde schuilging achter bloeiende struiken. Toen hij erlangs liep, zag hij dat ze pas gesnoeid waren, en het verbondslogo boven de ingang was pas bijgeschilderd. Een van de letters lekte nog een straaltje witte verf.

In de hal was het een bedrijvigheid van belang, om redenen waarnaar hij slechts kon gissen. Niemand had oog voor hem en er zat niets anders op dan een haastig bondsmeisje de pas af te snijden.

'Pardon, weet jij waar ik dokter Pornsawan kan vinden?'

Ze leek niet blij met het oponthoud. 'O, die moet hier ergens rondlopen. Hebt u een afspraak?'

'Nee. Had ik die moeten maken dan?'

'Het was beter geweest als u even gebeld had, ja. Het is hier nogal hectisch vandaag. De vrouw van de president van Mongolië komt op bezoek.'

Na nog een paar keer te zijn afgepoeierd vond hij dokter Pornsawan in de kantine, waar ze het podium versierde met slingers gemaakt uit rode en blauwe drinkrietjes. Op de achterwand van het podium hing een spandoek met WELKOM AAN ONZE VRIENDEN UIT MONGOLIË in het Lao en het Frans, twee talen waarvan het hem onwaarschijnlijk leek dat de presidentsvrouw ze beheerste.

Pornsawan toonde zich minder gehaast en onbenaderbaar dan haar bondszusters. Om een reden die hemzelf niet helemaal duidelijk was, beschouwde ze Siri als een eminente collega die recht had op haar professionele achting. Maar ze gaf hem wel een klos naaigaren aan, met het verzoek daarmee rietjes aaneen te rijgen terwijl ze hem te woord stond. Ze was een slanke dame van in de dertig. En ze had geen wenkbrauwen. Die waren afgeschoren in de periode dat ze een leven als non had uitgeprobeerd, en daarna nooit meer aangegroeid. Ze was gespeend van ijdelheid en had geen nieuwe laten tatoeëren, noch gebruikte ze een wenkbrauwstift. Het gaf haar een fris, schoongepoetst voorkomen.

'U komt vast over mevrouw Nitnoy praten.'

'Dat klopt. Zat u ook met haar aan tafel toen ze overleed?'

'Pal tegenover haar zelfs.'

'En at ze van gemeenschappelijke schalen?'

'Ah, kijk, nu wordt het interessant.'

'Hoezo?'

'U heeft sectie verricht, en nu denkt u blijkbaar aan vergiftiging.' Siri's wangen kreeg iets meer kleur dan normaal. 'Ik heb eerlijk gezegd geen idee wat ik moet denken.'

'Nee? Vergeef me dan mijn voorbarigheid.' Ze glimlachte naar de rietjes in haar hand. 'Ze at hetzelfde voedsel als wij allemaal, en wij waren al begonnen toen ze aanschoof. Ze nam wat kleefrijst, met pepersaus en met vissaus als ik me goed herinner, maar met de derde of vierde hap in haar mond werden haar ogen opeens glazig. Ze spuugde de rijst uit, kwijlde nog wat en viel voorover op het tafelblad.

Ik heb nog geprobeerd haar te reanimeren, maar ze moet van het ene moment op het andere dood zijn geweest. Ze stikte niet, ze liep niet blauw aan, niets van dat alles. Op slag dood. Ik probeerde hartmassage en mond-op-mondbeademing, maar wist al dat het hopeloos was.'

'Weet u iets van gnathostomiatis?'

'Jazeker, ik heb door de jaren heen genoeg patiënten aan parasieten verloren. Maar dat was de doodsoorzaak niet.'

'Nee? Waarom niet, denkt u?'

'Dat is een uiterst pijnlijke dood. Je wordt er inderdaad door overvallen, maar voert nog wel een doodsstrijd van enkele minuten. Heel akelig. Met mevrouw Nitnoy was niets aan de hand, en enkele tellen later was ze dood.'

'U hebt gelijk, dan kunnen we die oorzaak uitsluiten. U herinnert het zich bijzonder goed, overigens.'

'Ik heb de hele tijd met haar zitten praten.'

'Weet u of ze hoofdpijn had?'

'Ja, opmerkelijk dat u dat vraagt. Daar ging het gesprek namelijk over. Ze had een vreselijke kater, zei ze. Mevrouw Nitnoy was dol op bier en had de vorige avond een receptie bijgewoond. Daar had ze iets te veel gedronken en ze was die ochtend met zware hoofdpijn wakker geworden. Als ze niet had hoeven meepraten over de voorbereidingen op vandaag, was ze waarschijnlijk thuisgebleven.'

'Had ze er iets voor ingenomen?'

'Ze had een potje pijnstillers.'

'Heeft ze haar eigen bureau hier?'

'Haar eigen kantoor zelfs, maar daar zult u dat potje niet vinden. Ze bewaarde het in haar handtas.'

'Een handtas? Die is dan niet met haar meegekomen naar het mortuarium.'

Er haastte zich een supervisor door de drukke kantine, die links en rechts instructies verstrekte.

'Nee, die is hier gebleven, maar in de loop van de middag kwam een officier van het leger hem opeisen. Een barse man met een zonnebril.'

Siri trok zijn wenkbrauwen op. Zij reageerde met dezelfde beweging, zonder dat er veel aan haar uitdrukking veranderde. 'Hij zei dat er documenten met gevoelige informatie in zaten en dat hij opdracht had hem mee te nemen.'

'Opdracht van wie?'

'Zijn meerderen, neem ik aan. Hij noemde geen namen.'

'Nam hij nog andere dingen mee? Spullen uit haar bureau?'

'Nee, alleen de handtas.'

'Ik neem aan dat u niet in de gelegenheid bent geweest om daar een kijkje in te nemen?'

'Dokter Siri, waar ziet u me voor aan?' Ze klom op een stoel en hing de zoveelste rietjesslinger op. De versiering begon eruit te zien als een luifel die aan flarden was gerukt in een tropische storm. 'Onze bondsontwerpster vindt dit prachtige decoratie. Wat vindt u ervan?'

'Ik vind het van een ontroerende inzet getuigen, laten we het daar maar op houden.'

Ze lachte. 'U heeft uw aanstelling als hoofdlijkschouwer vast aan uw tact te danken.'

'Dat zou best eens kunnen, ja.'

'Nou, bravo. We hebben grote behoefte aan mensen die zeggen wat ze denken. Die worden steeds zeldzamer.' Ze stapte van de stoel af. 'Slippers.'

'Pardon?'

'Ze had haar slippers in die tas. De partij wil dat het topkader Chinese schoenen van zwart plastic draagt, maar die verfoeide ze. Ze kreeg er blaren van. Dus had ze altijd slippers bij zich, die ze aantrok zodra het kon.' Ze zag Siri glimlachen. 'Wat is er zo leuk?'

'Niets. Wat had ze er nog meer in?'

'Zie je, u denkt dat ik een pottenkijkster ben.'

'Het regime moedigt pottenkijken aan. Goed voor de sociale controle.'

'Werkelijk? Vooruit dan maar. Kleine spulletjes, zoals je die verwacht in een damestas. Adresboekje, sleutels, reukzout, tijgerbalsem, visitekaartjes, dat was het wel zo'n beetje.'

'Heeft u die visitekaartjes bekeken?'

'Dokter Siri!'

'Neem me niet kwalijk. Geen make-up, lipstick?'

'Stelt de partij niet op prijs, en is ook erg duur nu.'

'Dus afgezien van dat adresboekje zaten er geen papieren in die je "gevoelig" zou kunnen noemen?'

'Nee.'

'Maar alles werd wel meegenomen door de barse officier?'

'Eh... ja.' Het klonk niet erg overtuigend.

'Dokter Pornsawan?'

'Bijna alles.'

'Wat dan niet?'

'Nou, de reden waarom ik haar tas doorzocht is dat ik wat pijnstillers wilde lenen. Enkele dames waren nogal overstuur door wat er met kameraad Nitnoy was gebeurd.'

'En daarna hebt u het potje niet teruggestopt?'

'Medicijnen zijn bijzonder schaars momenteel. En in alle commotie...'

'Maar de dames die u een tabletje gaf zijn vervolgens niet dood neergevallen, dus...'

'Precies. Die hoofdpijntabletten zijn niet de oorzaak van haar overlijden geweest.'

'Toch zou ik de rest graag meenemen, als u dat niet erg vindt. Misschien is er toch sprake geweest van een allergische reactie of iets dergelijks. Niet dat ik de middelen heb om daar goed onderzoek naar te doen, maar...'

'Natuurlijk, ik zal ze voor u pakken. Maar mag ik u vragen waarom u dacht dat ze hoofdpijn had?'

'Tijdens de sectie rook ik tijgerbalsem, en de geur was het sterkst rond haar slapen. Daar smeren mensen het vaak als ze hoofdpijn hebben.'

'Knap gededuceerd. Ik vind het allemaal wel spannend, moet ik zeggen. Kunt u zelf uw slinger ophangen? Dan haal ik ondertussen het potje. Jammer dat we geen ballonnen hebben.' En weg was ze.

Terwijl Siri op een wiebelende stoel zijn slinger over enkele spijkers stond te draperen, dacht hij aan wat ze gezegd had. Het wás ook spannend. Hij moest toegeven dat het mysterie hem intrigeerde, het was leuk om buiten zijn boekje te gaan en de speurneus uit te hangen, en het was een weldaad om uit het mortuarium weg te zijn en met levende mensen te kunnen praten. Voor het eerst sinds zijn aanstelling voelde hij de adrenaline door zijn aderen jagen.

'Er zitten er nog maar drie in.' Dokter Pornsawan hield hijgend een bruin potje naar hem op. 'O, ik zie dat u de verkeerde stoel heeft gekozen. Van deze hier zitten de poten los.' Siri maakte dat hij van de stoel af kwam en liet een sliert rietjes boven het podium bungelen.

De bedrijvigheid in de kantine sloeg om in tumult. Siri en Pornsawan keken naar de deur en zagen een stoet mannen in ceremoniele kleding de zaal binnenkomen, waar ze langs de wanden hun posities innamen.

'O-o, het lijkt erop dat onze gast vroeger komt dan afgesproken. Eet u met ons mee, dokter?'

'Erg vriendelijk van u, maar ik stap maar weer eens op, met uw welnemen. Waarom al die ophef over de vrouw van een Mongolische president?'

'Ze hebben de Laotiaanse Vrouwenbond een aanzienlijk bedrag geschonken om het onderwijs voor meisjes in de provincie op poten te zetten.'

Siri vroeg zich af wat de Mongoliërs in ruil zouden krijgen, maar liet niets van zijn scepsis blijken. Hij dankte dokter Pornsawan en liep naar de deur, waar hij in het gedrang tegenover een kleine vrouw belandde, wier gelaatstrekken zich in het midden van haar gezicht hadden samengebald. Ze werd geëscorteerd door lieden in zijden kostuums. Het feit dat Siri een man was deed haar kennelijk aannemen dat hij een hoge waardigheid bekleedde, want ze stak direct haar hand naar hem uit.

Siri pakte zijn baguette over met zijn linkerhand en beantwoordde de handdruk. Ze had een stevige greep voor een presidentsvrouw. Ze keek naar de tolk naast zich en stelde de man een vraag, die hij in het Chinees herhaalde tegen de man rechts van hem, die Siri in het Lao vroeg wie hij was.

'Ik ben de officiële voorproever. Veiligheid voor alles, nietwaar?' Hij maakte een buiginkje en liep door. Toen het antwoord via de omgekeerde omweg de presidentsvrouw bereikte, stapte hij al naar buiten, de warme middagzon in.

3

Requiem voor een visser

Hij had honger, maar het was nog ver naar zijn vaste boomstam op de oever, dus liep hij naar de eerste de beste schaduwrijke boom langs de Mekong en ging daaronder op zijn gemak zijn baguette zitten eten. Zijn avontuurlijke stemming deed hem met nog meer smaak eten dan anders. Hij voelde zich zo verkwikt dat hij nauwelijks kon geloven dat hij er nog hetzelfde uitzag. Hij kreeg het gevoel incognito langs de rivier te zitten.

In zijn Parijse tijd, tientallen jaren eerder, had hij wekelijks genoten van het feuilleton van ene Monsieur Sim in het dagblad *L'Oeuvre*. Daarin werd het speurwerk gevolgd van een commissaris van de Parijse politie, die de ingewikkeldste misdaden wist op te lossen met geen ander hulpmiddel dan zijn tabakspijp.

Later in Vietnam had Siri tot zijn blijdschap ontdekt dat Monsieur Sim ondertussen onder zijn eigen naam Simenon schreef en dat de verhalen van Commissaris Maigret nu in boekvorm verschenen. De Franse winkeliers in Saigon hadden er kasten vol van en de boeken vonden in groten getale hun weg naar het noorden, waar ze werden verslonden door communistische kaderleden die hun opleiding in Frankrijk hadden genoten.

Siri had de meeste mysteries al ontsluierd voor de commissaris er goed en wel greep op kreeg – en hij rookte niet eens pijp. En nu, onder de zachtjes wuivende takken van de *samsa*-boom, bespeurde hij een versmelting in zichzelf. De lijkschouwer werd één met de commissaris. Een prettige gewaarwording, en vooral ook een welkome. Als man van in de zeventig moest je elke prikkel aangrijpen die zo bereidwillig was zich voor te doen.

Hij liep terug langs de rivier, maar toen hij de kruising bereikte die hem terug zou voeren naar het mortuarium, werd zijn plichtsbesef verdrongen door een plotse ingeving. Hij hield een *songtaew* aan, een van de in aantal afnemende vrachtwagentaxi's die door de straten van Vientiane zwoegden. Hij vertelde de chauffeur waar hij wilde uitstappen en perste zich tussen de boeren en dorpelingen in het laadruim. *Songtaews* waren nooit zo vol dat er niemand meer bij kon. De wagen volgde de rivier naar het oosten, de stad uit.

Twintig minuten later werd Siri naar beneden geholpen door een gespierd meisje dat onder haar andere arm een jonge haan klemde. Hij betaalde zijn vijftig *kip* aan de chauffeur, stak de weg over en stond even later voor het hoofdkwartier van de Mekong Rivierwacht – een pas opgericht krijgsmachtonderdeel dat zo dicht bij een marine in de buurt kwam als mogelijk was voor een land dat nergens aan zee grensde. De MRW had de schier onmogelijke taak de Mekong te controleren waar die de westelijke grens met Thailand vormde.

De tot patrouillevaartuig omgebouwde veerboten werden bemand door militairen die in twee weken waren klaargestoomd voor het varen met een boot die zoveel lawaai maakte dat hij kilometers verderop hoorbaar was. Zolang grensoverschrijders niet stokdoof waren, hadden ze ruim de gelegenheid om zich in de struiken te verstoppen en te wachten tot de patrouilleboot voorbij was geronkt.

Een wachtpost wees Siri de barak voor de gezagvoerders van de boten. Op het grasveld daarachter zaten de kapiteins voor de nachtdienst te kaarten, of ze stonden in een kringetje een bal van gevlochten riet heen en weer te trappen. Hij had geluk, de man die hij zocht was aanwezig – kapitein Bounheng was na een betreurenswaardig ongeval bij de nachtdienst ingedeeld. Hij zat zich als een oude man te wiegen in een rotan schommelstoel. Hij was pas in de twintig.

Siri stelde zich voor en drukte de jongeman de hand.

'Zullen we even een eindje wandelen?'

Bounheng keek verbaasd naar hem op, maar vergezelde hem naar het droge rijstveld achter het complex. 'Is dit gebruikelijk?' vroeg hij argwanend.

'Dat ik mij als lijkschouwer in de toedracht van een ongeval verdiep? Ja hoor, da's de standaardprocedure. Ik ben net zoveel tijd kwijt aan gesprekken als aan het ontleden van stoffelijke overschotten. Voor de volledigheid van het dossier, meer heeft het niet om het lijf.'

Dit leek Bounheng enigszins gerust te stellen. 'Hij had daar nooit mogen zijn.'

'De visser bedoelt u?'

'Hij viste op een verboden plek. Wij horen daar aan te leggen.' De kapitein versnelde zijn pas. Siri kon hem amper bijhouden.

'Ik begrijp het. Ze zijn vaak niet zo snugger, die vissers. De meesten zijn te stom om zich aan de regels te houden.' Hij perste er een drafje uit en ging voor de jongeman staan. 'Maar met uw welnemen, toch ook nog wat vragen over uzelf.'

'Over mij?'

'Ja. Hoe lang had u al, eh... de leiding op uw boot?'

De kapitein aarzelde. 'Kijk, dit is een nieuw onderdeel. Nog maar net opgericht.'

'Dat is me bekend. Maar vertel eens, een paar maanden? Weken misschien?'

'Eén week.'

'En ik stel me zo voor dat het een zware functie is, met een hoop stress.'

'Stress?'

'Dat lijkt me wel, ja. Altijd waakzaam moeten zijn, altijd op je hoede voor invallen van de anticommunisten.'

Bounheng schoot in de lach. 'Dokter Siri, hiervóór heb ik twee jaar lang in de jungle gevochten. Man tegen man. Vergeleken daarbij is dit een vakantie. Ze halen het echt niet in hun hoofd om de rivier over te steken voor een grootscheepse inval. Ze zouden een prooi zijn voor ons geschut. Het spannendste dat wij meemaken zijn dorpelingen die naar Thailand proberen te zwemmen. Nu de rivier zo laag staat, zijn er nogal wat mensen die het erop wagen.'

'O, dus het is eigenlijk juist weinig enerverend? Een beetje saai?'

'Er komt zeker geen stress bij kijken, neemt u dat maar van mij aan.'

'Hoe snel varen jullie?'

'Tien knopen. Dat is de officiële richtlijn.'

'Sjonge, waar kan ik me aanmelden?'

Bounheng lachte opnieuw.

'Maar ik vraag me dan wel af...'

'Wat?' vroeg de kapitein, een tikje nerveus.

'Ach, laat u maar, niet belangrijk. Ik heb zo wel genoeg voor mijn rapport.'

'Nee, toe maar.'

'Nou, als tien knopen de maximumsnelheid is, en jullie kwamen naar de kade om aan te leggen...'

'Ja?'

'Waarom zijn jullie dan niet uitgeweken toen jullie die visser zagen?'

Bounheng verbrak onmiddellijk hun oogcontact en beende weer weg, dieper het rijstveld in. 'Zoals ik al zei, hij had daar niet mogen zijn.'

'Maar uw boot heeft toch een stuurhut met voldoende zicht?'

Bounheng was kennelijk een horloge gewend, want hij keek op zijn pols en vloekte binnensmonds toen hij slechts zijn huid zag. 'Ik moet weer eens terug. En u heeft genoeg voor uw rapport, zei u.'

'Jazeker. Dank u zeer voor de medewerking, en excuses voor het oponthoud.'

Op de terugweg vertraagde Bounheng zijn pas en herwon zich een beetje. Tot hij merkte dat Siri niet langer naast hem liep. Hij keek om en zag de dokter stokstijf tussen de dorre stengels staan.

'Is er iets, dokter?' Hij liep terug om te zien waar Siri naar stond te turen. Maar de lijkschouwer keek nergens naar. Hij stond na te denken. En toen hij begon te grinniken, werd de kapitein nerveuzer dan ooit. 'Dokter?'

Siri keek naar hem op, en boorde zijn ogen in de zijne.

'Oké, jongen. Ik zal je zeggen wat ik denk. Misschien is het een hersenspinsel van een dwaze ouwe man, maar luister. Het is geen geheim dat er druk gesmokkeld wordt op de rivier. Wat er in Laos aan sigaretten en sterkedrank verkrijgbaar is, komt voor het merendeel uit Thailand.'

'Wat wilt u daarmee...'

'Nee, luister nou maar even.' Het ontging Siri niet dat het laatste beetje kleur uit Bounhengs gezicht begon weg te trekken. Hij zette zijn handen in zijn zij en sprak verder. 'Het zou me niet bevreemden als de kapiteins van de MRW af en toe in de verleiding worden gebracht om iets door de vingers te zien. Wie weet, misschien passen jullie je vaarschema soms zelfs aan.'

'Wilt u suggereren dat...'

'Wat ik wil suggereren is dat er van elke tweehonderd kratten whisky die ongehinderd de rivier overgaan...' – Bounheng keerde hem zijn rug toe – '... er minstens één aan boord van een patrouilleboot belandt, bij wijze van dank. Wat ik suggereer is dat die visser zijn benen en leven verloor omdat jullie apezat waren. Zo dronken dat jullie alle macht over je boot kwijt waren. De boot waarover jij pas sinds een week het gezag voerde.'

Hij zag Bounhengs jonge schouders sidderen en ging vlak achter hem staan. 'Wat ik suggereer is dat het niet die visser was die zich op de verkeerde plek bevond, maar jullie. En toen jullie dat doorkregen, was je al zo dicht bij de kademuur dat je geen gelegenheid meer had om te stoppen of te zwenken. Wat ik suggereer is dat die visser de dood werd ingejaagd door Mekong-whisky.'

Hij liep om Bounheng heen en zag tranen over zijn wangen biggelen. De mond van de jongeman was vertrokken van ellende. Siri bleef zwijgend naar hem staan kijken, onthutst door zijn eigen inzicht. De adrenaline was naar zijn maag gezakt, die nu aanvoelde alsof er motten in rondfladderden. Het duurde een volle minuut eer Bounheng iets kon uitbrengen. Hij meed Siri's blik. 'Wie van hen... wie heeft het u verteld?'

'Wie van *hen*?'

'Wie van mijn bemanning.'

'Nee, jongen. Ik heb niet met je bemanning gesproken, noch met andere getuigen.'

Bounheng keek hem aan. Zijn ogen waren rood van het huilen.

'Het was de visser die het me vertelde.'

De kapitein liet zijn hoofd zakken alsof het gewicht van de rivier op hem neerdrukte. Hij snikte. Siri kon zijn verdriet niet langer aanzien, deed een stap naar voren en sloeg zijn armen om hem heen.

Bounhengs lichaam schokte van verdriet – Siri kon voelen hoe zwaar hij al onder zijn schuldgevoel gebukt was gegaan. Er viel niets meer te zeggen.

Het tijdsgewricht had de jonge militair voor de loop van het recht behoed. Maar hij zou nog jaren onder zijn wroeging en nachtmerries moeten lijden. Een soldaat kan honderden vijanden doden en geen enkel berouw voelen, maar de dood van een onschuldig mens nestelt zich voor altijd in het geweten.

Siri liet hem los en zocht naar een pen en papier in zijn schoudertas. Op de achterkant van een oude envelop schreef hij wat gegevens die hij zich herinnerde van zijn sectierapport. Hij drukte het papier in Bounhengs hand.

'Luister, jongen. Hier heb je de namen van die visser en van zijn geboortedorp. Ze hebben daar vast wel een altaar. Misschien doet het je goed als je daarheen gaat en hem om vergeving vraagt.'

Siri draaide zich om en liep naar de weg. De betekenis van wat er zojuist gebeurd was bekroop hem en trok hem met elke stap verder onder het oppervlak van zijn nuchterheid. Zijn oude hart ging tekeer als een katvis in een schepnet. Hij had het al die tijd geweten! Op de een of andere manier had de visser het hem duidelijk gemaakt, die zaterdagochtend in zijn woning. Maar waar was de logica? Waar was de wetenschappelijke verklaring?

Hij voelde geen trots, geen voldaanheid over wat hij had bereikt. Hij bewandelde een smal paadje tussen angst en opwinding, kracht en hulpeloosheid, geestelijke gezondheid en... Hij durfde niet te denken over wat er met hem gaande was.

Twee *songtaews* reden hem voorbij op de terugweg naar de stad. Hun schorre claxons probeerden hem te verleiden in te stappen, maar hij liet ook de derde voorbijgaan. Hij ging onder een broodvruchtboom zitten en liet de ontmoeting door zijn gedachten gaan, en nog eens, en opnieuw. Tevergeefs. Zijn kennis en verstand lieten hem in de steek.

'Ah, blij u te zien. We waren al bang dat u van ouderdom gestorven was.'

Meneer Geung vond Dtui's brutaliteit zo komisch dat die her-

haald moest worden: 'Wij... ha ha, dat u van ouderdom... dood was!'
Het was na drieën. Siri was meer dan vijf uur onvindbaar geweest. Een sergeant van het leger was komen vragen waar hij was. Het hoofd Veiligheid van de Nam Ngum-dam had gevraagd waar hij was. En rechter Haeng had gebeld om te vragen waar hij was. Maar Dtui en Geung hadden iedereen het antwoord schuldig moeten blijven, en ze waren het erover eens dat hun baas nu lelijk in de knoei zat.

Maar hij lachte hen olijk toe vanuit de deuropening. Er lag een onbekommerde, bijna jeugdige uitdrukking op zijn gezicht. Hij stapte het kantoortje in en liep naar zijn bureau alsof er niets aan de hand was.

Terwijl er wel degelijk iets aan de hand was.

'Nog nieuwe klanten, meneer Geung?'

Geung zocht even naar het reserveantwoord op de geijkte vraag: 'We hebben een klant in de wachtkamer.'

Dat was niet het antwoord dat Siri graag wilde horen. Hij wilde rust. Hij wilde naar huis. Hij had genoeg aan zijn hoofd zonder een nieuw lijk in de koelcel.

Dtui heupwiegde naar zijn bureau met een nog bredere lach dan anders op haar puisterige gezicht. 'Rechter Haeng was niet te spreken over uw absentie onder werktijd. Als uw trouwe leerling wilde ik hem natuurlijk iets op zijn mouw spelden, dat u even naar buiten was of zo. Maar hij had al van anderen gehoord dat u de hele dag afwezig was.'

Het leek Siri niet te deren. Hij bleef glimlachen. 'Wat wilde hij?'

'Hij zou het erg op prijs stellen als u hem vóór vanavond nog terugbelde. Hij heeft diverse vragen over onze nieuwe gast.'

'O hemel, toch niet wéér een hotemetoot, hè?'

'Niemand weet wie het is. Maar er is genoeg belangstelling voor hem. Iedereen wil weten waaraan hij is doodgegaan.'

'Meneer Geung.' Siri keek naar zijn sectiebediende, die ermee ophield met zijn stoel te wippen. 'Heb jij het lichaam al bekeken?'

'Ja, dokter kameraad.'

'Wat was de doodsoorzaak?'

'Verdrinking.'

'Mooi zo. Nou, je hoort het, Dtui. Als rechter Zuurpruim straks weer belt, is dat de voorlopige diagnose. En zeg er maar bij dat ik morgen in de loop van de ochtend contact opneem.'

Hij liet zijn blik over zijn bureaublad glijden en begon papieren te verschuiven en op te tillen, alsof er iets ontbrak. Iets belangrijks. Dtui en Geung wisselden een verbaasde blik.

'Heeft een van jullie hier iets weggehaald in de laatste paar dagen?'

Geung schudde fanatiek zijn hoofd. Dtui keek verontwaardigd. 'Het zou niet bij me opkomen om aan uw spullen te zitten!'

'Maar waar is dan dat...?' Hij haalde zich de dag van de sectie op mevrouw Nitnoy voor de geest. Hij had tot laat in de avond aan het rapport zitten werken, en toen was... Ja, dat was het! Kameraad Kham was binnengekomen en aan zijn bureau gaan zitten, met dat betoog over de ongewenstheid van verder onderzoek. Het rapport had voor hem gelegen. Hij moest het achterover hebben gedrukt.

'Vuile dief!'

'Wie is hier een dief?' vroeg Dtui, klaar om haar eer en die van Geung te verdedigen.

'Nee, niet jullie. We hebben hier een smiecht over de vloer gehad, een rapportendief. Dtui, waar is je aantekenboek?'

'Het sectieboek?'

'Ja.'

'Hier in mijn la.' Ze trok die open en haalde het tevoorschijn.

'Ah, goed zo. Dat leen ik even van je, zodat ik een nieuw rapport over mevrouw Nitnoy kan schrijven.' Hij liep naar haar toe en pakte het aantekenboek aan.

'Weten we al waar ze aan gestorven is?' vroeg Dtui.

'Nee, maar niet aan *lahp*, zoveel is zeker. Overigens mondje dicht daarover, horen jullie me? Voorlopig gaat het niemand wat aan.'

Ze knikten.

'Het heeft er alle schijn van dat iemand deze zaak voortijdig wil afsluiten. En dat betekent dat wij niet langer gewone lijkschouwers zijn, jongens. Wij zijn speurneuzen nu. Commissaris Siri en zijn trouwe inspecteurs. Eén voor allen, allen voor één.'

Hij liep naar de deur, waar hij zich omdraaide, de hakken van zijn sandalen tegen elkaar klakte en salueerde. Grinnikend liep hij de gang in, en een paar tellen later zagen ze hem voorbijlopen over het terrein. Door het openstaande raam konden ze hem de Marseillaise horen zingen.

Maar binnen werd het doodstil. Zelfs de kakkerlakken roerden zich niet langer. Dtui was voor één keer met stomheid geslagen, en zelfs Geung kon vanuit zijn hoogst eigen wereld zien dat er iets bijzonders gaande was.

'De dokter kameraad is... hij is raar vandaag.'

4

De eerste Tran

Door alle opwinding was het nauwelijks te geloven dat het pas donderdag was. Siri kwam verkwikt en bruisend van energie bij het mortuarium aan. Hij was wederom de eerste, ontsloot de deur, deed ramen open en verjoeg de kakkerlakken naar hun schuilplaatsen.

Alvorens zijn grote telefoonavontuur te ondernemen, ging hij een kijkje nemen bij zijn gast in de koelcel. Die bood geen appetijtelijke aanblik. De huid, dik en wasachtig, zag eruit alsof hij was afgestroopt en haastig teruggelegd, met een bruinige glans die duidelijk maakte dat het lijk een week of twee, drie in het water had gelegen. Toen Siri het laken wegtrok, zag hij dat er nylondraad om de linkerenkel was gebonden, in vele windingen en strak genoeg om diep in het vel te snijden. Het viel hem op dat het bloed van de man aan de achterkant van zijn lichaam en rond zijn benen was opgehoopt – opmerkelijk, want als hij na zijn dood voorover had rondgedobberd, als een normale drenkeling, zou er hypostase aan de voorkant van het lichaam zijn geweest.

Er was dus alle reden voor nieuwsgierigheid, maar hij legde het laken terug en ging op zoek naar een ingewijde in de wonderen van de telefonie.

Een knap meisje stond dossiers op te bergen in een archiefkast. Ze keek over haar schouder om te zien wie er binnen was gekomen.

'Ik moet Justitie bellen.'

'De telefoon staat achter u, dokter. Schrijft u het nummer maar in het boek, plus uw naam en met wie u gebeld heeft, en hoe lang.'

Ze draaide zich weer naar de kast, maar Siri bleef bedremmeld staan, zonder zelfs maar naar het toestel te kijken. Ze voelde het en keek opnieuw om.

'Het is misschien beter als jij het even doet,' zei hij zachtjes.

'Als ik wat doe?'

'Even voor mij bellen, alsjeblieft.'

'Niet nodig hoor, het is een gewone telefoon. U kunt direct verbinding maken.'

Hij keek naar het lugubere zwarte ding en liep er schroomvallig naartoe. De cijfers loerden hem aan door de patrijspoortjes van de kiesschijf. Hij talmde nog even en pakte de hoorn van de haak, drukte hem tegen zijn oor en luisterde naar de zoemtoon.

'Hallo?'

Geen antwoord.

'U krijgt geen telefoniste, dokter. Gewoon een nummer kiezen.'

Ze liet haar archiefwerk rusten en kwam bij hem staan. Het moment van de waarheid was aangebroken. 'Dat kan wel zijn, maar ik weet niet hoe dat moet.'

'Wat zegt u nu?'

Hij begreep haar verbazing – een arts van tweeënzeventig die niet met een telefoon kon omgaan. Maar in zijn verdediging moet worden gezegd dat Laos geen telefooncultuur had. Het land telde nog geen negenhonderd functionerende toestellen, en de meeste daarvan stonden in overheidsgebouwen. Zelfs tijdens de kapitalistische ontaarding hadden alleen de patserigste families hun eigen privétoestel gehad.

Als arme student in Frankrijk was een telefoon onbetaalbaar voor hem geweest, en er was ook niemand om te bellen. En omdat hij de decennia daarna grotendeels in de jungle had doorgebracht, was het hem altijd een raadsel gebleven hoe je zo'n ding moest bedienen – een raadsel dat gaandeweg vreesaanjagende proporties had aangenomen.

'Ik heb weleens in veldtelefoons gesproken, maar dan zat er altijd een technicus bij om aan het slingertje te draaien.' Hij glimlachte bij de herinnering.

Het was blijkbaar een zachtmoedig meisje, want haar ogen werden vochtig van ontroering. Ze nam hem de hoorn uit handen. 'Wat is het nummer?'

'Het nummer?'

Ze pakte er de dunne telefoongids bij, zocht het nummer van het ministerie van Justitie op en leerde hem de kiesschijf te gebruiken. Ergerlijk, zo simpel als het bleek te zijn.

Zoals hij al gehoopt had, was rechter Haeng net naar de rechtbank voor een echtscheidingszaak. De onbenul had een aktetas vol huiselijke onmin en voogdijdisputen, maar nooit iets wat ernstig genoeg was om strafrechtelijk te mogen heten. Zijn secretaresse, Manivone, verzekerde Siri dat de edelachtbare zeer ontstemd was over zijn absentie van de vorige dag, en dat hij een sectierapport op zijn bureau verwachtte als hij die middag terugkwam.

Siri vroeg hoe het met haar pasgeboren kind ging, en met de zieke varkens van haar man, en raakte ondertussen vertrouwd met de hoorn in zijn hand. Het meisje moest hem het ding ten slotte afpakken voor het geval dat iemand iets dringends had te melden.

Vol voldoening liep Siri terug. De dag was nog maar net begonnen, maar hij kon al op twee prestaties van belang terugkijken: hij had voor het eerst van zijn leven getelefoneerd, en contact gehad met Justitie zonder dat nare mannetje onder ogen te komen. Maar een hattrick zou uitblijven, want de sectie leverde meer vragen op dan antwoorden.

Dtui stond geestdriftiger dan ooit in haar aantekenboek te krabbelen terwijl Siri zijn aanvankelijke observaties dicteerde. Intussen zag hij alweer tal van andere ongerijmdheden op de dode huid. Meest in het oog springend waren de brandvlekken die de man rond zijn tepels en genitaliën leek te hebben, maar nergens anders.

Siri knikte minzaam bij Dtui's vanzelfsprekende verklaring voor het draad rond de enkel van het lijk: daar had iets zwaars aan vastgezeten om de man te laten zinken. Maar ze voegde er een opmerkelijke vraag aan toe: 'Waarom hebben ze geen touw of ijzerdraad gebruikt?'

'Hoezo?'

'Nou, als je iemand met gewichten verzwaard naar de bodem wilt laten afzinken, neem daar dan geen goedkope nylon uit Vietnam voor. Iedereen weet dat dat spul niet tegen water kan. Vroeger gebruikten ze het om bamboesteigers te bouwen, maar die donderden na de eerste de beste moessonregen in elkaar, omdat het draad was vergaan.'

'Tja, misschien hadden ze niets anders bij de hand, of misschien hadden ze haast. Maar ik vind het een sterk punt. Schrijf het maar wel op.' Ze gehoorzaamde glunderend.

De laatste aantekening voordat Siri begon te snijden, betrof de gelaatsuitdrukking van de man. Zijn mond was opengesperd en zijn ogen drukten een angst uit die geen van drieën ooit eerder bij een dode had gezien. En het leek hoogst onwaarschijnlijk dat die blik door lijkverstijving was ontstaan.

Toen Siri zijn incisies had gemaakt en ze de stank enigszins te boven begonnen te komen, openbaarden zich nieuwe verrassingen. Het viel Geung niet kwalijk te nemen dat hij de vorige dag van verdrinking had gerept, want alle uiterlijke tekenen waren daar, en het leed ook geen twijfel dat de man twee tot drie weken in het water had gelegen. Maar van een lichaam in deze staat van ontbinding kon nooit met zekerheid worden gezegd dat verdrinking de doodsoorzaak was. En nu Siri het had opengemaakt, zag hij dingen die de onzekerheid alleen nog maar groter maakten.

In zoet water doet een mens er een minuut of vier over om te verdrinken. In die tijd zal ongeveer de helft van het circulerende bloed met water worden vermengd, inclusief de algen die zich daarin bevinden, omdat de persoon in een reflex naar adem hapt en het water tot in de longblaasjes doordringt, en dan verder de bloedbaan in.

Siri nam monsters uit de maag, longen en slagaders, maar zijn instinct zei hem al dat de man dood was geweest bij onderdompeling. Niets wees erop dat hij nog adem had gehaald of dat zijn hart nog had gepompt toen hij kopje-onder ging.

'En bovendien...'

Opeens verscheen er een man met een onaangenaam harde stem in de sectiekamer. Hij hield een doek tegen zijn mond gedrukt en keek Siri en zijn mensen aan alsof hij ze op iets onzedelijks had betrapt.

'Wat stinkt er hier zo verschrikkelijk?'

Siri verwaardigde zich niet hem aan te kijken. 'Maakt u dat u wegkomt, alstublieft.'

'Eerst een eind maken aan die stank! Wat hebben jullie daar? Een lijk, is het niet?'

'Meneer Geung, kun jij die hoogst onbeleefde man even uitgeleide doen?'

Geung stapte op de indringer af, maar die trok zich al terug, hoewel hij zich nog eenmaal omdraaide in de tussenruimte. 'Ik maak hier werk van bij de directie, reken maar! Ik pik het niet, die stank!'

Siri grinnikte. 'Goed, waar waren we gebleven?'

'Bovendien...'

'Juist ja. Bovendien zie ik iets ongebruikelijks in de borstholte. Daar is sprake van verkleuring rond de aorta, die op een scheuring wijst. Dat moet voor een hevige inwendige bloeding hebben gezorgd.'

'Waar wordt zo'n scheuring door veroorzaakt?'

'Geen idee. Moeten we de boeken maar even op naslaan.'

Verder trof hij niets opmerkelijks aan. De lever vertoonde effecten van alcoholgebruik, maar geen dodelijke. Het hart en de hersenen gaven niets prijs. Terwijl Dtui en Geung het lijk dichtnaaiden, bekeek Siri een paar huidmonsters onder de microscoop.

'Dtui, kom eens kijken als je wilt.' Ze haastte zich naar de bank en drukte haar oog tegen het oculair. 'Wat zie je?'

'Ehm, groen? En glinsterende dingetjes?' Ze verschoof het objectglaasje. 'En zwart. Nog meer glinsterende stukjes. Best mooi om te zien. Wat is dit?'

'Dit is huid uit het gebied rond de tepel dat er verbrand uitziet. Dat groene kan door aanraking met koper zijn veroorzaakt. De glinsterende stukjes zijn waarschijnlijk metaaldeposities.'

'En wat wil dat zeggen?'

'Ik zal wat chemische bepalingen moeten doen in het Lycée, maar voorlopig houd ik het op verschroeiing door elektriciteit.'

'Waa...?'

'Stroomstoten op de tepels en testikels. Wat zou je daarvan zeggen?'

'Auw!'

83

Hij lachte. 'Probeer eens meer als een politie-inspecteur te klinken.'

Ze dacht er even over na. 'Is hij gemarteld?'

'Daar ziet het wel naar uit. Je geeft jezelf niet per ongeluk een stroomstoot op je tepels en genitaliën, dunkt me. En een andere verklaring kan ik niet bedenken.'

'Dus ze hebben hem gemarteld, en daarna aan een steen vastgebonden en in het stuwmeer gegooid. Populaire bink was hij. Denkt u dat hij aan die marteling bezweken is?'

'Er zijn geen aanwijzingen dat het hem fataal is geworden. Het zou kunnen dat die bloeding in zijn borstholte er verband mee houdt, maar dat betwijfel ik eerlijk gezegd. Ik moet maar eens een poosje in de boeken duiken. Wil jij ondertussen het sectierapport schrijven?'

'Ik?'

'Ja, waarom niet? Je hebt alles met eigen ogen gezien. Maar doe me een plezier en schrijf letters die groot genoeg zijn om zonder vergrootglas gelezen te kunnen worden.'

'Hebt u liever dat ik het typ?'

'Dat je... kun jij *typen*?'

Geung lachte. 'Zij kan veel hoor! Heel veel!'

'Dat idee krijg ik ondertussen ook. Maar heb je dan geen typemachine nodig?'

'Dat zou wel van pas komen, ja. Ze hebben er een op de administratie, waar ik af en toe op mag oefenen.'

Siri schudde verwonderd zijn hoofd. 'Weet je, ik denk dat het een slimme zet van me geweest is om jou als leerling te kiezen. Heeft een van jullie trouwens een idee wie die idioot was die hier een grote muil kwam opzetten?'

'Nee.'

'Nee.'

Een uur voordat Haeng terugkwam van zijn echtverbreking lag het rapport getypt en zonder spelfouten op zijn bureau. Het lijk lag weer in de koelcel en de sectiekamer was grondig schoongemaakt. Siri deed de plechtige belofte om niet meer tegen muren of bezemverkopers aan te rijden, kreeg toestemming om Dtui's fiets te gebruiken en reed zonder rustpauze naar het Lycée.

Lerares Oum stond voor de klas, dus ging hij in de gang naar de klanken zitten luisteren van Russisch, moderne geschiedenis en politieke theorie, gegeven door tot het communisme bekeerde leraren Frans, Engels en oude geschiedenis in de andere lokalen. Ze lazen hun stof voor uit gestencilde readers die verstrekt werden door het ministerie van Onderwijs, en de leerlingen schreven op wat ze hoorden. Voor het stellen van vragen was geen gelegenheid, vermoedelijk omdat de leraren daar geen antwoorden op zouden hebben. Maar afgezien van deze wijzigingen in het rooster en de onderwijsmethode, was het leven nauwelijks veranderd voor de leerlingen en leraren die in de hoofdstad waren achtergebleven.

Er had zich een vrijwel geruisloze overgang voltrokken van wat de nieuwe president 'een bastaardkind van de Verenigde Staten' noemde naar een marxistisch-leninistische staat. De Laotiaanse Revolutionaire Volkspartij, voortgekomen uit het Laotiaanse Volksfront, had het zaad van de revolutie al lang voor december '75 geplant. Dorpen waren al bestuurd door sympathisanten die klaarstonden om het nieuwe beleid te implementeren. De Pathet Lao had al zetels in het parlement gehad, en een partijbureau op een letterlijke steenworp van de Amerikaanse ambassade.

De ondergrondse vakbonden en nutsbedrijven hadden klaargestaan om het land plat te leggen als het sein daarvoor gegeven werd. En toen dat sein ten slotte kwam, was de leiding van leger en politie al massaal de Mekong overgezwommen – het bevel om de opstand neer te slaan was uitgebleven.

De inwoners van Vientiane hadden de ommekeer gelaten over zich heen laten komen. Tijdens de Amerikaanse aanwezigheid hadden de meesten voor geen dollar profijt gehad van de bandeloosheid en corruptie. De enkeling die zich verrijkte, voelde zich prompt Amerikaan en liet de gewone man barsten. En voor de Amerikanen waren er de Fransen geweest, en aan de Fransen wilde niemand meer een woord vuilmaken.

Nee, de meeste Laotianen die in de hoofdstad waren blijven wonen, vonden het wel best zo. Het algemeen gevoelen was dat het nieuwe bewind het onmogelijk slechter kon doen dan het vorige. En Laotianen waren het sowieso beu om inwoners te zijn van een kolonie onder buitenlands bestuur – als ze toch een beroerd bestaan moesten hebben, dan het liefst door toedoen van andere Laotianen.

Toen de bel het einde van de schooldag aankondigde, was de sfeer er eerder een van een vreugdevolle ontsnapping dan van een afscheid. De blije tieners begroetten Siri met hun handen tegen elkaar in een beleefde *nop*. Ze waren kennelijk nog niet aan de gezichten van de nieuwe schoolleiding gewend – man van boven de vijftig, laten we hem maar *noppen*, je weet nooit.

Lerares Oum keek op van haar scheikundepapieren. 'Nee maar, twee bezoeken in één week. Je hebt het druk zeker.'

'Volgens mij test Boeddha me om te zien of ik hem ook al de rug heb toegekeerd.'

'Wat kan ik voor je betekenen?'

'Ik weet dat ik lastig ben, Oum, maar kunnen we die cyanidetest nog een keer doen?'

'Waar nu op?' Hij haalde het potje hoofdpijntabletten uit zijn schoudertas. 'Ik ben benieuwd of we hier nog wat sporen van cyaankali in vinden. In het potje zelf, bedoel ik, want die tabletten zullen wel alleen aspirine bevatten. En dan heb ik deze nog.' Hij haalde een potje tevoorschijn met twee dode kakkerlakken.

'Wat nou?' lachte ze. 'Doe je nu ook al moordonderzoek binnen het insectenrijk? Je weet dat ik nog maar weinig chemicaliën heb, hè?'

'Jazeker. Dus nu maar hopen dat er iets uit komt.'

En dat zou het doen.

5

De kippenteller

Op vrijdagochtend werd het mysterie van de man met de harde stem opgelost. Siri en zijn medewerkers stonden een bejaarde vrouw dicht te naaien, die bleekmiddel had gedronken om haar familie niet langer tot last te zijn. Omdat dit zich in een toiletruimte van het ziekenhuis had afgespeeld, moest er sectie worden verricht. De ziekenhuisdirecteur, Suk, kwam het kantoor binnen en riep Siri te komen. Naast hem stond de luidruchtige man, met zijn armen hoog voor zijn borst gevouwen. De directeur was de zoveelste leidinggevende die na de omwenteling een post moest bekleden waar hij eigenlijk te jong voor was. Ook hij voelde zich bedreigd door Siri's oneerbiedige persoonlijkheid, en ook hij uitte dat door overdreven bazig te doen.

'Dokter Siri, dit is kameraad Ketkaew.' Siri stak zijn hand uit, maar de man maakte geen aanstalten die te schudden. 'Ik neem aan dat je de cabine hebt gezien die achter dit gebouw is neergezet?'

'Nee.' Er was nooit een reden geweest om naar de achterkant van het mortuarium te lopen, waar een braakliggend veldje lag.

'Dan stel ik voor dat we er even een kijkje gaan nemen.'

Ze liepen met zijn drieën om het gebouw heen en betraden een kleine bamboehut die was ingericht met een schrijfbureau, een kantoorstoel, een archiefkast en een schoolbord. Boven de deur hing een bordje met het opschrift *khon khouay* – afgevaardigde.

Khon khouay waren buurtspionnen, door de mensen spottend kippentellers genoemd, die zelfverrijking en onmatigheid moesten signaleren. Over het algemeen waren het functionarissen die de taak tegen wil en dank boven op hun normale werk hadden gekre-

87

gen. Dat meneer Ketkaew zijn eigen kantoor met een heus bord boven de deur had, was een teken dat zijn aanstelling zeer ernstig nam. 'Kameraad Ketkaew is toegewezen aan sector 18, en aangezien ons ziekenhuis daar het centrum van vormt, is het ons een eer hem een accommodatie te bieden.' De toon waarop hij het 'een eer' noemde, deed Siri vermoeden dat hij het als iets heel anders ervoer. En hij wist ook wel waarom. Het ziekenhuis was verre van vermogend en Suk had de grootste moeite om de eindjes aan elkaar te knopen. Een kippenteller, en zeker een veeleisende kippenteller, was wel het laatste wat hij er op het terrein bij kon hebben.

Ketkaew nam het woord, en bleek een man die maar op één volume kon spreken. 'Dus vanaf nu is het afgelopen met die stank, begrepen?'

Siri telde tot tien alvorens hij reageerde. Hij had zulke mannetjes vaker meegemaakt, zwelgend in het gezag dat hen verleend was. In het gunstigste geval waren ze alleen maar irritant, maar je had er ook die ronduit gevaarlijk werden als je ze tegen je innam. 'Meneer Ketkaew, ik hoor het graag als u een manier weet om lijken niet naar lijk te laten ruiken.'

Daar moest Ketkaew even over nadenken. 'Kun je ze niet bespuiten met iets?'

'Een luchtverfrisser, bedoelt u?'

'Zoiets ja.'

Siri grinnikte, en zelfs de directeur moest een glimlach onderdrukken. 'Ik vrees dat we dan in overtreding zouden zijn. De wet stelt duidelijk dat je geen chemische stoffen mag gebruiken om iemands natuurlijke geur te onderdrukken. Dat gaat tegen de mensenrechten in. De integriteit van het lichaam, weet u wel.'

'O, nou, in dat geval moeten de ramen maar dicht. Ik kan niet geacht worden mijn werk te doen met die stank.'

'U wilt dat we de ramen sluiten? Tja, dan zal het ziekenhuis zijn schaarse middelen moeten aanspreken voor een airconditioner. Wij moeten daarbinnen wel adem kunnen halen, vindt u ook niet?'

Ketkaew gaf met een schouderophalen te kennen dat het hem een zorg was of ze ademhaalden of niet.

'Het zou volgens mij het beste zijn als directeur Suk uw onderkomen verplaatste, zodat u niet langer last van ons hebt.'

'Nee, nee,' kwam Suk tussenbeide, 'ik ben bang dat dit de enige plek is die we ter beschikking kunnen stellen. Er zijn uiteraard nog plekken buiten het...'

'Geen sprake van! Om mijn taak naar behoren te vervullen zal ik mijn kantoor hier op het terrein moeten hebben.'

Het werd Siri opeens duidelijk. De leiding had het 'verzoek' niet kunnen weigeren om Ketkaew onderdak te bieden, dus hadden ze hem pal achter het mortuarium neergezet, in de hoop dat de stank hem zou verdrijven. Maar het eind van het liedje was nu dat hij, Siri, het meest onder die opzet zou lijden. Vrijdag begon op deze manier de vervelendste dag van de week te worden. Eerst dit gelazer, en vanmiddag zijn tweede verlichtingssessie met rechter Haeng.

Haeng kreeg ditmaal de kans niet om Siri's houding aan de kaak te stellen – hij was niet met hem alleen. In de tweede stoel voor zijn bureau zat een knappe, goed geklede veertiger, die er als twintiger waarschijnlijk niet veel anders had uitgezien. De man had een vriendelijke oogopslag, een fris gezicht en een atletische bouw. Maar erg spraakzaam was hij niet.

Haeng stelde hem op zijn vormelijke wijze aan Siri voor. 'Kameraad Siri, maakt u kennis met inspecteur Phosy van de Nationale Politie. De inspecteur heeft onlangs met goed gevolg een leergang in Viengsai afgerond en hij zal nu zijn functie als opsporingsambtenaar hernemen.'

Siri boog zich naar Phosy toe en gaf hem een hand. Het was een langdurige handdruk, van het onderzoekende soort. Handen schudden was een populair gebruik in Laos, en wie er aanleg voor had, kon veel uit iemands handdruk leren afleiden: oprechtheid, ongeduld, zwakheid. Siri vroeg zich af wat hij zojuist had prijsgegeven.

Een leergang in Viengsai, Siri wist wat dat betekende: indoctrinatie. Toen de Pathet Lao aan de macht kwam, hadden alle politiebeambten en hun meerderen een uitnodiging ontvangen om in het noorden een training te ondergaan – deels om vast te stellen waar hun loyaliteit lag. Als Phosy net terug was, wilde dat zeggen dat hij een jaar in een kamp had doorgebracht. Siri vroeg zich af hoe die periode hem beïnvloed had. Tot dusver lachte hij gewillig om Haengs grapjes en betuigde zijn instemming met alles wat de rechter zei. Het begon zelfs een tikje irritant te worden. Haeng schraapte zijn keel.

'Ik wilde u beiden aan mijn bureau hebben om over de stoffelijke overschotten te praten die uit het stuwmeer van Nam Ngum zijn gehaald.'

'Overschottén?'

'Ja, dokter. Er zijn twee lichamen geborgen.'

'Daar was mij niets van bekend. Waarom is er dan maar één naar mijn mortuarium gebracht?'

'Alles op zijn tijd, dokter. Inspecteur Phosy, heeft u de kopie ontvangen die ik van het sectierapport liet maken?'

'Jazeker, kameraad rechter. Ik heb het bij me. Heel attent van u om het op te sturen.'

'Niet meer dan de beleefdheid die men zou verwachten tussen diverse disciplines binnen het justitiële apparaat. Als ik het rapport eerder had ontvangen, had u eerder een kopie gekregen.' Hij schonk Siri een vuile blik. Siri schonk hem een minzame.

'Bij die mening sluit ik me van harte aan, kameraad.'

Siri begon zich af te vragen hoe lang het nog duurde eer de inspecteur voor de rechter neerknielde om de knopen van zijn gulp op te poetsen. 'Waar is het andere lijk?' vroeg hij.

'In de ambassade van Vietnam.'

'Nooit geweten dat ze daar een koelcel hebben.'

'Die is er ook niet. Ik geloof dat ze het lichaam op ijs bewaren.'

'Met welke doel?'

'Tot hun eigen lijkschouwer naar Vientiane kan komen voor een onderzoek.'

'Hun eigen... vertrouwen ze mij soms niet?'

'Uw bekwaamheid doet er niet toe, dokter. Als zij dezelfde sporen van marteling bij hun man aantreffen als u bij de uwe, zou dat weleens tot een verstoring van onze goede relatie met Vietnam kunnen leiden.'

'Wat maakt dat lijk daar tot "hun man"?'

'Dit.' Haeng hield een dossiermap omhoog, in de kennelijke verwachting dat Siri ervoor uit zijn stoel zou komen. In plaats daarvan sprong de inspecteur gedienstig overeind, pakte de map aan en gaf die aan Siri. Hij bleef achter hem staan en sprak als eerste toen Siri er de foto's van een lijk uit haalde.

'Traditionele Vietnamese tatoeages. Heel karakteristiek.'

'Ja, karakteristiek zijn ze zeker,' zei Siri, die zich verbaasde over de scherpte van de inktlijnen. 'Maar hoe kwam de beslissing tot stand om hem naar de Vietnamese ambassade te brengen?'

'Iemand bij de dam meende de tatoeages te herkennen, waarop men de ambassade belde en er een adviseur werd gestuurd die de herkomst bevestigde.' In Vientiane was er gebrek aan van alles en nog wat, maar Vietnamese 'adviseurs' waren er in overvloed. Cynici (en Siri had het cynisme zo ongeveer uitgevonden) beweerden dat er zoveel adviezen door Hanoi werden verstrekt, dat het niet lang meer kon duren of het Vietnamees werd de officiële landstaal. 'U zult begrijpen hoe delicaat deze zaak is,' drensde Haeng voort. 'Een Vietnamees staatsburger die verhoord en gemarteld wordt in Laos. Het kabinet heeft gisteren al over de zaak vergaderd. Wij zullen het verzoek indienen om u aanwezig te laten zijn bij het postmortale onderzoek, zodat u uw bevindingen kunt uitwisselen met de Vietnamese lijkschouwer.'

'Verzoek, hoezo verzoek? We zijn hier in Laos, dus waarom eisen we het niet gewoon?'

'Zo eenvoudig ligt het niet, kameraad dokter.'

'Zo eenvoudig zou het wel moeten zijn. We zijn nog geen provincie van ze, hoor.'

'Dokter, als u binnenkort contact hebt met de Vietnamezen, hoop ik dat u een beetje op uw woorden let. Zij zijn niet zo ruimdenkend als wij.'

De bijeenkomst bleef zich voortslepen, omdat Haeng zich geroepen voelde om Phosy over alle zaken te vertellen waarbij de dokter en hij hadden 'samengewerkt'. Siri beperkte het tijdverlies door zijn kaken stijf op elkaar te houden, maar net toen het gesprek eindelijk op zijn eind leek te lopen, Siri keek al verlangend naar de deur, schraapte de rechter opnieuw zijn keel.

'Ik heb eens nagedacht, dokter. Nu dat u formeel met de politie samenwerkt, lijkt het me tijd dat we ons van die stumper ontdoen.'

'Die stumper?' Siri haalde zijn schouders op. 'Och, ik weet niet. Hij heeft zijn mindere dagen, maar dat lijkt me geen reden om directeur Suk de laan uit te sturen. Sneu voor zijn vrouw en kinderen ook. Wat mij betreft zien we het nog even met hem aan.'

'Directeur...? Hemel, nee. Ik heb het over die geestelijk gestoorde knecht van u. Ik ben bereid geld vrij te maken voor een volwaardig assistentensalaris.'

'Kijk, dat doet me nou deugd. Wat zal meneer Geung blij zijn als hij hoort dat hij eindelijk fatsoenlijk betaald gaat worden.'

'U luistert niet. Ik zeg u die stumper weg te sturen en een normale medewerker aan te werven.'

'Wegsturen? Ik kijk wel uit. Hij is de enige met verstand van zaken.'

'Hij is gestoord.'

'Ach, zijn we dat niet allemaal?'

'In uw geval begin ik me dat inderdaad af te vragen, dokter.'

Siri slaakte een zucht. 'Mijn waarde rechter Haeng, meneer Geung heeft een relatief lichte vorm van het downsyndroom. Zijn toestand maakt hem bij uitstek geschikt voor routinematige arbeid. Mijn voorganger heeft er veel tijd en moeite in gestoken om hem zijn werkzaamheden te leren, en als hij eenmaal iets weet, vergeet hij het nóóit meer. Hij is gevaarlijk noch onhandig, en de kans lijkt me klein dat onze gasten aanstoot aan hem zullen nemen.

Hij werkt nu ruim drie jaar in het mortuarium, dus ik meen niet lichtzinnig te zijn als ik stel dat hij meer van het werk af weet dan ik. Hij wijst me onophoudelijk op dingen die ik dreig te vergeten, en hij weet precies waar alles ligt. Hij heeft een verbazingwekkend goed geheugen, en mijn verpleegster Dtui en ikzelf zijn zeer op hem gesteld.'

Haeng begon zichtbaar geërgerd te raken. Hij tikte zo hard met zijn potlood op zijn bureaublad, dat de punt afbrak. 'Een ontroerend pleidooi, kameraad dokter, ik kan mijn tranen nauwelijks bedwingen. Maar laten we nu heel even rationeel zijn. Kunt u zich voorstellen welke indruk het op een hoogwaardigheidsbekleder zou maken als hij werd rondgeleid door het ziekenhuis en...'

'En hij zou mij daar zonder plastic schoenen zien, en Dtui zou geen bh dragen onder haar uniform.'

'Dokter!'

'Hoogwaardigheidsbekleders die een ziekenhuis bezoeken, voelen er zelden iets voor om het lijkenhuis te bekijken. En mocht dat wonder zich toch eens bij ons voltrekken, dan zal men ongetwijfeld bewondering voelen voor een instelling die zo beschaafd en vooruitstrevend is om vertegenwoordigers van maar liefst drie minderheden op een en dezelfde plek te laten werken. Een vrouw, een geestelijk gehandicapte én een lelijke stokoude kerel die samen een mortuarium bestieren, zou dat geen prachtige reclame voor onze revolutie zijn?'

Phosy, die stil en met zijn gezicht in de plooi had zitten luisteren, mengde zich tot Siri's verrassing in het gesprek. 'Ik heb een mongoloïde neef. Doet geen vlieg kwaad, die jongen. Op vrijdag bakt hij altijd bananen voor de hele familie. Soms vergeet je gewoon dat hij niet goed snik is.'

Siri en Haeng keken verbaasd naar de politieman, die verlegen zijn ogen neersloeg.

Maar met zijn opmerking had hij wel olie op de golven geworpen, al was het maar omdat Haeng begreep dat hij in de minderheid was in zijn eigen werkkamer. Hij liet Siri weten dat Geung wat hem betreft kon blijven, hangende een beoordeling door een externe deskundige – maar een volwaardig salaris was uiteraard uitgesloten.

En daarmee was de bijeenkomst ten einde. Siri en Phosy gaven de rechter een hand en liepen samen naar de deur. Maar alvorens de gang in te stappen, draaide Phosy zich nog eenmaal om.

'Kameraad rechter, sta me toe u te zeggen dat ik deze gedachtewisseling als bijzonder inspirerend heb ervaren. Ontmoetingen met mensen zoals u sterken me telkens weer in de overtuiging dat het socialistische systeem het enige juiste is. Ik hoop niet dat het u verlegen maakt, maar ik ben blij dat ons volk mannen als u heeft om naar op te kijken.'

Siri stond het in de gang aan te horen en moest de aanvechting bedwingen om zijn vinger in zijn keel te steken. Toen de inspecteur zich bij hem voegde, liepen ze in stilte het gebouw uit en over het betonnen pad naar het parkeerterrein. Bij een oude Franse motorfiets aangekomen, bleef Phosy staan en legde zijn aantekenboek in de bagagemand. Het drong nu pas tot Siri door dat hij met deze man zou moeten samenwerken, afkeer of niet. Dus hij kon maar beter proberen beleefd te blijven.

'Woont uw neef gewoon thuis?'

De inspecteur sloeg een been over zijn motorfiets. 'Welke neef?'

'De, eh, bananen bakkende mongoloïde neef.' Geen reactie, op een vaag glimlachje na. 'Wacht eens even, u hééft toch wel zo'n neef?'

Inspecteur Phosy moest vier of vijf keer trappen eer de motor aansloeg. De uitlaat braakte een vette zwarte rook uit. 'Ik heb een zuster met aambeien,' zei hij.

Siri wierp schaterend zijn hoofd in zijn nek, en kwam in een flits tot een besluit. Het was de snelste en misschien ook gevaarlijkste beslissing die hij in lange tijd genomen had. 'Ik heb nog een andere zaak, die ik je graag zou willen voorleggen.'

'Dat kan vast wel wachten tot maandag.'

'Nou, eerlijk gezegd niet.'

De inspecteur keek Siri even diep in zijn groene ogen, en knikte. 'Goed, dan kom ik vanavond wel bij je langs.'

'Weet je waar ik woon dan?'

'Ik zit bij de politie, hè.'

Zonder nadere uitleg scheurde Phosy weg tussen de talloze fietsers die op weg waren naar huis en bijna stikten in zijn zwarte rook.

De klop op de deur deed Siri opschrikken. Phosy had geen traptrede laten piepen en geen galerijplank laten rammelen. 'Binnen.'

Phosy had zijn schoenen al bij de deur gezet en stapte op zijn sokken de kamer in. Hij droeg vrijetijdskleding en had een fles in zijn hand. En niemand verdiende meer waardering dan een man die een fles meebracht als hij bij je langskwam. Siri keek ernaar. 'Ik mag hopen dat je me geen urinemonster wilt laten nakijken.'

Phosy zag dat Siri al twee glazen gereed had staan en schonk ze vol. 'Thaise cognac. Drink je eigenlijk? Dat had ik eerst wel even mogen vragen.' Hij reikte Siri een glas aan, die het met een hoofdknik aanpakte.

'Is dit een nieuwe vorm van politiedienstverlening?'

'Kwestie van eerbied voor de oudere medemens.'

'Je hoeft tegen mij niet te slijmen, dat weet je toch, hè?'

'Jazeker.'

'Op je geluk.'

'Op jouw geluk.' Ze namen allebei een slok.

'En, heb je veel opgestoken in dat kamp?'

'Het was een vruchtbare periode. Ik kan nu drieënzeventig soorten groente onderscheiden. Ik kan je precies vertellen hoe oud een rijstplant is, of wanneer een drachtige buffel zal gaan werpen.'

Siri lachte. 'Op je geluk.'

'Op jouw geluk.'

De glazen waren leeg. Siri pakte de fles en schonk ze weer vol.

'En hebben ze je ook tot het communisme kunnen bekeren?'

'Men heeft mij bewust gemaakt van het immense belang en de grote verworvenheden van het socialistische...'

'Ja, hou maar op. Geen vragen meer over het kamp. Vertel me eens over de mens Phosy.'

In het uur dat volgde kreeg Siri te horen dat Phosy getrouwd was, en vader van twee kinderen. Tijdens zijn verblijf in het noorden was zijn vrouw met hun kroost de rivier over gevlucht. Sindsdien had hij niets meer van ze vernomen. Hij was teruggekeerd in een leeg huis – geen gezin meer, zelfs geen meubels. Hij woonde nu in een eenkamerwoning.

Phosy hoorde op zijn beurt dat er in Siri's leven maar één vrouw was geweest, die zo toegewijd was aan de Goede Zaak dat ze geen kinderen had gewild. Dat had zijn eenzaamheid des te groter gemaakt toen ze elf jaar geleden onder raadselachtige omstandigheden het leven had verloren. Haar dood had Siri veel levenslust ontnomen, veel voldoening in zijn werk, en bijna al zijn geestdrift voor de communistische beweging.

Het was verbazend dat twee vreemden elkaar in zo'n korte tijd zo goed leerden kennen, met geen andere stimulans dan Thaise cognac. Interessant ook, dat beiden zo snel het gevoel hadden gekregen dat de ander te vertrouwen was.

'Maar zeg eens, wil je me echt een zaak voorleggen of hoopte je gewoon dat ik met een fles drank zou komen opdraven?'

Siri wist dat hij nu niet meer terug kon. Hij liet zijn stemvolume dalen. 'Ik wil je er graag over vertellen, al weet ik niet zeker of je bereid bent je ermee te bemoeien.'

'Waarom zou ik daar niet toe bereid zijn?'

'Omdat je er weleens problemen door zou kunnen krijgen.'

'En jij dan? Ben jij niet bang problemen te krijgen?'

'Ik heb al problemen zolang ik me heugen kan.'

'Wie heeft je verteld dat je op mijn discretie kunt rekenen?'

'Je mongoloïde neef en je zuster met aambeien.'

Ze lachten en dronken hun glas nog maar eens leeg.

'Die twee? Die zou ik maar laten kletsen als ik jou was. Heb je koffie?'

Terwijl Siri het aluminium filter omspoelde en er de geurige koffie in lepelde, gaf hij Phosy de officiële lezing van de dood van mevrouw Nitnoy. Maar toen hij de twee dampende koppen op tafel had gezet, liep hij naar het raam en trok er het luik voor.

De verschijning van meneer Ketkaew in het ziekenhuis had hem er weer eens aan herinnerd dat je overal kon worden afgeluisterd – op je werk, bij de kloostertempel, in je eigen woning. Veiligheidsagenten als Ketkaew spitsten bij elk open raam hun oren, bedacht op subversieve praat en Thaise radio-uitzendingen. De Laotianen waren altijd het laconiekste volk in de regio geweest, maar dit systematische staatswantrouwen begon mensen paranoïde te maken. Siri versleepte zijn stoel naar die van Phosy en vervolgde zijn verhaal met de testresultaten van dinsdag. Hij sprak op fluistertoon. 'Niets in de hersenen wees op parasieten als doodsoorzaak. Dan had ik cysten moeten vinden.'

'Kunnen die beestjes zich dan niet ergens anders hebben genesteld?'

'Als dat het geval was geweest, zou mevrouw Nitnoy een pijnlijke doodsstrijd hebben gevoerd. Alleen als de hersenen door parasieten worden aangetast, sterft iemand van het ene moment op het andere.

Dus ben ik naar het lyceum gegaan voor aanvullend chemisch onderzoek, en daarbij vonden we een hoge concentratie cyanide in de maagvloeistof.'

'Cyaankali?'

Hun alcoholroes begon snel weg te trekken.

'Een fatale dosis. Ik had volgens voorschrift wat vloeistoffen afgenomen voor in het archief, maar geen vast materiaal bewaard. En dat was op maandag al in de verbrandingsoven verdwenen, dus ik had geen kans meer om dat nader onder de loep te nemen.

Maar toen ik hoorde dat de ovenknecht zich ziek had gemeld, kwam ik op een idee. Het leek me waarschijnlijk dat de giftablet niet helemaal was opgelost in haar maag. Zo snel werkt dat spul namelijk. En het restant zou dan dampen hebben afgegeven bij de verbranding. De knecht had klachten die bij een milde cyanidevergiftiging konden passen, dus heb ik wat dode kakkerlakken bij de oven verzameld en die vervolgens ook getest. Ze waren positief.'

'Waarom ga je ervan uit dat ze die cyaankali in vaste vorm binnenkreeg?' Phosy boog zich naar hem toe. Hij had zijn koffie nog niet aangeraakt. Siri vertelde hem over de kater van mevrouw Nitnoy, en over haar potje hoofdpijntabletten.

'Ik gokte in eerste instantie op cyanidesporen in dat potje. Op meer durfde ik niet te hopen. Maar het bleek een schot in de roos.'

'Je vond het in een tablet?'

'Er zaten er nog drie in dat potje, en één daarvan bleek cyaankali. Hij was bijgevijld om precies op de aspirinetabletten te lijken. De andere dames van de Vrouwenbond hebben bijzonder veel geluk gehad.'

'Dus iemand heeft twee cyaankalitabletten in een potje pijnstillers gestopt. Hij wist niet wanneer mevrouw Nitnoy er een binnen zou krijgen, maar dat deed er kennelijk niet toe. Heb je dit ook al aan kameraad Kham verteld?'

'Ah, kijk, en daar begint de zaak ingewikkeld te worden.'

Siri vertelde over het bezoek dat Kham hem op maandag in het mortuarium had gebracht, en over de verdwijning van het sectierapport. Dat mevrouw Nitnoy nog even was komen spoken, hield hij wijselijk voor zich.

97

De inspecteur floot tussen zijn tanden en sloeg zijn koffie achterover. 'Dat is me het verhaal wel, zeg.'

'Het lijkt me verstandig om eerst maar eens af te wachten of mijn onvoltooide rapport straks als het officiële document opduikt.'

'Was het al ondertekend?'

'Niet door mij.'

'Mooi, want dat zou zeer belastend voor je zijn. Ik ben het met je eens, je moet dit niet aan de grote klok hangen voordat we meer aan de weet komen. Bij Justitie hebben ze het niet al te druk tegenwoordig, dus dat rapport zou binnen de kortste keren boven water moeten komen. Wat denk je dat onze vriend Haeng ermee zou doen?'

'Dat is misschien nog wel het grootste probleem – je kunt niet meer weten wie er op welke manier zal handelen. Toen we nog in het noorden zaten, regelde het recht zichzelf door de strikte erecode die we hadden. Maar nu we dit land de beschaving hebben gebracht, neemt menigeen opeens het gedrag over van zijn voorganger in het oude regime. Ik heb geen idee meer wie ik kan vertrouwen.'

Na een tweede kop koffie begeleidde hij Phosy naar beneden. Saloup had blijkbaar nachtdienst. Het liep al tegen elven, maar hij was nog klaarwakker, kwam meteen op Siri toe en begon tegen hem te grommen.

'Wat is er met die hond?'

'Hij heeft de pest aan me. Hij is met iedereen hier de beste maatjes, maar mij kan hij niet uitstaan. Honden zijn nooit echt dol op me geweest, maar waarom deze zo de pik op me heeft is me een raadsel.'

'Raar.'

Hij keek op. Het houten luik van de woning aan de voorkant ging krakend dicht. Siri volgde zijn blik.

'Welterusten, mevrouw Vong.' Ze gaf geen antwoord, maar hij wist dat ze brandde van nieuwsgierigheid. Hij had nooit gasten. Als ze nog een zweem van romantische gevoelens in zich had, zou deze knappe politieman haar zeker tot de verbeelding spreken.

Toen Phosy op zijn oude motorfiets was gestapt, en het koor van huilende honden aanzwol, boog hij zich naar Siri toe. 'Geef me wat tijd om het allemaal te overdenken voor we iets doen.'

'We?'

Ze glimlachten naar elkaar. Phosy trapte zijn motor aan en reed knetterend weg. Siri bleef omhuld door uitlaatwalm achter, alleen op straat, waar hij nu een eenzame prooi voor de straathonden vormde. Maar ondanks alle geblaf en gegrom had geen hond hem ooit gebeten of zelfs maar naar hem gehapt. Het luik van mevrouw Vong ging weer op een kiertje.

'Welterusten, mevrouw Vong.'

'Ga slapen, dokter Siri.'

Op zaterdag had Siri het doffe hoofd dat hij verdiende. Zijn bureaustoel kraakte toen hij zich oprichtte van zijn dikke forensische-pathologieboek. Hij legde een hand op zijn ogen en speurde door de afdeling Frans van zijn geheugen, op zoek naar de betekenis van een woord. Hij wist dat die ergens vindbaar moest zijn, want het leed geen twijfel dat hij dat woord ooit met regelmaat gebruikt had. Maar nee, met geen mogelijkheid...

'Een aorta-ruptuur kan optreden als gevolg van een botsing bij hoge snelheid of bij...' En dan het woord *précipitation*. Alle duivels, wat betekende *précipitation* ook alweer?

Een slagregen had vorig jaar zijn Franse woordenboek in één bonk papier veranderd, en hij had nergens meer een nieuw kunnen krijgen.

'Het schiet me wel te binnen,' zei hij in zichzelf. Hij leunde achterover, met zijn handen achter zijn hoofd gevouwen. 'Het komt wel weer boven.' Hij liet zijn blik door het kantoortje dwalen, keek door de openstaande deur en schrok toen hij in de gang een magere man ontwaarde, gekleed in een uniform dat bedoeld was voor een heel wat forsere man. Siri herkende het direct als het legeruniform van het voormalige Noord- en nu onverdeelde Vietnam, maar hij had het nog nooit zo spaarzaam gevuld gezien. Het deed hem aan de monsterpakken in Japanse griezelfilms denken. De hals van de man stak door een kraag die ruimte genoeg bood voor drie van zulke halzen. De rest van het uniform omgaf hem alsof het aan een kapstok hing. Hij sprak Siri aan in het Vietnamees.

'Ik ben op zoek naar dokter Siri Paiboun.'

Siri's Vietnamees had een zwaar accent maar was verder vlekkeloos. Hij had vijftien jaar in het noorden van dat land doorgebracht,
om te beginnen als revolutionair in opleiding, maar men had zijn
beperkingen als guerrillastrijder al snel onderkend, waarna hij zich
nuttig was gaan maken in de veldhospitalen van de Vietcong.

'Zoek niet langer. U heeft hem gevonden.'

De man glimlachte bedeesd opluchting en liep naar Siri's bureau,
gaf hem een hand en stelde zich blozend voor als dokter Nguyen
Hong. 'Ik moet me verontschuldigen voor mijn...' Hij keek be-
smuikt naar zijn borst.

'Dat uniform, tja, heeft u soms een weddenschap verloren?'

De Vietnamees lachte. 'Nee, dit was het enige dat ze voor me
hadden op de ambassade.'

'Waarom heeft u het dan aangetrokken?'

'Ik dien me te presenteren als militair adviseur. Als ik burgerkleding droeg, kon ik volgens de ambassadeur als spion worden be-
schouwd en voor een vuurpeloton worden gebracht.' Siri proestte
het uit. Deze reden voor het uniform was nog leuker dan het uniform zelf.

'Nou, drapeer uzelf dan maar over deze stoel en vertel me wat ik
voor u kan doen.'

Nguyen Hong ging tegenover hem zitten en glimlachte. 'Als ik
goed ben ingelicht, heeft u hier vorige week een verdrinkingsslacht-
offer binnengekregen.'

'Ah, de drenkelingenzaak! U bent de forensisch deskundige.'

'Och, meer een oude lijkschouwer, eerlijk gezegd.'

In de gang had hij er niet zo oud uitgezien, maar van dichtbij was
zijn haar een tikkeltje te zwart, en zijn gebit iets te groot voor zijn
mond. Hij was waarschijnlijk een leeftijdsgenoot van Siri, maar dan
een met aanpassingen.

'Hoe kan ik u van dienst zijn?'

'Ik hoopte een blik te kunnen werpen op uw drenkeling. Formeel
had ik daar waarschijnlijk eerst een verzoek toe moeten indienen,
maar ik hou niet zo van formaliteiten.'

'Ik ook niet.'

'Blij dat te horen. Er is alle reden om aan te nemen dat uw man ook Vietnamees is, maar zonder tatoeages hadden we het recht niet hem op te eisen. U heeft vast geen idee hoeveel beroering deze kwestie in Hanoi heeft gewekt.'

'Wat voor beroering?'

'Het verhaal doet de ronde dat jullie Vietnamese burgers hebben ontvoerd en gemarteld. Men wil er graag achter komen welke rol jullie overheid erin gespeeld heeft.'

'Waarom zou onze overheid er een rol in hebben gespeeld? Het kan toch ook een drugsdeal zijn geweest, of...'

'Wij hebben onze man al geïdentificeerd. Nguyen Van Tran, een gezant van de Vietnamese regering. Hij maakte deel uit van een delegatie die verdween nadat ze bij Nam Phao de grens met Laos waren overgestoken. Ze waren op weg naar Vientiane, maar zijn daar nooit aangekomen. Hun missie was strikt geheim.'

'Met zijn hoevelen waren ze?'

'Drie man. Twee regeringsfunctionarissen en een chauffeur.'

'En de identiteit van uw man is vastgesteld aan de hand van zijn tatoeages?'

'Nee, we konden zijn vingerafdrukken en gebitsgegevens nagaan, en er was een ring.'

'Had hij nog een ring om?'

'Ja, en de naam van zijn vader stond aan de binnenkant gegraveerd. Over tatoeages stond juist niets in zijn militair dossier. Die moeten gezet zijn na zijn indiensttreding.'

'Heeft u de gegevens van alle drie de mannen?'

Nguyen Hong trok zijn veel te lange mouw op en reikte in zijn schoudertas. Hij haalde drie mappen tevoorschijn en legde die op Siri's bureau. 'Kijkt u zelf.'

Siri opende de mappen en bekeek de foto's.

'Dit hier is de mijne.'

'Dat is de chauffeur. Zijn naam is ook Tran.'

'Welnu, dokter, ik stel voor dat we met onze respectieve paperassen naar de eetzaal gaan, de inwendige mens versterken en elkaar nog wat verder bijpraten. Voelt u er misschien iets voor om die uniformjas voor een doktersjas te verruilen?'

'Dat lijkt me geweldig.'

Nguyen kleedde zich om en Siri zocht de carbonkopieën van zijn sectierapport bijeen, waarna ze naar de eetzaal liepen voor een heuse lunch in plaats van een baguette. Hun gespreksonderwerp vormde een garantie dat ze een tafel voor zich alleen hadden.

6

Verpozing op een boomstam

'Wat ik nu weer over je hoor. Laat ik je voor een paar dagen alleen, leg je het meteen aan met de Vietnamezen.'

'Ik dacht wel dat je jaloers zou zijn.'

Het was maandag en Siri en Civilai zaten weer op hun boomstam, hun brood weg te spoelen met lauwe koffie. Ze keken naar de slanke bonte stern die over het oppervlak van de rivier scheerde. Hij dook naar een vis, stak zijn snavel te diep in het water en sloeg over de kop.

'Hij breekt zijn nek zowat.'

'Heeft het Comité er moeite mee dat ik me met de Viets inlaat? Het zijn toch nog steeds onze bondgenoten?'

De verfomfaaide stern stak zijn kop onder water en vloog het volgende moment alsnog op met een vis in zijn snavel. De twee oude vrienden zetten hun plastic kopjes neer en applaudisseerden.

'Je hebt bondgenoten en bondgenoten, Siri. Of laat ik het zo zeggen: zij hebben een andere kijk op de relatie dan wij. Voor ons zijn de adviseurs bronnen van kennis die we naar believen kunnen gebruiken of negeren. Maar zij geloven dat ze aan onze ministeries en departementen zijn toegewezen om ons te leren denken zoals zij, om ons in alles wat we doen afhankelijk van hen te maken.

Hoe meer adviseurs wij toelaten, hoe meer Hanoi ons als een veredelde kolonie ziet. Daarom hebben we een weloverwogen maar onofficieel beleid om veertig procent van hun adviezen in de wind te slaan.'

'Zelfs als het goed advies is?'

'Zelfs dan. Maar we gooien het niet echt weg, hoor. We bewaren het tot de adviseur in kwestie terug is naar Vietnam, stikvol frustratie over onze hardleersheid. En dan diepen we het op en doen alsof het onze eigen vinding is.'

'En hoe past mijn flirt met de Vietnamese lijkschouwer in jullie onofficiële beleid?'

'Tja, zolang het ons iets oplevert waar we wat aan hebben... Hij is toch wel coöperatief, hè?'

'Heel mededeelzaam. Alles wat hij weet, weet ik nu ook. Het probleem is alleen dat we verschillende bevindingen hebben gedaan over onze respectieve lijken.'

'Dat ligt dan ongetwijfeld aan jou. Geef nou maar toe, je kunt er eigenlijk niks van, hè?'

'Toen ik zijn resultaten zag, kreeg ik inderdaad eerst het idee dat ik er een rommeltje van gemaakt had. Mijn man schijnt de chauffeur van de delegatie te zijn geweest, ene Tran. Hij verkeerde in een aanzienlijk slechtere toestand dan de Tran die ze in de ambassade op ijs hadden liggen.'

'Heten ze allemáál Tran in dat land?'

'Alleen degenen die niet Nguyen heten. Maar goed, mijn Tran lag een dag of wat in het plaatselijke klooster nadat ze hem uit het water hadden gevist. Pas toen hadden ze een idee van wat ze met hem aan moesten. Maar toen ze de Tran met de Vietnamese tatoeages vonden, lag het voor de hand om meteen contact op te nemen met de ambassade.

Zodra het lichaam van een verdronkene uit het water is gehaald, begint het met een noodvaart te ontbinden. Dus toen ik mijn Tran binnenkreeg, verkeerde hij in een abominabele toestand. Zij legden die van hun meteen op ijs, wat overigens ook niet ideaal is. Toen Nguyen Hong er aankwam, lag dat lijk er al evenmin florissant bij. Dus we hadden geen van beiden ideaal materiaal om mee te werken.'

'Oké, smoes aanvaard. Hebben jullie helemaal geen punten van overeenstemming?'

'Jawel. We zijn er allebei vrij zeker van dat ze niet door verdrinking zijn gestorven. En we zijn het er ook over eens dat ze met gewichten werden verzwaard.'

'Om te voorkomen dat ze gevonden zouden worden?'

'Dat zou je denken, ja. Tenzij je Dtui's theorie in aanmerking neemt.'

'En hoe luidt die?'

'Als ze de lichamen werkelijk op de bodem van het stuwmeer hadden willen houden, dan zouden ze touw of ijzerdraad hebben gebruikt. Iets wat niet zo snel vergaat.'

'Briljant. Dus als we Dtui's hypothese overnemen, zijn ze door iemand in het water gekieperd die de bedoeling had dat ze na een tijdje weer boven zouden komen. Hebben jullie enig idee waar ze wél aan zijn gestorven?'

'Nou, de mijne had een aortabreuk. Die treedt vaak op bij botsingen met hoge snelheid. Nguyen Hong heeft dat als lijkschouwer vaak gezien.'

'En aangezien jouw Tran de chauffeur was, kunnen we aannemen dat ze een auto-ongeluk hebben gehad?'

'Dat zou kunnen, ja.'

'Heb jij zijn Tran ook kunnen bekijken?'

'Ik glip vanmiddag de ambassade met hem binnen, als alle hotemetoten naar een receptie zijn. Aan feestjes hebben jullie geen gebrek, hè?'

Civilai rolde met zijn ogen. Hij moest kennelijk ook handjes gaan schudden met die Cubaanse delegatie.

'Daarom noemen ze het de Communistische *Partij*, Siri, en niet de Communistische Vooruit-aan-de-slag.'

Siri lachte.

'Hoe zit het met de geruchten dat die kerels gemarteld zijn?'

'Die meen ik te kunnen bevestigen.'

'Eigenaardig. Waarom zou je een chauffeur martelen?'

'Voorlopig hebben we meer vragen dan antwoorden, ben ik bang. Nguyen Hong acht het zelfs waarschijnlijk dat zijn man door marteling om het leven is gekomen.'

'Bij hem geen verband met een botsing op hoge snelheid?'

'Niet dat Nguyen Hong heeft kunnen zien.'

Er kwam iemand langs de oever in hun richting gelopen. Het was Rajid, een krankzinnige Indiër die zich in dit deel van de stad ophield. Hij droeg zijn enige kledingstuk, een tot op de draad versleten sarong. Het was een verwaarloosde maar knappe jongeman, die in leven bleef dankzij de liefdadigheid van buurtwinkeliers die hem al kenden vanaf zijn kindertijd.

Hij ging op enkele meters afstand op de boomstam zitten en begon met zijn geslachtsdeel te spelen.

'Dag Rajid,' zei Siri.

'Goeiedag,' zei Civilai. Maar Rajid had wel iets aangenamers te doen dan te antwoorden. Ze hadden hem trouwens nog nooit een woord horen zeggen.

De noodzaak leek niet echt aanwezig, maar Civilai vervolgde hun gesprek op fluistertoon. 'Heeft je collega enig idee waarom de Viets óns verdenken en niet de Hmong? Als die drie door Borikhumxai zijn gereden, dan vroegen ze erom gekidnapt te worden door hun oude erfvijanden.'

'Daar heb je een punt. Maar er zijn twee redenen waarom Hanoi daar toch niet van uitgaat. Ik zal je trouwens niets in rekening brengen voor alle informatie die je me aftroggelt. Om te beginnen hadden ze een gewapend escorte tot aan Paksan, en van daaraf wordt de weg goed bewaakt en veilig geacht. Ze zijn voor het laatst gezien bij Namching, op nog geen zestig kilometer van Vientiane.

En ten tweede, als ze ten zuiden van de stad ontvoerd zijn door Hmong, waarom zouden die dan de moeite hebben genomen om hen vervolgens langs alle controleposten en dwars door Vientiane te smokkelen, om ze tachtig kilometer noordelijker in het stuwmeer te gooien? Ze hebben daar in het zuiden toch genoeg water tot hun beschikking? Alleen al de rivier, dunkt me.

Daarom denkt Hanoi dus dat ze wel degelijk tot in Vientiane zijn gekomen, en daar zijn opgepakt door een van onze veiligheidsbrigades of zo.'

'Maar om wat voor reden dan?'

'Dat hebben ze me nog niet verteld.'

'Wie hebben je dat nog niet verteld?'

'De geesten.'

Civilai begon te bulderen van het lachen, zoals altijd wanneer Siri zijn contact met de doden ter sprake bracht. Siri's ongewenste gave was een onuitputtelijke bron van vrolijkheid voor zijn *ai*, die een

veel te nuchtere man was om het serieus te nemen. Hij sprong overeind, stak zijn armen voor zich uit en begon op en neer te springen
als een spook uit de Chinese opera. 'Ooo, dokter Siri, help me. De
Pathet Lao hebben mijn tepels onder stroom gezet omdat ik door
rood was gereden.'

Siri grinnikte om het theater van zijn vriend. Zo zagen ze hem
nooit op bijeenkomsten van het politbureau.

Zijn komedie was tegelijk een schimpscheut aan het adres van
het stadsbestuur van Vientiane, dat in overleg was over de invoering
van een zevende stoplicht – niet omdat de verkeersstroom zo'n grote investering vereiste, dat was bij lange na niet zo, maar omdat men
vreesde voor het internationale aanzien. Het ministerie van Trans-
port beschikte over een rapport waaruit bleek dat Bujumbura de
enige hoofdstad ter wereld was met nog minder verkeerslichten. Bij
de laatste vergadering had Civilai uit pure narrigheid het voorstel
gedaan om de kosten te beperken door alleen groene lichten te kopen. Er waren nog genoeg rode uit de tijd van het vorige regime.

'Ga toch zitten, ouwe dwaas. Ik zeg al niets meer.'

Civilai, nog steeds lachend maar buiten adem, liet zich weer op
de boomstam zakken en nam een teug van de koffie die Siri hem
aanreikte.

'Je hebt er trouwens geen gras over laten groeien, oudere broer.'

'Hoezo, jongere broer?'

'Je bent gisteren pas teruggekomen, dus je hebt je vanochtend al
meteen door Haeng laten voorlichten over de zaak.'

'Hoe weet jij dat ik... O, ik snap het. Wat gis voor zo'n aftandse bejaarde. Dat van die tepels had je me niet verteld, hè? Zo zie je maar
weer, ik zou een waardeloze crimineel zijn.'

'Trek het je niet aan, ik heb gewoon een superieur intellect.'

'Oké, bolleboos, vertel me dan eens hoe je je onderzoek voort
wilt zetten.'

'Nguyen Hong en ik gaan de bus nemen naar Nam Ngum.'

'Op huwelijksreis?'

'Vistochtje.'

'Ah, op zoek naar nummer drie.'

'Lijkt me logisch. Er is een gerede kans dat de derde Vietnamees er ook in het water is gegooid. Meneer Hok zit waarschijnlijk nog steeds aan zijn steen vast, daar op de bodem. En als hij zich inderdaad nog onder water bevindt, dan zal zijn lijk in een betere toestand verkeren dan die van de Trannen. Daar valt dan heel wat meer aan te ontdekken.'

'Neem je wel een snorkel mee?'

'Waarom zou ik? Ik kan niet zwemmen.'

'Aha, dus dáárom ben je nog in Laos!'

Ze dronken hun koffie op en deden hun best om Rajid te negeren, die zich kostelijk met zichzelf zat te vermaken.

7

Siri is het zat

'Waarde kameraad dokter,
U dient zich z.s.m. naar Khamuan te begeven. Neem voor een toe-
lichting contact met mij op.
Haeng.'

'Wat is dit nou weer?' Siri keek op naar Geung, de brenger van het
ergerlijke nieuws, die niet-begrijpend naar hem terug staarde. 'Van
wie heb je dit briefje, meneer Geung?'

'Een man... van een man op een motorfiets, motorfiets.'

'Waarom die drukte opeens? Negen maanden lang hebben we
het lekker rustig met zijn drietjes. Wat ouwe dametjes, een elektro-
cutie hier, een fietsongeval daar. Geen moord, geen doodslag, geen
mysteries. En nu wordt me de tijd niet gegund om adem te halen.
De lijken komen me mijn oren uit.'

Geung tuurde naar Siri's oren, maar zag er niets tevoorschijn komen. De dokter overwoog om even te bellen, maar besloot tot een
wandeling naar Justitie – waar hij veertig minuten moest wachten
tot Haeng tijd voor hem had.

'Kom binnen, dokter. Het leger heeft... neem plaats, alstublieft.
Het leger heeft ons een dringend verzoek doen toekomen om onderzoek te verrichten in Khamuan. U reist morgen af.'

'Maar ik...'

'Er heeft zich een aantal raadselachtige sterfgevallen voorgedaan
onder het hogere militair personeel dat daar werkzaam is bij een
landbouw...'

'Ik...'

'... een landbouwproject. Noch de politie noch het leger zelf heeft in voornoemde gevallen een doodsoorzaak kunnen vaststellen, en men heeft nu dringend behoefte aan een deskundige beoordeling. Tot die tijd blijft het onduidelijk of er sprake is van toeval of boze opzet.'

Siri was nog steeds niet gaan zitten. Hij stond te wachten tot Haeng hem aankeek, maar de rechter bleef doen alsof hij een rapport bestudeerde. 'Dat was het. Mijn assistent zal u de nadere details verstrekken.'

'Dus ik moet de zaak met die Vietnamezen laten vallen en halsoverkop naar het zuiden vertrekken?'

'Zaak? Zaak? Zaak?' Siri begon zich af te vragen of er een kras in de grammofoonplaat zat. 'Waarde kameraad, u bent lijkschouwer. U dient sectie te verrichten op stoffelijke overschotten, waarna u daar rapporten over schrijft die u mij doet toekomen. Rapporten waarop vooralsnog een hoop valt aan te merken, maar dat terzijde.

Lijkschouwers hebben geen zaken. *Rechters* hebben zaken. De *politie* heeft zaken. U, kameraad, heeft sterfgevallen. Er liggen twee lijken op u te wachten in Khamuan. Ik word uw arrogantie een tikje moe, eerlijk gezegd. Ik raad u aan om vooral niet naast uw... naast uw versleten sandalen te gaan lopen.' Hij glimlachte om zijn eigen spitsvondigheid, maar keek Siri nog steeds niet aan. 'U kunt gaan, goedendag.'

Siri bleef nog even staan, in gepeins verzonken, waarna hij zich omkeerde en naar de deur liep. Rechter Haeng verwachtte te horen dat die werd geopend en weer gesloten, maar in plaats daarvan hoorde hij dat de sleutel werd omgedraaid. Hij kreeg een zwaar gevoel in zijn maagstreek. Toen hij zich oprichtte, zag hij Siri naar hem staan kijken.

'Wat doet...'

Siri kwam in beweging, liep om Haengs bureau heen en ging op de punt zitten, op luttele decimeters van zijn hemdsmouw. De jonge rechter keek in opperste verwarring naar hem op, en oogde opeens uiterst tenger en kwetsbaar. Siri trok het potlood tussen zijn vingers vandaan en wees ermee op zijn gezicht.

'Nu moet jij eens goed naar me luisteren, jongetje. Ik begrijp dat je een houding zoekt die bij je ambt past. Ik kan me voorstellen dat je onzeker bent, en dat je je af en toe zelfs geen raad weet. Ik begrijp hoe moeilijk het voor je is om overeind te blijven. Maar ik neem het niet langer dat je je onzekerheid op mij botviert.'

'Hoe durft...'

'Nee, hou maar liever je mond. Breng me niet in verleiding om je te zeggen wat ik van je vind. Van jou en van je geschiktheid voor dit ambt.' De rechter kromp ineen op zijn stoel. Hij leek jonger en tengerder te worden met elk woord dat Siri sprak.

'Ik weet dat je dankzij je familie op deze post bent beland...'

'Ik...'

'... maar ik wil best geloven dat je capaciteiten hebt. Anders zouden ze je hier niet hebben neergepoot. En anders zou je de Sovjet-Unie niet overleefd hebben.'

'Ik...'

'Maar ik doe ook werk dat me zwaar valt. En ik doe het met tegenzin. En ik doe het minder goed dan wenselijk is omdat ik noch de faciliteiten, noch de financiële middelen, noch de ervaring heb. Maar jij, jongetje, maakt het me niet gemakkelijker met die onzekerheid van je. Dus nu ga ik je iets zeggen dat je goed in je oren moet knopen.

Of je het nu leuk vindt of niet, ik ben de gerechtelijk hoofdlijkschouwer van dit land. Van nu af aan handel ik de mij toevertrouwde zaken af zoals ik dat goeddunk. Ik doe alle onderzoek dat ik nodig acht. En ik stuur je pas een rapport als ik vind dat de zaak is afgerond. En aan rapporten die door mij zijn ondertekend, voeg jij niets meer toe dat je beter van pas komt voor je statistieken. En doe in vredesnaam je mond dicht.'

Haeng klemde zijn lippen op elkaar. Ze leken te trillen.

'Als mijn openhartigheid je van je stuk brengt, dan spijt me dat zeer. En mijn excuses aan je moeder, die ondanks alles veel van je zal houden, al is het wrang dat ik degene moet zijn om jou een beetje respect voor ouderen bij te brengen.

Ik hoop dat je mijn woorden ter harte neemt, jongen. Maar als ik er alleen maar in geslaagd ben om wraakgevoelens bij je te wekken, weet dan dat ik tweeënzeventig jaar oud ben. Ik leef al tweeëntwintig jaar langer dan de gemiddelde Laotiaan. Ik ben ruimschoots bedeeld met jaren, en in die vele jaren heb ik elke vorm van ontbering gekend. Niets van wat jij ooit zou kunnen verzinnen boezemt mij ook maar de minste angst in.

Als je me ontsloeg, zou dat me reuze blij maken. Intens gelukkig. Zou je me naar het noorden sturen voor een heropvoeding, dan kon je me geen groter plezier doen. Ik zou mijn koffers hebben gepakt voor jij je krabbeltje had gezet. Ik zou er niet eens tegen opzien om voor een vuurpeloton te komen. Ik heb lang genoeg geleefd. Dus tja, je hebt het eigenlijk maar te nemen dat ik niets meer van jou neem.

Laat me je vertellen hoe mijn programma eruitziet. Morgenochtend reis ik met de Vietnamese lijkschouwer naar het stuwmeer van Nam Ngum. Daar brengen we minstens één nacht door, misschien twee. Als ik terugkom, heb ik het nodige onderzoek te doen in mijn mortuarium, en nader overleg te plegen met dokter Nguyen Hong. En als ik daarmee klaar ben, en heel zeker weet dat ik hier in Vientiane niets nuttigs meer te doen heb, dan ben ik best bereid om naar Khamuan te vertrekken.

Tegen die tijd zul jij de benodigde reisdocumenten voor me geregeld hebben, én een vlucht met een militair transportvliegtuig. Want kijk, ik ben natuurlijk te oud om daar zelf helemaal naartoe te rijden, over die belabberde wegen. Ook zal ik een klein geldbedrag nodig hebben voor eventuele onkosten. En ik laat het aan jou om de militaire leiding duidelijk te maken dat dit land maar één gerechtelijk lijkschouwer heeft, met een overvolle agenda. Naar mijn weten valt Justitie in vredestijd niet onder de krijgsmacht. Ze moeten inzien dat we hen een dienst bewijzen.'

Hij stond op en reikte Haeng het potlood aan. 'Kom, ik ga maar eens. Onnodig te zeggen dat ik niemand over dit onderonsje zal vertellen. Of jij er wel over uit de school wilt klappen, moet jij weten. We spreken in elk geval af dat jij mij voortaan fatsoenlijk bejegent, en dat ik jou in ruil daarvoor van mijn ervaring en bereidwilligheid laat profiteren, wat er hopelijk toe bijdraagt dat je ooit nog eens de rechter wordt die je hoort te zijn.'

Haeng had al die tijd als gehypnotiseerd in Siri's fonkelende groe-

112

ne ogen gestaard. Siri knikte, liep naar de deur, streek met een san-
daal langs de achterkant van zijn broekspijp en stapte de doodstille
kamer uit.

8

Uit vissen

'Zo, dit is een stuk gerieflijker dan de bus, moet ik zeggen.'
Siri en Nguyen Hong zaten op de achterbank van een zwarte limousine. Voor hen zat een chauffeur met een schouderpartij die de spankracht van zijn Vietnamese legeruniform op de proef stelde. Nguyen Hong had voor de reis iets in zijn eigen maat aangetrokken. 'De ambassadeur moest er niet aan denken dat ik met het openbaar vervoer zou reizen. Volgens hem wemelt het hier overal van de bandieten.'

'En in een patserige slee lopen we volgens hem minder risico?'

'Vergeet het escorte niet dat hij voor ons heeft geregeld.' Ze keken door het raam aan Siri's kant naar een kleine maar fier ogende soldaat op een motor met lege zijspan. Hij had een jachtgeweer om zijn schouder hangen. In een hinderlaag zou hij waarschijnlijk binnen twee seconden van zijn zadel worden geschoten.

'Volgens mij moet je ambassadeur eens wat vaker onder de mensen komen.'

'Iets anders, Siri. Ik heb me vannacht eens nader in de sluitspier van de anus verdiept.'

Siri schoot in de lach. 'En dan zijn er toch nog mensen die de Vietnamezen geen verfijnd volk vinden.'

'Je weet waar ik op doel. We vroegen ons af waarom onze lijken zoveel water in hun darmen hadden.' En zo was het – de ingewanden van de twee Trannen hadden een abnormale hoeveelheid water uit het stuwmeer bevat. 'Volgens mijn boeken hoort de sluitspier zich zo vast samen te trekken dat het darmstelsel waterdicht wordt afgesloten. En dat is ook het geval geweest in de weken dat ze onder water hebben gelegen, anders zouden de inwendige organen door visjes en algen zijn aangetast. Maar dan toch dat enorme watervolume, heel merkwaardig.'

'Kom op, Hong. Hebben we al niet genoeg mysteries op ons bord? Misschien hadden ze voorafgaand aan hun moord zo'n dorst dat ze sloten meerwater hebben gedronken.'

'Dan had dat water de nieren moeten passeren, en daar is ons bij sectie niets van gebleken.'

'Goed, ik geef me gewonnen, zeg maar waar je op aanstuurt.'

'Heb jij weleens gewaterskied, Siri?'

'Natuurlijk, doe ik wekelijks als ik er met mijn jacht op uit trek.'

Nguyen Hong lachte. De chauffeur bekeek Siri in de achteruitkijkspiegel en verachtte hem om zijn decadentie.

'En jij?' vroeg Siri.

'Ik had een bevoorrechte jeugd voor ik het licht zag.'

'Mijn hemel. En hoe is dat?'

'Waterskiën? Heel verkwikkend.'

'En er is een verband met de sluitspieren van Tran en Tran?'

'In zekere zin wel, misschien. Je moet weten dat ik bepaald niet 's werelds beste waterskiër was. Ik ging vaker onderuit dan dat ik bleef staan. En geloof me, er is geen betere manier om jezelf een klysma te geven dan...'

'Hou maar op, ik zie het voor me. Dus we moeten aannemen dat de Trannen lekker een rondje aan het waterskiën waren?'

'Dat niet, maar ze zouden misschien wel achter een motorboot door het water kunnen zijn gesleurd, en...'

'... dat zou dan hetzelfde effect hebben opgeleverd. Goeie vondst van je. Misschien heeft het zelfs deel uitgemaakt van de marteling. Sjonge, je zou bijna hopen dat hun ondervragers het nodige uit hen hebben gekregen. Wat zonde van al die moeite, anders. Denk jij dat ze iets belangrijks wisten? Je houdt toch niets voor me achter, hè?'

'Ik heb je alles verteld wat ik weet. En één ding weet ik zeker: de chauffeur wist niets. De enige informatie waarover hij kan hebben beschikt was het benzineverbruik van zijn jeep.'

'Nou, als ik hem was geweest, had ik dat prijsgegeven voor er een vinger naar me werd uitgestoken. Wat jij, chauffeur?' De Vietnamees achter het stuur gaf er de voorkeur aan zich op de kuilen in de weg te concentreren, en op de lukraak overstekende voetgangers.

Bij de stuwdam aangekomen maakten ze kennis met het districtshoofd van Nam Ngum, die hen voorstelde aan de twee vissers die de Trannen hadden gevonden. De tweede van deze pechvogels had in zijn bootje gezeten toen er opeens een Tran naast hem opdook. Het bruine, half vergane gezicht had hem aangestaard voor het weer onder water zakte. Hij was zich zowat een hartverlamming geschrokken.

Siri legde het districtshoofd zijn plan voor, in de wetenschap dat er zich geen lange rij vrijwilligers zou vormen. Zelfs de beste duikers uit de omgeving zouden er weinig voor voelen om naar een drie weken oud lijk te zoeken – in de dorpen rond het meer was het bijgeloof diep geworteld en het leed geen twijfel dat menigeen van streek was door de ontdekking van de Trannen. Maar in elke vissersgemeenschap is er wel een berooide ouwe baas die voor een paar *kip* tot alles bereid is. En in dit geval was dat ene Dun. Dun was zo arm dat hij niet eens een bootje bezat. Hij waadde dagelijks tot zijn middel het water in om net zo lang zijn net uit te werpen tot hij een maaltje bijeen had. Hij leefde van witvisjes en andere waterscharminkels die te dom waren om aan hem te ontkomen.

'Ik doe het... voor vijfhonderd *kip*.'

Sinds de devaluatie van juni was de koers van de nationale munteenheid gezakt tot tweehonderd *kip* per Amerikaanse dollar. Dun wist dat hij schromelijk overvroeg, maar de heren uit de stad zouden vast afdingen en hij wilde een aanvaardbaar bedrag overhouden. Ze dongen niet af. Ze gingen akkoord en betaalden de helft vooruit. Hij kon zijn geluk niet op.

De tweede visser nam Dun mee het meer op, naar de plek waar hij de schrik van zijn leven had gekregen. Siri en Nguyen Hong bleven met het districtshoofd vanaf de oever staan toekijken. Ze zagen Dun de duikbril opzetten die Siri uit de stad had meegenomen, en met zijn hemd nog aan over de rand van het bootje glijden. Hij was nog geen vijf tellen onder water toen hij alweer naar adem snakkend bovenkwam. 'Tja,' zei het districtshoofd, 'het is een kettingroker.' En terwijl Dun dook, en proestend bovenkwam, en dook, en proestend bovenkwam, vroeg Siri het districtshoofd naar bijzonderheden over de dag waarop ze de Tran met de tatoeages hadden gevonden.

'Wie herkende die tatoeages als typisch Vietnamees?'

'Een legerofficier die toevallig in de buurt was. Hij zei dat hij een tijdlang in Vietnam gestationeerd was geweest en hij herkende ze direct.'

'Is hij hier nog steeds in de buurt?'

'Nee. Hij was hier maar kort, voor een of andere inspectie.'

'Wat voor inspectie?'

'Van het botenverkeer naar de heropvoedingseilanden, zei hij.'

In de verte zagen ze de twee eilanden liggen: Don Thao voor de mannelijke boeven en verslaafden, en Don Nang voor de dames. Siri maakte zich liever geen voorstelling van de wijze van opvoeden.

'Heeft u zijn opdracht daartoe gezien?'

'Nou, nee. U weet, het is niet raadzaam om als burger een man in uniform om papieren te vragen. Dat soort brutaliteit stellen ze meestal niet op prijs, en u had zijn schiettuig eens moeten zien.'

Bij het bootje wekte de oude Dun hoe langer hoe meer de indruk dat hij zelf aan het verdrinken was. Nguyen Hong begon zich zorgen te maken.

'Zullen we hem maar naar de kant roepen? Ik denk niet dat dit nog lang goed blijft gaan.' Siri knikte, en bij het bootje verdween Dun weer eens onder water. En ditmaal bleef hij onder.

'O, hemel.' Ze tuurden het water af, met hun handen boven hun ogen tegen de zon. Het oppervlak bleef rimpelloos. De man in het bootje leek zich niet om Duns lot te bekommeren.

Beide dokters wisten dat vier minuten de maximale overlevingstijd was in zoet water. Nguyen Hong had de tijd bijgehouden op zijn horloge. 'Drie minuten al. Waarom springt die visser hem niet achterna?'

'Hij kan niet zwemmen,' wist het districtshoofd.

De vierde minuut was al een seconde of tien verstreken toen Dun de waterspiegel doorbrak, blauw aangelopen maar met een trotse grijns. Het leek de ontknoping van een ontsnappingsact. Pure Houdini. Hij stak een hand op om te laten zien dat hij iets vasthield. Het uiteinde van een touw, leek het. Toen hij er een ruk aan gaf, verscheen er eerst een voet en vervolgens een been boven water. Hok was terecht.

Om aan het werk te kunnen voordat de lucht het ontbindingsproces versnelde, kozen de twee lijkschouwers een betonnen ruimte achter de dam als noodmortuarium. De vrouw van het districtshoofd kwam hen onophoudelijk thee serveren.

De bevindingen bij Hok leken sterk op die welke Nguyen bij zijn Tran had gedaan, met twee belangrijke verschillen. Behalve tekenen van shock had dit lijk ook een ernstige wond, vermoedelijk toegebracht door een vuurwapen op korte afstand. De kogel was de borst binnengedrongen, had het hart op een haar na gemist en was bij een schouderblad weer naar buiten gekomen. Nguyen schudde zijn hoofd.

'We hebben er een raadsel bij. Die kogel heeft hem niet gedood.'

'Waarom niet?' vroeg Siri.

'Hier, kijk maar eens goed.'

Siri boog zich over de provisorische snijtafel en zag de reden voor de verwarring van zijn collega. De inschotopening oogde nog rauw, maar de randen van de uitschotopening hadden korsten en alle andere tekenen van genezing – het leed geen twijfel dat het om een oude wond ging, die al aan het helen was geweest toen Hok stierf.

'Maar hoe kan hij nou als delegatielid door Laos jakkeren met een schotwond in zijn borst? Hij had ergens half in zwijm moeten liggen.'

'Dat is raadsel nummer één,' zei Siri. 'En hier hebben we nummer twee. Leg mij dit eens uit.' Hij hield het elektriciteitssnoer omhoog dat hij zojuist van Hoks enkel had afgewikkeld.

'Ik begrijp waar je op doelt,' zei Nguyen. 'Als ze dit spul hadden, waarom hebben ze dan tweederangs nylondraad voor die andere twee gebruikt?'

'Precies. Dit stuk hier was lang genoeg geweest voor een heel regiment. Krijg jij ook niet het gevoel dat hier allemaal iets achter steekt?'

'Hoe bedoel je, dat ze bewust aanwijzingen hebben achtergelaten?'

'Zoiets ja.'

'Dan vrees ik dat ze ons zwaar overschat hebben, want ik heb geen flauw idee wat ik ervan denken moet. Jij?'

'Nog niet. Maar dat komt nog wel. Als we hier klaar zijn, moeten we eerst nog maar eens een praatje met meneer Dun gaan maken.'

Dun zat gelukzalig voor zijn bungalow van houten kratten zijn honorarium op te roken en te drinken. De gedachte om de dokters iets aan te bieden scheen niet bij hem op te komen.

'Het was een bom.'

'Wat voor bom?'

'Een vliegtuigbom. Zoals waar de Amerikanen altijd mee strooiden. Er lagen er drie, daar beneden. Half in de modder. Er stonden dingen op geschreven.'

'Wat zoal?'

Dun lachte bij het idee dat hij in staat werd geacht te kunnen lezen.

'Kon je wel zien in wat voor taal het was?'

'Ook niet. Maar op één ervan stond een Chinese vlag.'

'Dit hoort niet bij mijn werk! Dit hoef ik niet te dulden! Ik dien een klacht in bij de ambassade, als u dat maar weet. Hier is het laatste woord nog niet over gesproken!'

Siri vroeg zich af of er nog een eind kwam aan de protesten van de Vietnamese chauffeur, die sinds hun vertrek uit Nam Ngum van geen ophouden wist. Siri had er het meeste last van, omdat hij op de terugweg naast hem zat. 'Het is gewoon... een schande vind ik het!'

'Ik weet het. Let op die fietser.'

De kofferbak zou op zichzelf groot genoeg zijn geweest, maar alle ruimte werd in beslag genomen door de reserveband en de acht blikken benzine. En hun gewapende lijfwacht had hem onder geen beding in zijn zijspan willen hebben, dus er had niets anders op gezeten.

Meneer Hok zat, zo goed mogelijk in canvas gewikkeld maar nog steeds druipend, naast dokter Nguyen op de achterbank. Zelfs met de airco op volle toeren was de stank niet te harden. De chauffeur had zowat een halve rol toiletpapier in zijn neusgaten gepropt. Siri draaide zich om naar Nguyen Hong.

'Spreek jij Frans?'

'Een beetje.'

'En jij, chauffeur?'

'Ha! Waar had ik Frans moeten leren? Ik ben een proletariër, een man van het volk en de aarde, de ziel van het nieuwe regime.'

'Mooi zo.' Siri ging over op Frans. 'Al een theorie, waarde collega?'

'Tientallen, maar niet één die kant of wal raakt. Jij?'

'Wat dacht je van deze: Tran en Hok waren hier op een missie die zo dringend was dat Hok de tijd niet kon nemen om zijn schotwond te laten helen. Laten we aannemen dat het om iets ging wat nogal schadelijk was voor Laos, en dat we de delegatie oppakten voordat ze hun bestemming konden bereiken. Ze werden overgebracht naar de heropvoedingseilanden, net zo lang gemarteld tot ze doorsloegen, en daarna werden ze in het meer gegooid, verzwaard met de hulzen van oude Chinese vliegtuigbommen.

Maar mijn landgenoten wilden niet dat ze spoorloos zouden blijven. Het moest bij jouw landgenoten bekend worden dat we ze hadden gepakt en naar Nam Ngum hadden gebracht, dus werd bij twee van de drie inferieure nylon gebruikt om ze aan de hulzen te binden. Want dan kwamen ze bovendrijven en zou er in het stuwmeer naar de derde worden gezocht. En dan werden die Chinese hulzen gevonden, waardoor jouw landgenoten, die toch al slecht met Peking overweg kunnen, helemáál over hun toeren zouden raken. Hoe klinkt dat je in de oren?'

'Als een uitgekiend plannetje om een internationaal conflict uit te lokken, of op zijn minst de betrekkingen verbroken te krijgen.'

'Zoiets zou onze heethoofdige politbureaus op het lijf geschreven zijn.'

'En toch klink je niet alsof je het zelf gelooft.'

'Tja, weet je, als iets zo simpel in elkaar steekt dat zelfs ík het kan doorzien... dan is er wel érg weinig moeite gedaan om het geheim te houden. Misschien hebben ze niet voorzien dat wij zo ver zouden doordenken. Als alles aan de politie was overgelaten, zou er een rapport zijn geschreven dat rechtstreeks naar het Comité was gegaan.

En dan de manier waarop de lijken werden ontdekt. Als dat nieuws niet bij jouw ambassade was beland, zou het nooit tot in

Vietnam zijn doorgedrongen. Het was óf een verbluffend toeval dat iemand die tatoeages herkende, óf het hoorde bij de opzet. Is het niet verbazend dat er net een militair aanwezig is die opmerkt dat het Vietnamese tatoeages zijn? Maar aan de andere kant kan ik me niet voorstellen dat onze mensen zoiets omslachtigs op touw zetten om de banden met Vietnam verbroken te krijgen.'

'Wat denk je dat wij nu moeten doen?' vroeg dokter Nguyen.

'Luister, ik moet voor een paar dagen naar het zuiden. Denk je dat je jouw onderzoek kunt rekken tot ik weer terug ben?'

'Ik schrijf tamelijk langzaam.'

'Goed zo,' zei Siri. 'Het lijkt me beter om geen nieuwe oorlog te laten uitbreken tot we precies weten wat er is gebeurd en waarom.'

'Mee eens.'

9

Brave hond!

Ze brachten Hok rechtstreeks naar het mortuarium, waar Siri hem en Nguyen Hong voorstelde aan zijn medewerkers. Hij zei hen dat zijn collega tijdens zijn afwezigheid de lijkschouwing op Hok zou verrichten en gebruik zou maken van het kantoor. Aangezien Nguyen Hong geen Lao sprak, en Dtui en Geung niets anders dán, zouden het een paar zwijgzame dagen worden, maar Siri had zo'n gevoel dat ze het prima met elkaar zouden kunnen vinden.

Zonder meneer Ketkaew lastig te vallen met een verzoek om zijn toestemming, haalden ze wat bamboe weg dat was overgebleven van de bouw van zijn werkruimte, en maakten een draagconstructie waarmee ze Hok precies over Tran heen in de koelcel konden schuiven. Het zag eruit alsof ze een heel laag stapelbed deelden.

Toen Siri zijn bureau ging opruimen om plaats te maken voor Nguyen Hong, stond er verzegeld en wel een onheilspellende envelop tegen de plastic schedel die hij als pennenbak gebruikte. Een ontslagbrief van rechter Haeng. Dat kon haast niet anders – die moest van zijn onthutsing zijn bekomen en hebben ingezien dat Siri's tirade op niets dan bluf was gebaseerd. En dat nu hij eindelijk eens plezier in zijn werk had. Hij besloot dat zo lang mogelijk te rekken en liet de brief voor wat die was.

Maar toen de Vietnamese lijkschouwer was vertrokken, en Dtui en Geung naar de ziekenhuistuin waren om de papaja- en mangobomen te verzorgen, viel het niet langer uit te stellen. Hij pakte zijn briefopener en stak die in de grote bruine envelop. Er zat een getypt vel in, en het briefhoofd was inderdaad dat van Justitie. Hij vroeg zich af of het Comité het bij ontslag zou laten of dat hem ook nog een straf stond te wachten.

Groot was zijn opluchting toen zijn blik naar de ondertekening gleed en hij de naam herkende van Manivone, Haengs secretaresse. Ze liet hem weten dat er een plaats voor hem geboekt was op een vroege vlucht naar Khamuan. Hij diende om zes uur de volgende ochtend op de luchthaven Wattay te zijn. Hieraan was in potlood 'als dat u uitkomt' toegevoegd – een laatste correctie door de rechter zelf, waarschijnlijk.

Siri zou in Khamuan worden opgewacht door een legerofficier, kapitein Kumsing. Hij keerde de envelop om en zag zijn reispapieren op het bureau vallen, plus drieduizend *kip* in grote coupures.

Er verspreidde zich een grijns over zijn gezicht als bakvet in een hete wok. Hij stond op en maakte een rondedansje om zijn bureaustoel.

'Hoe heet ze?'

Siri keek op en zag inspecteur Phosy tegen de deurpost geleund staan.

'Claudette. Claudette Colbert.'

'Klinkt buitenlands.'

'Kijk, dat noem ik nou een echte speurdersgeest. Een normaal iemand zou dat nooit hebben opgemerkt.' Phosy liep naar het bureau en ze drukten elkaar hartelijk de hand. 'En, hoe is het leven als politieman in een stad zonder misdaad?'

'Niets dan boeiende vergaderingen en leerzame lezingen. Er is maar één zaak die me hoofdbrekens bezorgt. Die van je vriendin, mevrouw Nitnoy.'

Siri zette zijn wijsvinger tegen zijn lippen en knikte naar het openstaande raam. 'Ik wilde net een eindje om. Zin om mee te gaan?'

'Ja, goed idee.'

Siri pakte de spullen die hij de komende dagen nodig zou hebben, sloot het mortuarium af en liep met Phosy naar de rivier.

Voor het Lan Xang-hotel bevond zich een openluchtbar die betere tijden had gekend. Mensen hadden het geld niet meer voor hapjes en drankjes, en dit uit bamboe opgetrokken etablissement kreeg pas in de loop van de avond aanloop, als er mensen van buiten de stad, overheidsfunctionarissen, 'adviseurs' en partijbonzen van de ondergaande zon kwamen genieten. Buurtbewoners kwamen er hooguit één keer per maand, en deden dan een uur over hun flesje prik.

Omdat er niet alleen geen muren maar ook geen huisregels waren, konden klanten de gammele tafeltjes naar believen op een plek zetten waar ze de zon goedenacht wilden wensen. Phosy en Siri droegen hun stoelen helemaal naar de waterkant, gevolgd door de 'mama' van de bar, die puffend en grommend het tafeltje voor hen droeg. Haar vermoeidheid sloeg om in verrukking toen Siri een halve liter Saeng Thip Thai-rum en twee porties kwarteleieren bestelde. Hij had drieduizend *kip* op zak en dat wilde hij weten ook.

'Misschien wilde je niet eens iets over mevrouw Nitnoy vertellen,' zei hij tegen Phosy, 'maar het ziekenhuis heeft nu zijn eigen kippenteller, met een kantoortje pal achter het mortuarium. Ik krijg steeds meer het gevoel dat je niets meer kunt zeggen zonder dat het geregistreerd wordt. Maar goed, heb je nieuws over haar?'

'Inderdaad. Maar weet je zeker dat de kikkers ons niet afluisteren?'

Siri grinnikte. 'Nooit gedacht dat ik nog eens zo achterdochtig zou worden. Kijk, ik weet ook wel dat we geen echte Big Brothersamenleving hebben, dat het voornamelijk verbeelding van me is. Maar ik heb nou eenmaal een krachtige verbeelding.'

De mama kwam aangehold met een overvol dienblad – de rum, twee glazen water, gespikkelde eitjes en, o wonder, ijsblokjes! Siri en Phosy hadden niet verbaasder kunnen zijn als er een ufo was geland.

'Waar heb je díé vandaan, moeder?'

Ze liet haar stem dalen alsof er een politiespion achter haar stond.

'Ik heb vrienden in de keuken daar.' Ze knikte naar de schamele façade van het hotel. Niet dat het een pleisterplaats vormde voor wereldsterren, maar het Lan Xang was de trots van de hoofdstad. Het hanteerde bespottelijke prijzen en het personeel leek zo weggelopen uit een lachfilm, maar als er al eens buitenlanders in Vientiane vertoefden, dan deden ze het daar.

'Kun je niet ook een paar steaks voor ons ritselen?' vroeg Phosy.

'Ik heb geen fornuis, dus jullie zouden ze rauw moeten eten, maar je moest eens weten wat ze er allemaal hebben. Je vraagt je af wie er het geld heeft om daar te gast te zijn. Zelfs wijn hebben ze. Wijn!'

'Wat een schande.'

'Nou ja, geef maar een gil als jullie me nodig hebben.' Ze hobbelde weer tegen de oever op.

Ze schonken zichzelf een kloek glas rum in en waren scheutig met het ijs, nu ze het nog hadden.

'Goed, vertel eens. De vrouw van kameraad Kham.'

'Het viel niet mee, moet ik je zeggen. Ik kon niet zomaar op mensen afstappen om vragen te stellen, dat zul je begrijpen. Maar uit alle geruchten en roddels, en die hebben we hier gelukkig in overvloed, kon ik opmaken dat de kameraad er een bijvrouw op na houdt.'

'Nee maar, wat traditioneel van hem.'

'Mai heet ze, een leerling-kapster. Ik kwam er met enig speurwerk achter dat ze in een schoonheidssalon in de Dongmiengstraat werkt. Ze komt uit Xam Neua en woont hier pas sinds het begin van dit jaar.'

'Denk je dat ze hiernaartoe is gekomen om hem in te palmen?'

'Daar heeft het alle schijn van, in ieder geval. Ze is nog piepjong, een jaar of eenentwintig. Maar volgens de meisjes in de salon is ze...'

'Ben je naar die salon gegaan?'

'Ik moest toch geknipt worden, en een massage leek me ook wel wat. Zij had die dag vrij. Volgens haar collegaatjes is Mai een wel zeer ambitieuze jongedame. Ze schijnt haar opleiding nauwelijks serieus te nemen, omdat ze er niet van uitgaat dat ze lang kapster zal zijn.'

'Ze denkt een kruiwagen te hebben.'

'Die indruk kreeg ik wel, ja.'

'Maar kunnen we daaruit afleiden dat de kameraad een motief had om zijn echtgenote koud te maken?'

'Waarom niet?'

'Waarom wél? Hij had het beste van twee werelden. Zijn wettige vrouw om goede sier mee te maken, en zijn kapstertje om...'

'... *Das Kapital* mee te bediscussiëren. Tja, daar heb je een punt. Hij had er niets mee te winnen.'

'Nee. Maar zíj wel.'

'Ah, u bent een kwaaddenkend man, dokter Siri. Maar de vraag is dan wel hoe een meisje als zij aan cyaankalipillen kan komen, en hoe ze die in het aspirinepotje van mevrouw Nitnoy heeft kunnen krijgen.'

Siri tuurde over het water en stelde zichzelf voor met een pijp in zijn mond. 'En als ze nu eens niet alleen opereerde?'

'Hoezo "niet alleen"?'

'Als ze nu eens een vriendje heeft. Een echt vriendje, van wie ze echt houdt. Of ze is lid van een anarchistische groep die haar graag als de officiële huis- en bedgenote van onze senior-kameraad zou zien. Dit is een klein landje, en voor zo'n organisatie zou het een kleine moeite zijn om iemand dicht in de buurt van mevrouw Nitnoy te krijgen, iemand die iets in haar pillenpotje kon stoppen.'

'Iemand bij de Vrouwenbond?'

'Of op een of andere receptie. Ze sloeg er nooit een over, want ze was dol op bier.'

'Maar ik blijf er moeite mee houden. Als Kham er zelf niets mee te maken had, waarom...'

'Alles naar jullie zin?' riep de mama vanachter haar barretje. Ze gebaarden dat alles naar wens was.

'Waarom zou hij dan zoveel moeite doen om die moord te verhullen? Waarom zou hij voor een vals rapport zorgen?'

'Heeft hij dat gedaan dan?'

'Ik heb in het archief gegrasduind. Jouw gestolen rapport is nu het officiële document.'

'Maar het was nog niet af. Het was nog niet eens ondertekend.'

'Dat is het nu wel, kan ik je zeggen.'

'Wat een boef! Kunnen we hem daarop pakken, op het vervalsen van een belangrijk document?'

'We weten niet zeker of hij dat heeft gedaan.'

'En of ik dat weet! Hij heeft het van mijn bureau gepikt, waar ik zelf bij was.'

'Dat is jouw woord tegen het zijne.'

Siri nam een teug rum en verslikte zich bijna in een ijsblokje. Phosy sloeg hem op de rug.

'Dank je. Maar goed, wat doen we nu?'

'Wat we doen is voorlopig onze mond blijven houden. Ik zal zien wat ik nog aan de weet kan komen over het kapstertje. En over Kham, zonder slapende honden wakker te maken. We hebben nog lang niet genoeg voor een officiële beschuldiging, nog los van de vraag bij wie we die zouden moeten indienen.'

'Dit stinkt een uur in de wind, zeg. Ik dacht dat we de macht hadden overgenomen om grote schoonmaak in dit land te houden. Maar het ziet ernaar uit dat we het ene corrupte bestel door het andere hebben vervangen.'

'Kom kom, niet zo negatief. Dit is een geval op zichzelf. Het gaat wel degelijk de goede kant op, en dat weet je best. Laos is nu een veel beter land om kinderen in te laten opgroeien.'

'Hoor ik nu je indoctrinatie praten?'

'Nee, je hoort mijzelf. Ik geloof dit echt. Het gaat beter met Laos.'

Ze zagen de zon achter de Thaise horizon zakken en de hemel roze kleuren, en vervolgens paars. Op een rots bij het water zaten een jongen met het voorgeschreven korte haar en een meisje met het voorgeschreven lange haar een meter van elkaar af. Het was jonge ongetrouwde paartjes niet toegestaan elkaars hand vast te houden.

De avond was gevallen en de rum was op. Phosy zei het onzin te vinden als Siri helemaal mee terug zou lopen naar het ziekenhuis, waar zijn motorfiets stond. Ze gaven elkaar een handdruk voor het hotel, broeders in de misdaadbestrijding. Siri bleef de hand vasthouden toen het schudden voorbij was.

'Dank voor je hulp. Ik weet dat je er een risico mee neemt.'

'Ik? Welnee, ik ben een communistische bekeerling, boven elke verdenking verheven. Maar je vrienden zouden wel moeten oppassen. Wie weet er nog meer van deze zaak?'

'Alleen lerares Oum van het Lycée. Zij heeft de chemische bepalingen gedaan.'

'Nou, druk haar dan op het hart voorzichtig te zijn. Laat haar vooral haar mond houden.'

'Dat weet ze al.'

'Goed zo. Je hoort nog van me.'

Siri liep door de verlaten straten naar huis. Het was pas acht uur, maar de stad was doodstil. Geen mens te zien, op een fietser na, die zonder licht voorbijreed in de Sethathiratstraat. Op de hoeken van de straten smeulden hoopjes in brand gestoken afval. En rat schoot een rioolput uit en rende een bange staartkat achterna door de poort van het Ong Teu-klooster.

Vroeger waren dit straten geweest waarin de klok werd genegeerd. Clubs en kroegen die pas sloten als de laatste zatlap naar buiten was gewaggeld. Trottoirs die na zonsondergang het domein waren geweest van hoeren en drugsverslaafden. Siri had veel over die
rumoerige tijd gehoord, en nu maakte hij zelf het tegendeel mee. Hij
vroeg zich af welke periode treuriger was, maar kon geen keuze maken.

Hij had zijn straatje nog niet bereikt of het gehuil van de honden
nam een aanvang. Na de doodse stilte voelde het alsof hij zich schuldig maakte aan ordeverstoring. Er was geen plaveisel en de hobbelige ondergrond deed hem af en toe struikelen. De rum had zijn gevoel voor evenwicht verstoord, en hij moest het zien te hervinden
voor mevrouw Vong hem zou zien vanuit de uitkijkpost achter haar
gordijn. Op het paadje van de voortuin zat Saloup hem op te wachten, ineengedoken en grommend als altijd.

Het gordijn bewoog.

'Goedenavond, mevrouw Vong.'

Geen antwoord. Hij keek naar de hond. Als hij nu eens zijn best
deed om vriendschap met dat mormel te sluiten, misschien gingen
zijn buren dan wat positiever over hem denken.

In plaats van om de hond heen te lopen, wat hij doorgaans deed,
stapte Siri er nu op af. Hij sprak zachte woordjes om het magere
beest te kalmeren. Maar bij elke stap die Siri deed, schuifelde Saloup
iets achteruit. Hij was bang, maar bleef grommen. De omzichtige
dans ging zo door tot de hond met zijn achterste tegen de deur zat.

Siri voelde er weinig voor een vinger te verliezen, dus vormde hij
zijn hand tot een kom, hurkte neer en deed alsof hij een lekker hapje
aanreikte. Saloup begon onmiddellijk te blaffen, en er klonken nog
twee andere geluiden, scherp en droog, alsof iemand een zweep liet
knallen. Siri keek over zijn schouder en de hond maakte van de gelegenheid gebruik om tussen de groenten in de moestuin te schieten.

Siri richtte zich weer op, tuurde links en rechts het stikdonkere
straatje in, en keek op naar het huis. Het enige licht kwam van een
gaslamp op de bovenverdieping – net genoeg om de omgeving met
schaduwen te vullen, lang niet genoeg om iets te zien. De geluiden
hadden iets vreesaanjagends gehad, maar hij kon ze niet thuisbren-

gen en het bleef nu stil. Hij liep naar binnen en duwde de deur achter zich dicht.

Boven, in zijn kamer, zette hij zijn wekker op halfvijf, waste zich en ging naar bed. De muffe kapokgeur van het kussen had zijn neus nog niet bereikt of hij sliep al.

Tran, Tran en Hok vergezelden hem door de drukke straat van een grote stad. Het was ergens in het westen, een land waar Engels werd gesproken. Er waren auto's en drommen haastige mensen. Avond, overal neonreclames met rusteloos flitsende woorden die hij niet kon lezen.

De drie Vietnamezen omringden hem als lijfwachten. Telkens als een voorbijganger Siri probeerde te benaderen, sprong een van zijn beschermers ertussen en duwde de persoon ruw weg. Hoewel de meesten wel tweemaal zo groot waren als de drie doden, moest iedereen het tegen ze afleggen.

Af en toe zag Siri een bekende en probeerde die dan te groeten. Oude makkers uit het noorden, collega's, zelfs Dtui en Geung kwamen voorbij. Maar tot zijn verlegenheid was het steeds weer Tran, Tran of Hok die er een stokje voor stak. Ze zagen eruit zoals ze er bij leven moesten hebben uitgezien – gedreven, genietend van hun ruwe werk. Ze spraken met geen woord tegen Siri, schermden hem alleen maar af en hielpen hem zo snel mogelijk de straat door.

Er kwam een kind voor hen staan in een onberispelijk lagereschooluniform. Een jongetje, dat een potlood en een schrijfblok omhooghield. Siri's lijfwachten dreigden het omver te lopen, maar het gaf geen krimp. Het leek een handtekening van Siri te willen. De vier mannen bleven stilstaan.

De dokter ging door zijn knieën, maakte zijn hand tot een kom en deed alsof hij iets lekker wilde geven. Het jochie glimlachte. Tandjes die rood zagen van de betelnoten. Siri strekte zijn hand verder uit, maar voor hij het potlood kon aanpakken werd het jochie door de drie Vietnamezen besprongen. Ze sloegen op het kind in, schopten en vertrapten het. Siri werd met afgrijzen vervuld. Hij probeerde hen weg te trekken, maar ze waren oersterk.

Door het gat in de borst van Hok kon hij het gezicht van het jongetje zien. Het was stervende, maar het begon ook te veranderen. Het kindergezichtje liet los en er kwam het gezicht van een oude man onder vandaan. De lijfwachten stapten terug en de oude man, nu gekleed in het uniform van het Volksbevrijdingsleger, lag dood in een plas bloed. Naast hem lag een gebroken injectienaald, die Siri voor een potlood had aangezien. Er liep zwavelzuur uit, dat siste en borrelde op de straattegels. Er had zich een menigte omstanders gevormd. En ook die mensen dreigden met een injectienaald waar zuur uit drupte.

Siri schrok wakker uit zijn droom en was opeens bang voor de duisternis en de stilte om hem heen. Er was geen maanlicht. Hoewel hij geen hand voor ogen kon zien, had hij het gevoel dat er mensen in de kamer waren. Hij bespeurde hun bewegingen.

'Wie is daar?'

Geen antwoord. Hij trok zijn klamboe opzij en hield zijn adem in. Turend in de zwartheid probeerde hij de vertrouwde silhouetten van meubels te ontwaren, dingen om zich aan te oriënteren. Maar hij kon niet eens de omtrek van het raam zien.

Buiten zwol het gehuil van de honden weer aan. Gepijnigd, met gegrom doortrokken gejank. En in dat koor kon hij opeens stemmen onderscheiden. Hij wist meteen wie het waren. Ze riepen alle drie even hard. Of nee, het was meer zingen: 'Het everzwijn is er nog. Het everzwijn is er nog.'

En weer schrok Siri wakker. Ditmaal was het de wekker die hem uit zijn slaap rukte. Het was nog donker, maar de rechthoek van het raam was gevuld met een doffe lichtgloed. De lichtgevende wijzers van zijn wekker gaven aan dat het inderdaad halfvijf was. Hij voelde zich alsof hij geen oog had dichtgedaan. Het muskietengaas hing naast zijn bed en de muggen hadden een feestmaal aan hem gehad.

Hij kleedde zich met stramme bewegingen aan, greep zijn tas en daalde als in trance de trap af, waarbij hij zijn zaklantaarn gebruikte om niet te vallen. De voordeur kraakte toen hij hem openduwde en hij richtte zijn lichtstraal op het paadje van de voortuin. Saloup was nergens te bekennen, en ook het huis leek zijn vertrek niet op te merken. Hij sloot de deur achter zich en bescheen hem met zijn zaklantaarn om te zien of hij wel goed dichtzat. Hout van wel twaalf centimeter dik – het moest een imposante deur zijn geweest toen het huis nog goed onderhouden werd. Siri stelde zich hem voor met de hengsels goed geolied, de panelen vers in de lak. Nu was hij scheef en kromgetrokken.

De lichtstraal gleed over het hout en opeens waren daar, op borsthoogte, twee gaten die Siri nooit eerder had gezien. Het leed geen twijfel wat voor gaten het waren – de kogels waren in het dikke teak blijven steken. Er trok een rilling over zijn rug. Als hij zich niet had gebogen om Saloup te lokken, hadden die kogels nu in zijn lichaam gezeten.

10

Per Yak naar Khamuan

De Yak-40 werkte zich zwoegend de lucht in, als een overvoerde gans. Het toestel vormde bepaald geen lust voor het oog, net zomin als de beide Sovjetpiloten dat deden. Siri kon zich niet voorstellen wat voor deal er was gesloten om dit amechtige vliegtuig, compleet met de oorspronkelijke crew, permanent beschikbaar te maken voor Laotiaanse vips. En het was hem al net zo'n groot raadsel wat de piloten misdaan konden hebben om zo te worden gestraft. Maar het toestel vervoerde al zes maanden lang generaals en ministers door heel het land, met de complimenten van de USSR.

Siri was op deze vlucht de enige passagier. Toen hij aan boord kwam, had de copiloot hem een aan de romp geschroefd bankje gewezen en met een grom naar de veiligheidsgordel geknikt, en daar was het qua *in-flight service* bij gebleven. Maar het kwam hem goed uit dat hij alleen was. Hij had tijd nodig om na te denken. In zijn jaren in de jungle had hij vaak genoeg onder vuur gelegen, maar een moordaanslag was heel iets anders. Het was op de persoon gericht en buitengewoon onbeleefd. Hij was eerder kwaad dan bang.

Onderweg naar de luchthaven had hij twee stops gemaakt. Hij had Nguyen Hong gewekt en hem op het hart gedrukt voorzichtig te zijn. En hij had hem gevraagd alles op te schrijven wat ze tot dusver aan de weet waren gekomen, en dat bij de ambassade af te geven in een envelop die in geval van een 'ongeluk' moest worden geopend.

Daarna had hij Dtui in haar hutje opgezocht. Ze was wakker geweest omdat haar moeder er weer eens beroerd aan toe was. Beiden hadden geen oog dichtgedaan, dus wilde hij haar verder slecht nieuws besparen en verzweeg dat hij beschoten was, maar hij droeg haar wel iets op. Als er iemand vragen kwam stellen in het mortuarium, moest ze doen alsof ze niets af wist van wat voor Vietnamezen ook. Zij was een schoonmaakster, Geung was een klusjesman en ze hadden niet het minste benul van lijken of lijkschouwingen. Ze had aan zijn toon gehoord dat het hem bittere ernst was.

Het vliegtuig ronkte zuidwaarts, met rechts de Mekong en links de opkomende zon die zijn verblindende licht door de ronde raampjes wierp. Siri voelde zich alsof hij een zwerm horzels in zijn hoofd had, en dat niet alleen door het lawaai en het trillen van de romp – er zoemden daarbinnen zoveel gedachten rond dat werkelijkheid en fantasie onontwarbaar begonnen te raken.

Hij probeerde de droom van de afgelopen nacht te duiden. De Vietnamezen hadden zich onmiskenbaar als zijn beschermers opgeworpen. Misschien wilden ze hem waarschuwen dat hij niemand moest vertrouwen. Wie was dat jongetje met zijn bloedrode glimlach? Wat had Siri ontdekt waardoor sommige lieden hem uit de weg wilden ruimen? Of beter gezegd: wat dáchten ze dat hij ontdekt had? En wie waren 'ze'?

Het was in elk geval duidelijk dat hij in de buurt begon te komen van iets wat anderen graag geheim wilden houden, voldoende dichtbij om het een of andere kamp zenuwachtig te maken. Voorlopig kon hij slechts hopen dat hij dat geheim kon ontsluieren voor ze hem koud maakten. Het zou hoogst irritant zijn om in het hiernamaals de eeuwigheid te moeten doorbrengen met een onopgelost raadsel.

De Yak zette de landing in en hobbelde even later over de primitieve landingsstrook die Air America in Khamuan had achtergelaten, schokkend en schuddend alsof er geen wielen onder het landingsgestel zaten. Het toestel maakte immense stofwolken en kwam met een laatste schok tot stilstand. Net op tijd, want de landingsstrook was op. De copiloot kwam de cockpit uit om de deur voor Siri te openen en hem min of meer naar buiten te duwen. Ze moesten meteen weer door. Naar Pakse, om de premier en de Cubaanse delegatie op te halen.

Siri holde de strook af om te voorkomen dat het kerende vliegtuig hem onthoofdde, en keek toe terwijl het zich opnieuw de ochtendhemel in worstelde. Toen het lawaai van de motoren verstomde, kwam er niets anders voor in de plaats. Stilte. Hij stond aan het uiteinde van een strook aarde van tweehonderd meter, omgeven door weelderige oerwoudvegetatie, moederziel alleen.

De enige troost die hij aan de situatie kon ontlenen was dat hij zich in Khamuan bevond. Dit was de provincie waar hij naar het scheen geboren was en zijn eerste tien levensjaren had doorgebracht. Sindsdien was hij er nooit meer geweest. Niets van wat hij zag riep herinneringen op. Maar dat kon ook niet. Jungle is jungle.

Twintig minuten later hoorde hij het geluid van een vrachtwagen met een weerbarstige versnellingsbak. Hij verliet zijn plekje in de schaduw en stapte de landingsstrook op, net toen er aan de andere kant een oude Chinese legertruck uit de vegetatie opdook en stopte. En zo bleven ze staan, Siri aan het ene uiteinde van de strook en de truck aan het andere, als afwachtende revolverhelden.

Toen de andere partij doorkreeg dat Siri geen stap zou doen, reed de truck met een noodvaart op hem toe, stopte met piepende remmen en omgaf hem met een stofwolk. Er sprongen twee militairen uit, die formeel salueerden.

'Dokter Siri?' Gezien het tijdstip leek de kans hem klein dat hij iemand anders had kunnen zijn.

'Kapitein Kumsing?'

'Dat ben ik.' Het was de man in een uniform zonder merktekens die sprak. 'Goed dat u zo snel hebt kunnen komen. Nog één dag en de lijken zouden aan de wandel zijn gegaan.' Het was een grapje, een toespeling op het ongedierte, maar Siri moest onwillekeurig aan mevrouw Nitnoy denken.

'Ja, die neiging vertonen ze na een poosje.'

In de truck op weg naar de basis van het ontwikkelingsproject vertelde kapitein Kumsing in het kort wat er zich had afgespeeld. Dit was een militair programma, legde hij uit. Een proefproject om het woongebied van de Hmong te ontwikkelen, waar men zwaar te lijden had gehad onder jaren van oorlog – het was de bedoeling er de verbouw van nieuwe gewassen op poten te zetten, in de hoop dat de Hmong daarna zouden ophouden met de opiumteelt.

Wat hij onbesproken liet was dat de Hmong slechts tien procent van de bevolking van Laos uitmaakten, en dat velen van hen de kant van de Amerikanen hadden gekozen en tegen de communisten hadden gevochten. Het riep een vraag bij Siri op, die hij wijselijk voor zich hield: waarom gaf het leger als eerste steun aan de Hmong, terwijl Laos tal van andere regio's had die er minstens zo slecht voor stonden en waar de inwoners wél loyaal waren geweest?

Kapitein Kumsing vertelde dat het project in juli van start was gegaan onder leiding van majoor Anou, een held van de slagen bij Xepon en Sala Phou Khoun. Siri herinnerde zich Anou als een ambitieuze man met familie in Frankrijk – een vijftiger die topfit was geweest bij de keuring waaraan Siri hem enkele jaren geleden had onderworpen. Hij kon zich dan ook nauwelijks voorstellen dat de majoor een maand na aanvang van het project aan een hartverlamming was bezweken, maar die indruk werd toch door Kumsings verhaal gewekt. Hij was in zijn slaap overleden en de hospik van het basiskamp had geen aanwijzingen voor een onnatuurlijke dood gevonden.

Ze hadden de majoor de traditionele begrafenis gegeven, waarna de Vietnamese adviseur, majoor Ho, de leiding had overgenomen in afwachting van een Laotiaanse opvolger. Twee maanden later was deze tweede majoor verdwenen. Hij was in zijn eentje het oerwoud ingetrokken en niet meer teruggekeerd. Tot al te veel verbazing had dat niet geleid, want Ho was zich in de weken daarvoor nogal vreemd gaan gedragen. Hij had in zichzelf lopen praten en rare fratsen uitgehaald. Toen hij de jungle in liep, had hij een zelfgevlochten kroon van *pak eelert*-bladeren op zijn hoofd gehad. De Laotianen gingen ervan uit dat hij te grazen was genomen door een tijger.

De basis had het een tijdje zonder commandant moeten stellen, tot er in september twee jonge officieren uit het noorden waren aangekomen. Beiden waren pas gepromoveerd. De oudste van de twee had de rol van projectleider op zich genomen, maar na een week of twee begon hij geteisterd te worden door mysterieuze maagkrampen. Hij had zoveel pijn gehad dat hij naar Savanaketh was overgevlogen voor een onderzoek, maar de artsen daar konden niets bij hem vinden.

Hij kwam welgemoed terug, en een week later was hij dood. Vierendertig jaar.

Zijn collega had het overgenomen, en alles ging goed. Hij had geen lichamelijke of geestelijke klachten en iedereen dacht dat de vloek was opgeheven. Tot hij de vorige week het basiskamp was uitgereden voor een inspectie van het project. Hij gaf er de voorkeur aan zelf de jeep te besturen, maar er reden twee man met hem mee. Die waarschuwden hem dat hij te snel reed op de hobbelige jungleweg, maar hij negeerde hen. Hij leek niet helemaal zichzelf te zijn.

Na een poosje zei hij tegen de mannen dat hij 'naar huis' ging. Hij draaide de jeep een kaalgekapt stuk grond op en ging, letterlijk, op het gaspedaal staan. Als een standbeeld stond hij daar, rechtop achter het stuur. Hij scheurde rechtstreeks op een reusachtige teak af, aan de rand van het terrein. De soldaten probeerden hem achter het stuur vandaan te trekken, maar hij gaf geen krimp – onwrikbaar, zou een van hen achteraf zeggen. Toen het hen duidelijk werd wat er ging gebeuren, waren de mannen de jeep uit gesprongen. Ze hadden geen andere keus gehad. Een van hen overleefde het niet. Hij kwam met zijn hoofd op een boomstronk terecht. De ander brak beide benen. Hij had net op tijd opgekeken om de jeep op de oeroude boom te zien botsen. Zijn superieur werd gelanceerd en raakte de boomstam als een mus die zich te pletter vloog tegen een ruit. Op slag dood.

Siri schudde zijn hoofd. 'Wie is de volgende in rang?'

De kapitein zoog de lucht in tussen zijn tanden. 'Ik. Maar daar geven we geen ruchtbaarheid aan. De omgeving weet niet beter of er is momenteel niemand die het bevel voert. Het commandantsverblijf staat leeg en we hebben naar buiten gebracht dat we op een opvolger uit Vientiane wachten.'

'Denkt u daar iets mee te bereiken?' De truck hotsebotste over een weggetje vol kuilen en geulen, dat dwars door het oerwoud was aangelegd. De takken en bladeren zwiepten langs de ruiten en Siri moest zich aan het dashboard vasthouden om te voorkomen dat zijn tanden lostrilden.

'Natuurlijk. We willen hen niet wijzer maken. Het is onderhand wel duidelijk dat ze het op de leiding gemunt hebben.'

'Wie bedoelt u met "ze"?'

'Tja, wie denkt u?'

'Ik heb geen idee, geloof me.'

'De Hmong, natuurlijk.'

'De Hmong? Maar ik dacht dat jullie die juist kwamen helpen.'

'Dat is ook zo, en de meesten zullen het ook wel zo zien. Maar elke gemeenschap heeft aanhangers van het kapitalisme die wrok koesteren om het verlies dat ze hebben geleden.'

'En u vermoedt dat zij telkens de commandant uitschakelen? Zou een kogel of handgranaat dan geen eenvoudiger middel zijn?'

'Ah, de Hmong zijn geslepen. Ze weten heel goed dat er dan een militaire campagne zou volgen. Nee, ze vertrouwen liever op hun vergiften.'

'Hebben ze vergiften?'

De kapitein ging zo zacht praten dat hij nauwelijks meer boven de motor uit kwam. 'Het zijn halve wilden, dokter. Ze doen nog volop aan hekserij. Ze hebben allerlei gifsoorten en hallucinogenen, die ze alleen maar in het drinkwater of op voedsel hoeven te druppelen.'

'Dus als ik het goed begrijp vergiftigen de Hmong jullie omdat jullie hen vooruit willen helpen?'

'Het is wraak, dokter Siri. Vergeet niet dat ze zijn gehersenspoeld. De Amerikanen hebben hen wijsgemaakt dat wij communisten nooit iets voor hen zouden doen als we aan de macht kwamen. Ze zien niet in dat we allemaal broeders zijn. De Amerikanen hebben het geloof bij hen gevestigd dat ze geen Laotianen zijn.'

'Dat zijn ze ook niet.'

'Niet in technische zin, nee. Maar ze zijn wel familie. Al zijn ze niet uit Laotiaanse ouders geboren, we leven wel allemaal in hetzelfde thuisland. Kijk, honden zijn geen mensen, maar hoeveel mensen beschouwen hun hond niet als een volwaardig familielid? En zo is het met de Hmong ook.'

'Ehh, ja, ik snap het. En nu denkt u dat deze honden de hand bijten die ze voedt?'

'Inderdaad. Zij het niet de hele meute, niet meer dan enkele hondsdolle zwervers. Maar die kunnen we pas opsporen als we weten welk vergif ze hebben gebruikt. En daar hebben we u dus voor nodig.'

De truck reed een uitgebreid militair complex binnen, dat vol stond met voertuigen en zware machines. Wie zo argeloos was de uitleg van de kapitein te geloven, zou denken dat hier een humanitair project gaande was waar de VN alleen maar van kon dromen.

Onder een afdak van palmbladeren achter het leegstaande commandantsverblijf stonden twee doodkisten. Soldaten met ontbloot bovenlijf droegen ze naar binnen en legden ze op schragentafels, die wiebelden onder hun gewicht. De mannen wrikten de deksels los en daar lagen Kumsings voorganger en diens collega – gewikkeld in tabaksbladeren en bestrooid met kruiden. Verrassend effectief, want de stank was minimaal en de lichamen verkeerden in een opmerkelijk goede toestand. Nauwelijks insectenschade.

De hospik was een twintigjarige jongen die voor zijn taak was klaargestoomd met plastic poppen. Siri kreeg hem en een vrouw uit de kantine als sectiebedienden toegewezen. En als hij ooit zou hebben getwijfeld of hij blij moest zijn met Dtui en Geung als medewerkers in zijn mortuarium, dan was die twijfel in de uren die volgden voorgoed bij hem weggenomen.

Nog voor Siri de eerste ribbenkast had opengeknipt, snelde de jongen naar het openstaande raam om zich het hart uit zijn lijf te kotsen – een manoeuvre die hij nog een keer of tien zou herhalen. De vrouw ratelde aan één stuk door, stelde mallotige vragen en stond Siri voortdurend in de weg om zich aan de ingewanden te vergapen. Ze wilde alles zo goed mogelijk zien om er verslag van te kunnen doen aan de meisjes van de kantine. Met die twee, en de vliegende reuzeninsecten die als miniatuurhelikopters om zijn hoofd gonsden, werd het een nachtmerrie van een sectie.

En niet eens een nachtmerrie die hij met een opgelucht gevoel achter zich kon laten, want hoe graag hij ook een natuurlijke dood wilde vaststellen, het lukte hem bij geen van beide mannen. En tot overmaat van ramp kon hij ook geen duidelijke aanwijzingen voor kwade opzet vinden. De jonge officier was danig gehavend door zijn onzachte aanraking met de teakboom. Achtendertig botbreuken en een verbrijzelde schedel. Maar dat was allemaal postmortaal van aard. Hij moest zijn gestorven voordat zijn jeep op de boom knalde.

Beide mannen hadden in een goede lichamelijke conditie verkeerd, sterk en gezond – maar om de een of andere reden waren ze zomaar opgehouden met leven. Siri snapte er niets van, en hij wist dat dit geen resultaat was dat kapitein Kumsing tevreden zou stemmen. Vooralsnog leek het er inderdaad nog het meest op dat hen een gifstof was toegediend die geen zichtbare sporen naliet.

Siri naaide de mannen zo goed mogelijk dicht, wat niet meeviel zonder assistentie, en de soldaten kwamen hen weer in hun kisten tillen. Het was bij sterfgevallen zonder natuurlijke oorzaak gebruikelijk dat het lijk zo snel mogelijk en zonder ceremonie begraven werd. Verbranding was uitgesloten omdat de ziel nog niet aan de gang naar het hiernamaals toe zou zijn.

Het gebeente zou in contact blijven met de aarde tot de familie vond dat er een gepaste tijd verstreken was. Pas dan werd de dode, als die tenminste nog vindbaar was, opgegraven en met alle ceremonieel verbrand. Religie, bijgeloof en traditie overlapten elkaar vaak in Laos, en zelfs Siri, die nergens in geloofde en nuchter was als geen ander, zag niets vreemds aan deze praktijk. Het was gewoon de manier waarop het altijd was gegaan.

Siri zocht Kumsing op in het kantoor dat hij deelde met vijf dienstplichtige soldaten. Hij zat aan het verste en kleinste bureau te werken, en terwijl Siri op hem toeliep, zag hij een zenuwtrek op zijn gezicht. Hij vroeg zich af of die het gevolg was van de stress waar hij onder stond. Hij droeg een wit T-shirt om zijn rang te verhullen en had het iedereen verboden hem te salueren. Siri vroeg zich af waar de magere man meer van te duchten had, een moordcomplot of zijn overspannen zenuwen.

Hij vroeg de kapitein mee naar buiten te komen en vertelde hem daar wat hij ontdekt had en wat niet. Ze liepen met zijn tweeën over het terrein. Zelfs in Vientiane had Siri nog nooit zoveel bulldozers en graafmachines bijeen gezien.

'Dus volgens u is er niets vreemds aan deze sterfgevallen?' vroeg de kapitein hoopvol.

'Nee, dat heb ik niet gezegd. Er zijn alleen geen aanwijzingen voor een onnatuurlijke dood. Maar helaas ook niet voor een natuurlijke. Ik heb eerlijk gezegd geen idee waar ze aan gestorven zijn.'

'Maar de kapitein heeft zich te pletter gereden tegen een boom. Als dat geen duidelijke doodsoorzaak is, dan...'

'Hij was dood voordat hij de boom raakte.'

'Onmogelijk. De soldaat die het overleefde zei dat hij rechtop stond, met zijn voet op het gaspedaal, en zijn longen uit zijn borst schreeuwde. U moet zich vergissen.'

'Geloof me, ik zou het dolgraag bij het verkeerde eind hebben. Maar ik ben heel zeker van mijn zaak. Die botsing was niet de doodsoorzaak, net zomin als zijn voorganger aan een hartverlamming is bezweken. En wat de mogelijkheid van vergiftiging betreft: daar heb ik met het blote oog geen tekenen van gezien, maar er bestaan meer dan genoeg gifstoffen die geen macroscopische sporen nalaten. Zoveel zelfs dat het jaren zou duren eer ik deze lijken op alle soorten had nagekeken.'

Siri kon zien dat hij Kumsing er niet geruster op maakte. Zijn tic werd zienderogen heftiger. Hij striemde zijn broekspijp met een bamboeloot.

'Heeft u al navraag gedaan bij de plaatselijke bevolking?'

'De Hmong? Die ontkennen alles toch maar. Ze zullen heus niet een van de hunnen aan ons uitleveren. Het is een eigenaardig volkje met hun bosgeesten en hun hocus pocus. Het zou me niets verbazen als ze een of andere toverdokter hebben met zijn eigen vergiffabriek.'

'Hoe ver is het naar het dichtstbijzijnde dorp?'

'Een kilometer of vier, vijf. Hoezo?'

'Dan ga ik zelf maar eens een praatje met ze maken.'

'Dat leidt tot niets, dokter.'

'Kapitein, als er inderdaad een gif is gebruikt, kunnen we dat alleen op het spoor komen door na te gaan welke soorten ze daar maken. Daar moet ik monsters van zien te krijgen, die ik voor onderzoek mee kan nemen naar Vientiane. Tot die tijd zullen we geen idee hebben van de doodsoorzaak en kunt u geen arrestaties verrichten.'

'Ik snap het.'

'Mooi. Kunt u dan even een chauffeur voor me regelen?'

'Wilt u nu al op weg dan?'

'Waarom niet?'

'Omdat het over een paar uur donker is.'

'Nou, dan is het maar goed dat ik niet bang ben in het donker.'

De legertruck hobbelde voort over een overwoekerd weggetje, weinig meer dan een geul in de bosgrond, net als het weggetje vanaf de vluchtstrook. Siri vermoedde dat het van oorsprong smokkelpaden waren, niet waarneembaar vanuit de lucht. De Ho Chi Minh-route was ook zoiets geweest, een tunnel door de jungle. Geen wonder dat de Amerikanen die nooit hadden kunnen afsluiten. De Hmong moesten de truc hebben afgekeken bij hun oude vijanden.

Kapitein Kumsing had er weinig voor gevoeld om zelf mee te komen. Siri had gezelschap van de chauffeur en een jongere kapitein. De chauffeur was vriendelijk en spraakzaam, de kapitein was een hork.

Siri vroeg of ze onderweg nog een kijkje konden nemen bij het project.

'Dat zal niet gaan, dokter,' zei de chauffeur. 'Dat ligt dertien kilometer de andere kant op.'

'Werkelijk? Wat vreemd, een landbouwproject op zo'n grote afstand van de dorpen waar het voor bedoeld is.'

De chauffeur lachte kirrend. 'Ja, raar eigenlijk, hè?'

De kapitein keek Siri vuil aan, maar kon geen afbreuk doen aan zijn goede humeur. Siri's glimlach verdween pas toen er een grote zwarte vorm op de voorruit af dook. Het ding flapperde even tegen het glas op en gleed vervolgens over het dak van de cabine uit het zicht. Siri en de kapitein hadden onwillekeurig een hand voor hun ogen geslagen, maar de chauffeur leek eraan gewend.

'Rotbeest.'

'Wat was dát in vredesnaam?'

'Kraaien, dokter. Die hebben er kennelijk lol in om ons aan het schrikken te maken. Doen ze bij elke truck die hier rijdt.'

'Kraaien? Is dat normaal, zo ver van de steden? Ik dacht altijd dat het vliegende stadsratten waren.'

'Weet ik verder ook niet, dokter. Ik heb geen verstand van vogels, wel van vissen, maar...' En daar was de kraai weer. Ditmaal dook hij op het open zijraam af. De kapitein probeerde hem weg te slaan en ondertussen het raam omhoog te draaien. De kraai pikte tot bloedens toe op zijn pols in.

'Alle duivels!'

Siri hielp hem de kraai op afstand te houden tot het raam omhoog was, waarna het beest tussen de bomen verween. De chauffeur draaide het raam aan zijn kant dicht.

'Zo'n brutale heb ik nog nooit meegemaakt. Het zal aan het uur van de dag liggen. Trouwens, ik heb het wel over kraaien, meervoud, maar misschien is het er maar één. Ik herkende die bruine kuif. Heel apart. Ik weet zeker dat ik hem eerder heb gezien.'

De kapitein zoog aan zijn pijnlijke pols en mompelde verwensingen. Siri reikte in zijn draagtas naar een ontsmettingsmiddel.

'Zal ik er even naar kijken?'

'Het is niets,' zei de kapitein, op een toon die eerder verbaasd was dan stoer. Want het was ook niets. Hij hield zijn pols naar Siri op en de huid was puntgaaf. Nog geen krasje.

De chauffeur floot. 'Nou zeg, dat is me ook wat.'

Bij nadering van het dorp kwamen ze bij een versperring van het leger. De gewapende wachtpost wuifde hen door en even later kwam het weggetje uit op een open plek met een dorpje van dertig tot veertig bamboehutten, dat doorsneden werd door een beek. Alle paadjes tussen de hutten kwamen daarbij uit, en op die punten bevond zich telkens een bouwseltje in de vorm van een brug, maar steeds te rank om zelfs maar een kind te kunnen dragen. De nieuwste waren versierd met bloemen en wierookstokjes, de oudere waren verwaarloosd en konden elk moment instorten. De chauffeur zag Siri kijken.

'Het zijn bruggen voor dolende zielen, zodat die de weg terug kunnen vinden naar hun lichaam.' Hij lachte.

'Barbaren,' bromde de kapitein. Elke boom rond het dorp was behangen met kleurige doeken en witte linten. Voor de meeste stammen lagen steenhoopjes en schalen met offergaven. Siri vond het iets gezelligs hebben, iets vertrouwds bijna.

Er kwamen twee andere soldaten op de truck toe, ook gewapend. Het leger scheen kosten noch moeite te sparen om de dorpelingen van Meyu Bo te beveiligen. Een van de mannen had een walkietalkie en meldde het hoofdkwartier dat de dokter was gearriveerd.

Siri zag dat er een zestal ouderen bijeen was gedreven om een ontvangstcomité voor hem te vormen – de illustere gast uit de grote stad, van wie ze nog nooit hadden gehoord en naar wie niemand van hen had uitgezien.

'Verwacht hier vooral geen goede manieren,' zei de kapitein, terwijl hij Siri hielp met uitstappen. 'Geen greintje beschaving, die lui.'

Een van de soldaten voerde Siri naar de dorpsoudsten, die als verlegen kinderen naar hun tenen stonden te kijken, in afwachting van het bevel om hem van harte welkom te heten.

'Oudsten van Meyu Bo, dit is dokter Siri Paiboun.'

Ondanks hun eigen aanzien drukten de vier mannen en twee vrouwen hun handen op gezichtshoogte tegen elkaar, ongetwijfeld op instructie van de soldaten. Ze waren verrast toen Siri hun *nop* niet alleen beantwoordde, maar zijn handen nog hoger hield dan zij, en een nog diepere buiging maakte. Pas toen keken ze hem met echte interesse aan, en zag hij hun verrassing nog veel groter worden. Stomverbaasd stonden ze hem aan te gapen.

Ze wisselden zijdelingse blikken als om bevestigd te krijgen dat het echt waar was wat ze zagen. Siri en de soldaten begonnen zich ongemakkelijk te voelen. De kapitein verbrak de stilte.

'Sta daar niet als een stel waterbuffels. Hebben jullie je gast niets te zeggen?'

En weer viel er een stilte, tot het dorpshoofd een paar aarzelende stapjes deed. Hij hield zijn handen nog steeds stijf tegen elkaar en zei dat hij Tshaj heette. Zijn Lao was nauwelijks verstaanbaar door zijn zware accent. 'U bent het, nietwaar?'

'Ik mag hopen van wel,' zei Siri. Hij stapte ook naar voren om het dorpshoofd een hand te geven, maar de oude man schuifelde haastig achteruit tot hij weer veilig tussen de anderen stond.

'Zei ik het niet?' bromde de kapitein. 'Barbaren zijn het.' Het was intussen duidelijk dat de jaren van oorlog hem weinig respect voor de oude vijand hadden bijgebracht.

De oudsten dromden samen en kwetterden nerveus in het Hmong. Zo in verwarring dat de meesten nog altijd in hun eerbiedige *nop* volhardden.

De chauffeur schudde zijn hoofd. 'Ik heb ze weleens eerder raar zien doen, maar vandaag maken ze er écht een potje van. Meestal kan zo'n ontvangst ze niet snel genoeg achter de rug zijn, zodat ze verder kunnen gaan met wat het ook zijn mag dat ze zoal doen.'

Siri deed weer een paar stappen, maar nu schuifelde het hele groepje van hem weg. Zijn nieuwsgierigheid steeg ten top.

'Wat is er, beste mensen?'

'Hoe bent u hier gekomen?' vroeg een van de oude vrouwtjes.

'Per Yak-40.' Geen reactie. 'Door de lucht dus.'

Dat maakte een nog heviger gekwetter los. Het vrouwtje dat hem de vraag had durven stellen maakte zich uit hun midden los en stak een hand uit naar Siri's arm. Hij zag haar beven. Ze was zichtbaar opgelucht toen haar vingers mensenvlees onder zijn hemdsmouw voelden. Ze fluisterde het tegen de anderen, en de stemming sloeg onmiddellijk om.

De oudjes kwamen nu allemaal om Siri heen staan, betastten hem, glimlachten naar hem, stelden vragen in het Hmong alsof hij een oude bekende was. De militairen snapten er niets van. 'Bent u hier al eens eerder geweest?'

'Geloof me, nog nooit,' lachte Siri.

'Knettergek, die lui.'

De oudsten troonden Siri mee naar de grootste bamboehut van het dorp. Hij had geen idee wat er gaande was, maar amuseerde zich kostelijk met alle aandacht. In de hut, kennelijk een soort dorpshuis, moest hij in het midden gaan zitten, met zijn gezicht naar de opening, waarna ze hem water en zoete hapjes brachten. De militairen werd geen blik meer waardig gekeurd.

Telkens weer stelden ze hem vragen in het Hmong, en antwoordde hij in het Lao dat hij hun taal niet sprak. En dan lachten ze, en lachte hij ook maar. De soldaten begonnen te gapen.

Er kwamen steeds meer oude dorpelingen binnen, en toen ze ten slotte met zijn twintigen waren, gingen ze in een kringetje om Siri heen zitten, op een eerbiedige afstand van enkele meters. Ieder stelde zich aan hem voor, maar de enige namen die bij hem bleven hangen waren die van Tshaj, het dorpshoofd; tante Nabai, het vrouwtje dat zijn arm had betast; Lau Jong, een lange, tandeloos grijnzende man; en tante Suab, het tweede vrouwtje, nog kleiner en tengerder dan Nabai. Zij schonk Siri zo'n stralende glimlach dat hij zich afvroeg hoeveel mannenharten ze in haar leven op hol had doen slaan. De kapitein ging chagrijnig in de deuropening zitten, met de zolen van zijn laarzen in hun richting.

Het werd donkerder naarmate meer en meer dorpelingen een blik kwamen werpen op de opzienbarende gast in de dorpshut. Ze blokkeerden het licht dat door de ramen en de deuropening viel. In de spleten tussen het bamboe zag Siri nieuwsgierige kinderoogjes fonkelen. Het was een vermakelijke persoonsverwisseling, maar hij begon zich er bezwaard om te voelen.

'Dit is allemaal buitengewoon plezierig,' zei hij. 'Maar het is waar wat de *soldaten* zeiden.' Hij hoorde zich tot zijn eigen verbazing het Hmong-woord voor 'soldaten' gebruiken. Had hij blijkbaar ergens opgepikt. 'Mijn naam is Siri Paiboun en ik kom uit Vientiane. Ik ben de geestendokter... (dit woord leek hem begrijpelijker dan 'lijkschouwer') van het Mahosot-ziekenhuis. Ik merk dat ik op een oude kennis van u lijk, maar ik ben echt iemand anders, vrees ik.'

Niemand zei iets terug, ze keken hem slechts glimlachend aan. Hadden er kennelijk niets van verstaan.

'Wie denken jullie dat ik ben?'

'U bent Yeh Ming,' zei het dorpshoofd zonder aarzelen. De anderen hielden hun adem in en zetten grote ogen op.

'Was het maar waar,' lachte Siri. 'Hij moet een *grote krijger* zijn geweest. Wat heeft hij zoal gedaan, die Yeh Ming van u?' ('Grote krijger' was een Hmong-uitdrukking waarvan hij niet geweten had dat hij die kende.)

Tante Suab gaf hem antwoord op zijn vraag. Ze sprak zachtjes en keek hem indringend aan, alsof ze hem aan een test onderwierp. 'Yeh Ming is de grootste sjamaan.'

'Yeh Ming heeft bovennatuurlijke gaven,' voegde Tshaj eraan toe. 'Duizendvijftig jaar geleden heeft u... hij... met één enkele ossenhoorn twintigduizend Annamezen verdreven.'

'Duizendvijftig jaar geleden?' Siri schoot opnieuw in de lach, en alle Hmong lachten met hem mee. Ze waren een dankbaar publiek. 'Ik geef toe dat ik niet meer zo jeugdig oog, maar duizendvijftig jaar? Ik ben al eens complimenteuzer bejegend.'

Tante Nabai mengde zich erin. 'Dit is niet het lichaam dat u toen gebruikte. Met dit lichaam had u nog geen halve Vietnamees kunnen verdrijven.'

'Bijzonder sympathiek van u.' Alweer een verrassend staaltje Hmong-idioom. Het was blijkbaar een eenvoudige taal als je zo makkelijk uitdrukkingen oppikte in een gesprek met deze mensen. 'Maar als ik van lichaam ben veranderd, hoe weet u dan dat ik het ben?'

De kapitein begon zich stierlijk te vervelen met deze flauwekul. Hij stond op en ging met de andere soldaten zitten mee-eten.

'Een lichaam kan makkelijk worden afgeworpen,' legde Tshaj uit, 'maar de ogen blijven altijd hetzelfde. Die kikkersmaragden zult u altijd behouden. Zai, de regenbooggeest, veranderde twee rivierkikkers in smaragden als geschenk voor de sjamaan die hem met extra kleuren had verrijkt. Ze gaan van het ene lichaam over op het andere.'

Aha, dus het waren zijn ogen. Het kwam allemaal doordat hij groene ogen had. Maar tijdens de rest van het gesprek, en de maaltijd die erop volgde, kreeg Siri het hen niet aan hun verstand dat hij geen duizendvijftigjarige toverpriester was. Zelfs niet met het tonen van zijn motorrijbewijs. Ze bleven in hun geloof volharden en vroegen hem zelfs de nacht bij hen door te brengen. Toen hij het de kapitein voorlegde, vond die het best, maar hij reed zelf met de chauffeur terug en liet Siri's bewaking over aan de soldaten in het dorpje.

Siri besloot zich erbij neer te leggen dat hij gefêteerd werd omdat hij toevallig op ene Yeh Ming leek. Het maakte hem verlegen, maar amusant was het wel, en er was ook nog de kwestie waarvoor hij naar het dorp was gekomen – het was hem tot dusver niet gelukt die aan de orde te stellen, maar nu de kapitein weg was en hij een vertrouwensband met hen kon kweken, was de kans groter dat hij alsnog antwoorden op zijn vragen zou krijgen.

Later die avond zat hij met de oudste mannen aan de rand van het dorpje onder een luifel van kleurige doeken. Ze begonnen aan een tweede fles van de fruitigste brandewijn die hij ooit had gedronken.

'Ik wil jullie graag vertellen waarom ik hier ben,' zei hij.

Tshaj glimlachte. 'We weten waarom je hier bent.'

'O ja? Waarom dan?'

'Je bent hier voor de dode soldaten.'

'Dat klopt. Kun jij me vertellen waar ze aan dood zijn gegaan?'

'Ja.'

De oplossing was nabij, maar zijn geduld werd op de proef gesteld door de kleine tante Suab, die de amulettenmaakster van het dorpje was en met een dienblad vol kettingen en hangers naar de tafel kwam.

Tshaj keek verstoord. 'Suab, dit is een mannengesprek.'

'Het spijt me, broer, maar dit kan niet wachten tot morgen.'

Ze kieperde de hele snuisterijenverzameling voor Siri op het tafelblad en deed een stap naar achteren. Siri lachte.

'Moet ik die allemaal omdoen, nee toch hoop ik?' De anderen lachten ook.

Suab schudde haar hoofd. 'Nee, Yeh Ming, eentje maar. Ik heb er eentje gezegend met jouw toverspreuk.'

'Welke dan?'

'Doe maar een keus, het zal de goede zijn.'

'Hoe weet je dat?'

'Je zult aanvoelen welke je moet hebben.'

Siri trok zijn borstelige wenkbrauwen op en keek naar de meer dan dertig hangers voor hem. Dit kwam van pas – hij koos vast de verkeerde en dan zouden ze hem serieuzer nemen als lijkschouwer. De magie van de avond was dan wel verbroken, maar dat werd ook wel tijd.

Hij reikte over de tafel naar het grootste amulet, een vuile en vormeloze steenklomp die onmogelijk het amulet kon zijn dat Suab voor hem gezegend had. Dan zou ze het hebben opgepoetst of op zijn minst hebben schoongemaakt. Een makkie.

Maar terwijl hij zijn hand ernaar uitstak, raakte de loshangende knoop van zijn manchet ergens in verstrikt. Hij hief zijn arm op en zag dat hij een klein zwart prisma aan een leren koordje aan zijn mouw had hangen. Het was zo oud dat het aan alle zijden was glad-gesleten – als er ooit letters of tekens op hadden gestaan, dan waren die er allemaal van afgewreven.

'Ja,' zei tante Suab met een zucht. 'Ja.'

'Nee, wacht, dat was niet eerlijk. Mag het over?' Maar er viel niets over te doen – dit was het enige amulet dat ze had ingezegend.

Suab raapte de andere bijeen, liep met een voldane glimlach weg en liet de mannen hun gesprek voortzetten.

'Tja, dat was eigenaardig,' gaf Siri hardop toe.

'Doe je hem niet om?' vroeg een van de mannen.

'Zeker niet. Ik wens geen geloof te hechten aan deze onzin.'

'Nee?' zei Tshaj. 'Dan zul je niet blij zijn als je hoort hoe de solda-ten zijn gestorven.'

'Ga me nu niet vertellen dat dat toverij was.' Siri probeerde de sfeer te verluchtigen met een lachje, maar het ontging hem niet dat er een schuldige blik werd gewisseld door de magere Lau Jong en een man die zo donker was dat zijn trekken verborgen bleven in de avondschemer. Tshaj nam als dorpshoofd de taak van verteller op zich. De anderen vulden hun glas bij en leunden achterover op hun stoel.

'De soldaten kwamen hier een halfjaar geleden. Ze zeiden dat ze ons kwamen helpen. Ze zeiden dat ze eerst wat bomen zouden kappen, maar dan kregen wij land om gewassen op te verbouwen in plaats van papavers.

De Hmong hebben altijd aan opiumteelt gedaan. Zelf gebruiken we het maar zelden. Hooguit als medicijn, of om onze honger te stillen als het voedsel schaars is. Maar het was lange tijd het enige wat we teelden. De Fransen waren er verzot op. Ze kochten elke kilo die we konden leveren. En de Amerikanen verfijnden het in Vien-tiane tot middelen die ze aan hun eigen troepen in Saigon verkoch-ten.

Maar de Democratische Volksrepubliek besloot dat opium iets vreselijks was. We moesten iets anders gaan produceren. Iets ge-zonds. Als je het mij vraagt, willen ze ons gewoon zo arm mogelijk houden, zodat we geen opstand kunnen bekostigen.

Al die tijd hebben we gezien hoe de soldaten de bomen kapten.

En wij maar wachten op de plaatsvervangende gewassen die ze voor ons zouden planten. Vele hectaren bos hebben ze inmiddels gekapt.'

Siri knikte. 'Ik vermoedde al zoiets. Enig idee waar ze het hout verkopen?'

'Jazeker,' zei de donkere man. 'Het gaat naar Vietnam, en vervolgens wordt het naar de vijanden van de Chinezen verscheept, naar Taiwan.'

'Werkelijk? Ik vraag me af of onze overheid ook nog meedeelt in de winst.'

'Dat zal ons verder een zorg zijn,' zei Tshaj. 'Of het leger nu al het geld opstrijkt of de overheid, wij krijgen in elk geval niks.'

Lau Jong verhief zijn stem aan het uiteinde van de lange tafel, het enige aandenken dat de Amerikanen hadden achtergelaten. 'De dieren vluchten voor de zagen, dus moeten wij steeds dieper het woud in voor de jacht. Onze jonge mannen zijn soms wekenlang van huis. En het water in onze beek is vervuild door het slik van de ontboste heuvels. Maar dat zijn alleen maar onze tastbare problemen.'

'Zo is het,' nam Tshaj het weer over. 'Dat is alleen de fysieke schade. Die hebben we door de jaren heen wel vaker geleden, en we zijn er altijd weer bovenop gekomen. Dus dat vrezen we niet. Die soldaten zijn niet door fysieke oorzaken gestorven, Yeh Ming. Zoals je zelf maar al te goed weet, wemelt het in het bos van de krachtige geesten.'

Siri rolde meewarig met zijn ogen.

'Meestal zijn het goedaardige of zelfs hulpvaardige geesten, maar er zijn ook veel dolende en verbitterde zielen, die na een kwalijke dood van hun lichaam in de bomen zijn gaan huizen, bij de nimfen en demonen.'

'Als een soort onderhuurders, bedoel je?'

Tshaj negeerde Siri's gegrinnik. 'Als wij weleens wat bomen moeten vellen om plaats te maken voor een hut of een rijstveldje, dan vragen we eerst toestemming aan de boomgeesten. We brengen het offer dat onze sjamaan ons voorschrijft, en doorgaans trekken de geesten er dan zonder morren uit. We moeten hier immers samen leven en het bos met elkaar delen. Zo is het altijd gegaan.

Sommige bomen hier zijn zo oud als het land zelf. De geesten daarvan zijn bijzonder krachtig. En toen de soldaten kwamen, vroegen die niet om toestemming. Ze toonden totaal geen eerbied, offerden geen buffel en vroegen geen sjamaan om raad. Ze begonnen gewoon te zagen en te kappen, de ene boom na de andere. Ze voerden ze in stapels af op vrachtwagens. Honderden, misschien wel duizenden bomen. Ongelooflijk.

Het gevolg is dat zelfs de meest welwillende geesten boosaardig zijn geworden. Ze dorsten allemaal naar wraak.'

'Dus die commandanten zijn gedood door boomgeesten?' Siri sloeg zijn brandewijn achterover en zag zijn glas meteen weer volgeschonken worden. 'Maar hoe dan precies, met een bliksemschicht of zo?'

'Ze namen bezit van hen.'

'Mijn hemel... dat kan ik me echt niet voorstellen, hoor.'

De tandeloze Lau Jong boog zich naar voren en keek Siri in de ogen. 'Als íemand zich dat zou kunnen voorstellen, dan ben jij het wel.'

'Hoe bedoel je?'

'Denk maar aan je dromen.'

Siri huiverde. 'Wat weet jij van mijn dromen?'

'Ik weet dat je de geesten nauwelijks meer kunt beteugelen.'

'Ik...'

Tshaj bood uitleg. 'Lau Jong is onze *mor tham*, onze geestenziener. Ook een sjamaan dus. Hij doorziet jou beter dan wij allemaal.'

'Ik bén geen sjamaan. Hoe vaak...'

Lau Jong viel hem in de rede. 'En de honden weten het ook, Yeh Ming.'

'Welke honden?'

'Ze weten allemaal wie en wat jij bent. Ze weten wat er in jou omgaat.'

Hij begon zich aan Lau Jong te ergeren, met zijn akelige tandvleesglimlach. 'Nou, het enige wat er nu in me omgaat is misselijkheid. Die brandewijn valt niet goed bij me.'

'Dat kan haast niet. Het zijn allemaal zuivere ingrediënten uit het bos.'

De kring van mannen begon te dansen voor Siri's ogen. De alcohol was verraderlijk sterk en het onderwerp van gesprek bezorgde hem rillingen. Diep in zijn agnostische, wetenschappelijke hart wilde hij maar wat graag in geesten en mediums geloven. Hij wílde dat er iets anders bestond, iets irrationeels. Hij had zijn hele leven in de kluisters van de wetenschap doorgebracht, en hij was er klaar voor om bevrijd te worden.

Maar dit? Dit ging te ver. Dit was bijgelovig gebeuzel van een stelletjes bejaarde Hmong. Lau Jong had maar wat geroepen. Wie droomde er nu niet? En dat van die honden... een toevalstreffer. Siri richtte zich moeizaam op en vroeg of iemand hem zijn bed kon wijzen. De brandewijn had hem duizelig gemaakt. Twee van de mannen kwamen naar hem toe, ondersteunden hem en voerden hem mee. Maar ze hadden nog maar een paar stappen gedaan of de stem van Tshaj klonk achter hem.

'Yeh Ming.' Siri en zijn ondersteuners keken om. 'Ik spreek maar enkele woorden Lao, niet meer dan een paar beleefdheidsfrasen. En de anderen spreken alleen Hmong.'

Dat was het laatste wat tot Siri's draaierige hoofd doordrong. Zijn begeleiders voerden hem naar de gastenhut en legden hem te rusten. Maar daar zou hij zich niets van herinneren. Hij was al onder zeil voor ze binnenkwamen.

Het viel te verwachten in deze vreemde omgeving, na die brandewijn en dat onthutsende gesprek, maar Siri's droom was die nacht een waar spektakel.

Hij was gekleed als een Hmong van duizend jaar geleden. Om redenen die alleen bekend waren bij de Grote Dromenregisseur, reed hij op Dtui's fiets door een sprookjesjungle. Hij zag de bomen niet als bomen, maar als de geesten die erin huisden. Ze omstrengelden elkaar van de wortels tot aan de toppen, die tot in de hemel reikten. Ze leken hem allemaal welgezind, net zo vriendelijk als Tshaj had gezegd. Veel vrouwen, prachtige vrouwen, met lang golvend haar dat overging in de nerven van het hout.

Het was een gelukzalig oord, een vertrouwde en welkome omgeving. Hij scheen alle geesten te kennen, en ze waren allemaal op hem gesteld. Maar de fiets piepte en kraakte en het lawaai maakte een everzwijn wakker, dat achter de struiken had liggen slapen. Zijn slagtanden waren nog bloederig van zijn laatste prooi. De boomgeesten waarschuwden Siri, riepen dat hij moest maken dat hij wegkwam. Maar dat ging niet. De fiets was helemaal vastgeroest. Hij snapte zelf niet waarom hij er niet afsprong om het op een lopen te zetten.

Het everzwijn viel aan. Siri keek op naar de geesten, maar die konden niets doen om hem te beschermen. Toen hij weer voor zich keek, stond er een tenger vrouwtje tussen hem en het zwijn. Ze leek onverschrokken, zelfs toen het beest een sprong nam en op haar af vloog. Voor het haar raken kon, hield ze het zwarte amulet omhoog, en het veranderde van dikke spieren en een zwarte vacht in een vel verbrand papier, dat geruisloos naar de grond warrelde en in flarden uiteenviel.

Ze draaide zich om naar Siri en hij verwachtte het lieve gezicht te zien van tante Suab. Maar dit was het oude mannetje met zijn mond die rood zag van de betelnoten. Het mannetje dat in zijn vorige droom was doodgeslagen door Siri's Vietnamese beschermers. Het sloeg geen acht op Siri en begon van boom tot boom te springen, rukte er de geesten en nimfen uit en stopte ze in een Coca-Cola-fles. Nog voor de fles vol was, waren de bomen ontdaan van al hun geesten en verdween het mannetje als bij toverslag. Alleen Siri was er nog, op zijn vastgeroeste fiets, omringd door bomen die alleen nog maar van hout waren.

Hij hoorde een knagend geluid achter zich, tuurde over zijn schouder in de verte en zag dat de bodem van het bos daar helgroen was. Een net zo levendig groen als dat van zijn eigen ogen. En terwijl hij toekeek, kwam het knagende groene tapijt zijn kant op, steeds dichterbij, tot hij zag dat het een leger van groene rupsen was. Hij keek om zich heen en alles werd kaalgevreten, verslonden door de hongerige insecten.

De schors was in minder dan geen tijd van de bomen geknaagd, er zat geen blaadje meer aan de takken, en nu begonnen de stammen zelf ook weg te slinken. En toen er geen boom meer over was, kregen de rupsen Siri in de gaten. Ze kropen tegen Dtui's fiets op en omgaven hem, en zoals ze alle bomen hadden verorberd, zo begonnen ze nu ook hem op te peuzelen. Hij onderging het met volmaakte kalmte, al kietelde het wel een beetje, en het duurde niet lang of hij voelde zichzelf opgaan in al die kleine rupsenlijfjes.

Opeens was er een zwerm kraaien. Ze doken omlaag en aten al de rupsen op, die allemaal een stukje Siri in zich hadden. En toen, heel eigenaardig, waren er plotseling walvissen die alle kraaien opaten. En de walvissen werden verzwolgen door vulkanen, en het drong tot Siri door dat hij nu, in ontelbare kleine stukjes, deel uitmaakte van elke levensvorm en elke geologische structuur op aarde. Als dat geen happy end was!

'Yeh Ming.'

Het duurde even eer Siri wist waar, en wie, hij was. Hij sloeg zijn ogen op en zag een meisjesgezicht, mooi als van een boomnimf, dat op hem neerkeek.

'De oudsten vragen of u komt ontbijten.'

Ze sprak Hmong, en hij verstond ieder woord. Zijn glimlach deed haar blozen en ze trok zich terug. Hij lag op de vloer van een eenvoudige hut, op een matras van stro. Hij voelde zich door en door zuiver, en onoverwinnelijk. En hij had ongelooflijke honger. Toen hij zich oprichtte, voelde hij iets om zijn nek bungelen. Het was het zwarte amulet. Hij deed het niet af.

De jeep kwam Siri om tien uur ophalen. De soldaten die het kamp bewaakten hadden daarvoor al contact gemaakt met het hoofdkwartier en gemeld dat Siri zich vreemd gedroeg. Ze waren bang dat de dorpsbewoners hem gedrogeerd hadden. Ze hadden verslag gedaan van wat ze de vorige avond hadden gezien en gehoord.

Bij het hoofdkwartier aangekomen sprong Siri als een jonge vent uit de jeep en liep het kantoortje binnen dat dienstdeed als geheime commandopost. De mannen namen hem op vanachter hun bureaus. Hij meende argwaan in hun ogen te zien.

Kumsing stond op en beende op de dokter toe. 'Meekomen.' Hij pakte Siri bij een arm en voerde hem mee de deur uit. Toen ze buiten gehoorsafstand waren, beet Kumsing hem toe: 'Goed, en vertel me nu maar eens wat u voor spelletje speelt.'

'Ik ben meer een lezer, eerlijk gezegd, maar ik mag af en toe graag een potje dammen.'

'Houdt u maar niet van den domme. Met wat voor opdracht bent u hierheen gezonden?'

'Ik ben hier omdat u behoefte had aan een lijkschouwer, weet u nog wel?'

'En ik moet het maar als puur toeval beschouwen dat u vloeiend Hmong spreekt?'

'Aangezien ik de enige lijkschouwer van het land ben, kon men alleen mij sturen. Dus wat ik spreek of niet spreek moet u inderdaad maar als bijzaak zien.'

'Maar waarom heeft u me niet verteld dat u Hmong spreekt?'

'Nou, ten eerste omdat u dat niks aangaat. En ten tweede omdat ik het niet wist.'

Kumsing keek hem woedend aan. 'Niet wist? U wist niet dat u Hmong sprak? Hoe onnozel denkt u dat ik ben, dokter?'

'Ik verzeker u, bij aankomst hier had ik geen flauw idee dat ik die taal beheerste. Maar ik vermoed dat hier een heel logische verklaring voor is.'

'Wat heeft u daar om uw hals?'

'Een amulet.'

'Volgens mijn mannen bent u hier eerder geweest. De Hmong kenden u. Ook dat hebt u verzuimd te melden, en ook dat vind ik bijzonder vreemd.'

'Tja, misschien was ik het vergeten. Het was ook al een flinke tijd geleden, hoor. Duizendvijftig jaar, om precies te zijn. Ik heb toen twintigduizend Annamese invallers op de vlucht gejaagd met een ossenhoorn. Dat moet een joekel van een hoorn zijn geweest, denkt u ook niet?'

Kumsings woede sloeg om in bezorgdheid. 'Ze hebben... ze hebben toch niets met u gedaan, hè?'

'Me gehypnotiseerd en in een raaskallende gek veranderd? Volgens mij niet. Zoals ik hier voor u sta, ben ik altijd geweest. Maar het was wel een opzienbarend bezoek, hoor.'

'Heeft u die monsters gekregen?'

'Van hun gifsoorten? Nee. Ze gebruiken er geen. Luister, kapitein, ik stel voor dat we teruglopen naar uw kantoor en dat ik u daar mijn relaas doe. Het wordt een merkwaardig verhaal, kan ik u zeg-

gen. Als iemand het mij gisterochtend verteld had, zou ik hem meteen hebben laten opnemen. Maar ik weet intussen heel wat meer.
En als u het straks ook weet, zult u met mij van mening zijn dat er
maar één manier is om uw leven te redden.'

11

Hulp voor de geestenbezweerder

De dorpsoudsten stonden die avond in hun mooiste kleren de jeep op te wachten. Zoals afgesproken waren Siri en kapitein Kumsing de enige inzittenden. Kumsing had gereden. De soldaten die toezicht op het dorp moesten houden, hadden zich morrend teruggetrokken bij de controlepost langs de weg, dus waren de twee bezoekers aan de genade van het dorp Meyu Bo overgeleverd. Kumsing was er niet erg gerust op.

Siri en de oudsten begroetten elkaar in het Hmong. Hij had de kapitein eerder op de dag zijn verklaring geopperd: hij was in Khamuan geboren en had er de eerste tien jaar van zijn leven doorgebracht. Hij kon zich niets meer van zijn ouders herinneren, omdat hij op zijn vierde in huis was genomen door een oude vrouw – maar als zijn mysterieuze verwanten Hmong waren geweest, of in een Hmong-gebied hadden gewoond, dan had hij als kind natuurlijk een hoop van die taal meegekregen.

Zijn theorie was dat het Hmong al die jaren in de krochten van zijn geest had liggen sluimeren en was opgewekt door zijn ontmoeting met de mensen van Meyu Bo. Kumsing vond het tamelijk vergezocht, maar Siri voelde zich meer op zijn gemak bij deze uitleg dan bij het alternatief. Als hij terug was in Vientiane, zou hij zijn idee voorleggen aan de professoren van de Dong Dok-universiteit.

Ze werden door de oudsten naar de hut van Lau Jong gevoerd, een ronde constructie met meerdere ramen en deuropeningen, waarin een rijkelijk versierd altaar was opgericht. In de grond voor de altaartafel stak een traditioneel zwaard, en op de tafel zelf waren twee dienbladen neergezet. Op het ene prijkte een kegel van gevlochten bananenbladeren, en op de punt daarvan trotseerde een ongepeld kippenei de zwaartekracht. Het andere dienblad was gevuld met voedsel, glazen alcohol en betelnoten. Het geheel werd omgeven door linten van witte katoen, die neerhingen vanaf het plafond.

Tshaj wendde zich tot de kapitein. 'Heeft u het meegebracht?'

Kumsing probeerde er zo sceptisch en onverstoorbaar mogelijk uit te zien, maar toen hij sprak, beefde zijn stem: 'Hier, maar zorg er wel voor dat er geen kaarsvet en as op komt.' Hij overhandigde het dorpshoofd zijn formele uniformhemd, met al zijn strepen en insignes.

Tshaj nam het kledingstuk aan en vouwde het op, terwijl de vrouw van Lau Jong het tweede dienblad op het altaar optilde. Er bleek zich een derde blad onder te bevinden, en daarop legde Tshaj het hemd. De vrouw zette er het blad met de offergaven op terug – Kumsings essentie maakte nu deel uit van de rituele attributen.

De oudsten pakten ieder het uiteinde van een katoenen lint, liepen een rondje om het altaar en waaierden uit naar de deuropeningen om hun lint aan de dorpel te bevestigen.

'Gaat u daar zitten, alstublieft.' Tshaj wees Kumsing en Siri een plekje op de grond, een meter of drie van het altaar.

De dorpsbewoners stelden zich intussen rond de hut op. Het was van belang dat iedereen aanwezig was, want alleen dan kon de bewoner worden aangewezen in wie zich de *Phibob* had genesteld, de kwaadaardige energie die het op de commandanten had gemunt. De *Phibob* kon zijn slachtoffers niet rechtstreeks deren door in hen te varen. Hij koos een levende ziel om zich in te verbergen en leidde van daaruit de toorn van de verstoorde geesten naar degene die hun gramschap had opgewekt. De gastheer of gastvrouw had er zelf meestal geen vermoeden van dat hij of zij de *Phibob* in zich droeg.

'Ik weet niet hoor, dokter,' fluisterde Kumsing. 'Als mijn mannen dit aan de weet komen...'

'Ik denk dat het uw mannen dan geenszins zou verbazen. Ze zijn niet als soldaat geboren, kapitein. Ik durf te wedden dat ze zich dit soort riten van hun eigen dorp herinneren. En ik durf eigenlijk ook wel te wedden dat ze nu al weten wat hier gaande is.'

'Wat maakt u er zo zeker van dat dit geen list is om uit te vinden wie er nu leiding geeft aan het project? Waarom zouden deze mensen mij willen helpen?'

'Overlevingsdrang.'

'Pardon?'

'Als de commandanten van het project het loodje blíjven leggen, wat denkt u dan dat de legerleiding doet?'

'Die zullen aannemen dat de lokale Hmong erachter zitten.'

'Precies, en dan worden de lokale Hmong uitgeroeid.'

'Ho ho, wij zijn geen beesten, dokter.'

'Nee? U zou ervan opkijken als u wist wat het leger zoal uitvreet onder het mom van ordeherstel. Het regent gifgas op dorpen waarvan vermoed wordt dat er zich Hmong-rebellen schuilhouden. Eén dorpje meer of minder, daar maakt men echt geen punt van. En dat weten deze mensen ook, dus is het een kwestie van lijfsbehoud voor ze om de geesten te bezweren en ervoor te zorgen dat u in leven blijft. Maar als het lukt, zult u voortaan wel vergeving moeten afsmeken voor elke boom die hier wordt neergehaald.'

'Daar zou ik me volstrekt belachelijk mee maken.'

'Tja, ik zou liever belachelijk zijn en leven dan onverschillig zijn en akelig aan mijn eind komen, maar die keus is uiteraard aan uzelf.' Het viel Siri zwaar om iets te betogen waar hij zelf geenszins van overtuigd was. Hij wist zelf ook niet waarom hij geloofde dat dit Kumsings enige kans was. Hij had ook niet verwacht dat het relaas van zijn overnachting genoeg zou zijn om Kumsing ertoe over te halen mee te komen. Maar de jongeman was zo wanhopig dat hij waarschijnlijk tot alles bereid was.

Siri liet zijn blik langs de dorpsbewoners dwalen, de personages van het bizarre drama dat op het punt stond uitgevoerd te worden. Lau Jong, geheel in het rood gekleed, schoof kleine cimbaaltjes om zijn duimen en middelvingers. Zijn vrouw vouwde een doek tot een soort monnikskap en bond die om zijn hoofd. Tshaj stak de kaarsen en de pitten van de bijenwaslampjes aan, en de zoetige geur mengde zich met het zware aroma van wierook.

Tante Suab ging het publiek langs en reikte amuletten uit als een pindaventer bij een voetbalwedstrijd. Het hele dorp was nu zo'n beetje aanwezig. De oudsten en andere voorname bewoners zaten binnen op de grond, de rest stond of zat op de banken erbuiten. Ondanks het grote aantal mensen was het muisstil. Zelfs baby's lagen roerloos tegen hun moeders boezem.

'Zou het gevaarlijk kunnen worden?' fluisterde Kumsing.

'Geen idee, ik heb dit ook nog nooit meegemaakt. Maar wees nu maar stil.'

Lau Jong, met de kap nog achter op zijn hoofd, knielde neer bij het altaar en offerde het blad met de hapjes en de drank aan zijn eigen leermeester en alle leermeesters voor hem, terug in de tijd tot aan de eerste en grootste sjamaan. Zijn vrouw verschoof de kap tot die over zijn gezicht viel en hij begon in een bedaard tempo zijn vingercimbaaltjes tegen elkaar te tikken, begeleid door zijn vrouw, die het dijbeen van een waadvogel oppakte en in hetzelfde trage ritme op een gong sloeg.

Lau Jong hief een mantra aan in een taal die Siri nog nooit had gehoord, maar die hem toch het gevoel gaf dat hij hem kende. Op de een of andere manier wist hij dat Lau Jong zich tot de hoogste goden, de engelen en de goede geesten wendde, en dat hij hen verzocht tot hem te komen en hem te gebruiken als hun instrument. Hij zat zachtjes wiegend naast het altaar de geesten aan te roepen. Zo ging het minstens een halfuur door, maar niemand werd onrustig. Iedereen leek in de ban van het ritme en de beweging. Iedereen luisterde, keek en hield zich volmaakt stil.

Op kapitein Kumsing na, die onophoudelijk zuchtte van ergernis. De wierook prikte in zijn ogen. De gong en de cimbaaltjes maakten hem dol. Hij begon kotsmisselijk te worden.

En toen, eerst nog nauwelijks merkbaar, werd de mantra sneller en luider. Lau Jongs ademhaling begon te jagen, en ondanks de kap over zijn gezicht wist iedereen dat hij in trance was. Zijn armen begonnen te schokken. Hij stond in één snelle beweging op en de spasmen breidden zich uit naar de rest van zijn lichaam, zelfs naar zijn hoofd. Het was niet echt een aanval, maar ook geen dans – onzichtbare geesten en godheden verdrongen zich in zijn lichaam voor een plekje. Lau Jong, de tandeloze boer, was verdwenen. Geen van de aanwezigen geloofde nog dat deze verschijning naast het altaar de man was die al die tijd een mantra had zitten zingen.

Het was onmogelijk dat hij iets kon zien, en toch leek de sjamaan de ruimte rond te kijken. Hij kwam uit bij Siri, die onwillekeurig ineenkromp en ieders blik op zich gevestigd wist. Hij had gehoopt dat hij toeschouwer kon blijven, geen aandeel hoefde te hebben in de uitdrijving, maar die hoop was nu vervlogen. Lau Jong verstarde, en viel. Niet als een mens, maar als een gevelde boom. Kaarsrecht sloeg hij voorover en smakte met zijn gezicht op de grond, vlak voor Siri's voeten.

De klap moest hem bewusteloos hebben gemaakt. Roerloos lag hij daar, leek zelfs geen adem meer te halen. Siri stak bezorgd een hand naar hem uit, maar voor hij hem kon aanraken kwam de sjamaan weer overeind, in één vloeiende beweging, alsof de film werd teruggedraaid – de boom werd ont-veld. Er ging een zucht van ontzetting door het publiek.

De nieuwe bezielers van Lau Jongs lichaam lieten het naar de verbluffte dokter buigen en maakten dat de handen van de sjamaan zich voor de kap tegen elkaar drukten. De goede geesten spraken met hun eigen stem, die in niets op die van Lau Jong leek.

'Yeh Ming, zeg ons waar de boosaardige *Phibob* zich schuilhoudt. Wiens lichaam heeft hij gekozen? In wie zetelt de *Phibob*, Yeh Ming?'

Siri was overdonderd. Dit was een immense verantwoordelijkheid. Waarom hij? Alle ogen waren op hem gericht – een acteur die zijn tekst kwijt was. Hij keek de hut rond, en door de open ramen en deuren naar buiten. Hij bekeek ieder gezicht, elke man, elke vrouw, elk kind, hopend op een teken, een pijl of iets dergelijks, een hel licht. Maar hij zag niets en voelde zich ontredderd.

'Tja, hoe moet ík dat nou weten?'

Lau Jongs hand schoot naar voren, en hoewel het lichaam geen stap in Siri's richting had gedaan, zag hij dat de benige vingers zich om zijn pols sloten. Er flitste een felle pijn door zijn ledematen, alsof zijn zenuwen overprikkeld werden. En vervolgens trok het door zijn lichaam naar zijn hals. Het zwarte amulet, dat tot nu toe koel op zijn huid had gelegen, begon opeens te gloeien als een sintel. Hij opende zijn mond voor een pijnkreet, maar er kwam niets uit. Hij rukte aan het koord, maar het leer was te taai om te breken. En het amulet brandde steeds erger. Het brandde door zijn huid, zijn borstspieren, tot op het bot. Hij hoorde zijn vlees kissen, probeerde het koord over zijn hoofd te trekken, maar het leer kromp, verder en verder, als een wurgtouw.

Hij kreeg geen lucht meer en wist dat hij ging sterven. Hij ging een ellendige verstikkingsdood sterven. Hij hapte naar adem, maar niemand schoot hem te hulp. Niemand kwam het brandende amulet van zijn huid trekken. Hij was verbijsterd. Kumsing zat naast hem alsof er niets aan de hand was. Zag hij de vlammen dan niet, rook hij het smeulende vlees niet? Siri kronkelde van pijn, trapte wild met zijn benen, bleef aan het koord rukken. En toen, terwijl zijn doodsstuipen naderden, zag hij haar. Onder dat raam daar, met een serene glimlach op haar gezichtje, engelachtig.

Kumsing merkte niets van dit alles. Al wat hij zag was Siri die in volstrekte rust de hut rondkeek, zijn ogen sloot en diep inademde. En toen sloeg hij zijn ogen weer op en keek naar een oud vrouwtje dat onder het verste raam vanaf het altaar zat.

Siri wist nu wie hem aan het vermoorden was. Het amulet was een list geweest om te voorkomen dat hij de *Phibob* zou ontmaskeren. In zijn droom had ze het bos van zijn boomgeesten beroofd en de rupsenplaag ontketend. *Zij* was het. Tante Suab droeg de *Phibob* in zich. Hij bekeek haar door de spleetjes van zijn samengeknepen ogen en zag haar naar hem glimlachen. En de glimlach was rood, niet door betelnoten maar door bloedige wraak.

En nu ontwaarde hij ze, de toornige zielen van mensen die een onrechtvaardige dood waren gestorven. Ook zij woelden in haar rond. En met zijn laatste krachten hief hij zijn hand op en wees naar het oude vrouwtje onder het raam. En hoewel zijn gehoor wegvloeide met zijn levensenergie, hoorde hij dat ze tegen hem begon te spreken. Een geluid dat in niets leek op wat hij ooit eerder had gehoord.

De stem die uit haar opwelde omvatte de stemmen van tallozen. Snauwende, hatelijke stemmen. De stemmen van generaties verloren zielen. Stemmen die toebehoorden aan de zielen van mannen en vrouwen die onder geweld en uitbuiting hadden geleden, dolende geesten die een laatste rustplaats was ontzegd. Ze spraken allemaal door de mond van het tengerste en liefste vrouwtje van het dorp: 'Naar de hel met jou, Yeh Ming. Dit wordt je ondergang. Geloof ons maar, je bent gedoemd.'

Het vuur verspreidde zich over Siri's borst, vrat aan zijn huid, en het koord sneed in zijn hals, hij trapte en kreunde en... alles werd zwart.

Kumsing zag Siri naar het oude vrouwtje staren. De dokter zat met gekruiste benen en zijn handen in zijn schoot, de rust zelve. Het vrouwtje glimlachte naar hem, een tikje onzeker. En toen hief de dokter zijn hand op en wees haar aan.

'*Phibob*,' zei hij kalm. '*Phibob* is in haar.' En toen leek er een plotse vermoeidheid over hem te komen. Hij helde opzij en zeeg neer op de grond.

Voor Siri was de ceremonie voorbij. Toen hij weer wakker werd, viel er al zonlicht door het open raam, als warme balsem op zijn gezicht. Hij tastte direct naar zijn hals, maar voelde geen verband, geen bloedkorsten of beurse plekken, niets dan gave huid. Het amulet was weg.

'Spirituele wonden laten geen sporen na, Yeh Ming.'

Siri hief moeizaam zijn hoofd op en zag tante Suab soep uit een grote zwarte pot in een kom lepelen. Ze keek hem aan en hij had blijkbaar een angstige uitdrukking op zijn gezicht, want ze schonk hem een geruststellende glimlach. 'Wees maar niet bang, ze zijn weg. Je hebt nog een heel spektakel gemist, gisteravond. Ik kan me er zelf ook niet veel meer van herinneren, terwijl ik nog wel het stralende middelpunt vormde.'

'Neem me niet kwalijk dat ik je heb verklikt.'

'Welnee, dat moest toch gebeuren?' Ze zette de kom naast zijn stromatras, hielp hem overeind en plaatste hem met zijn rug tegen een steunbalk. Hij voelde zich zwak. Ze gaf hem de kom aan en een lepel. Hij keek argwanend naar de soep.

'Er zit geen gif in, Yeh Ming. Neem het nu maar, want je moet weer op krachten komen. Je hebt gisteravond behoorlijk overgegeven.'

'O ja?'

'Maar je wachtte er wel mee tot ze je naar buiten hadden gedragen.'

'Ja ja, welopgevoed tot in de dood. Maar vertel eens, wat is er allemaal gebeurd?'

Ze ging in lotushouding naast hem zitten terwijl hij at. 'Het werd Lau Jong allemaal te machtig. Als sjamaan is hij meer thuis in het verhelpen van maagpijn of het redden van de rijstoogst. Met dat soort dingen kan hij goed overweg, maar dat van gisteravond was een ware nachtmerrie. Zoiets had hij nooit eerder meegemaakt. Maar jij gelukkig wel.'

Siri kreeg een lugubere flits. Hij zag zichzelf met zijn handen om de keel van tante Suab tijdens de uitdrijving, maar zette het beeld van zich af.

'Ik? Wat hadden jullie aan mij? Ik was bewusteloos.'

'Dit lichaam van je. Maar Yeh Ming was bij ons, en hoe. Je hield ons allemaal kalm en vertelde Lau Jong wat hij doen moest. Eigenlijk was jij het die de *Phibob* uit me verdreef.'

Het beeld drong zich weer op – Siri met zijn handen om de keel van het oude vrouwtje. Maar nu waren er geluiden bij. De gong, kreten van ontzetting.

'Dankzij jou konden we ervoor zorgen dat ze nooit meer iemand uit het dorp in bezit zullen nemen, en jouw militaire vriend ook niet. Hij huilde uiteindelijk als een kind.'

'Waar zijn ze heen gegaan, die geesten?'

'Terug naar de bomen. Ze varen maar zelden in mensen. In het bos voelen ze zich veel beter thuis.'

'Waarom had de *Phibob* jou uitgekozen?'

'Vanwege mijn amuletten, denk ik. Ik pik veel slecht karma op van mijn klanten, werk vaak met vervloekte talismans. Bovendien hebben boosaardige geesten een voorkeur voor vrouwen.'

'En je wist niet dat ze in je huisden?'

'Dat weet de bezetene nooit. Ze werken door je onbewuste en jijzelf hebt niets in de gaten. Dit amulet, bijvoorbeeld.' Ze hield het zwarte prisma voor hem op. 'Ik had geen idee dat het onzuiver was.'

Terwijl het prisma heen en weer slingerde, werden de flitsen van de voorbije nacht indringender. Siri kon zelfs de bijenwas van de lampen ruiken. Suab verweerde zich met ongelooflijke, bovenaardse kracht. Niemand schoot te hulp. Lau Jong lag roerloos op de grond. Er sijpelde bloed uit zijn mondhoek.

Tante Suab keek hem vragend aan. 'Wat is er, Yeh Ming?'

'Ik... ik krijg steeds visioenen van afgelopen nacht. Ze lijken net echt.'

'Dat zal nog wel een tijdje doorgaan, vrees ik. Zoiets valt te verwachten na wat jij hebt doorgemaakt. Reden te meer om deze weer om te doen.' Ze boog zich naar hem toe en hief het amulet op.

'Omdoen? Maar het belette me juist de *Phibob* te zien.'

'Dat deed het zolang ze in me waren. Maar nu ze weg zijn is alles anders. De werking van het amulet is weer positief. Het zal je voor hun wraak behoeden. Luister je, Yeh Ming?'

Siri schudde zijn hoofd. Er drongen steeds meer geluiden door de ochtendstilte. De dorpelingen zongen zijn naam, als een mantra. Een vrouw huilde. Het was de vrouw van Lau Jong, die zich op zijn bewegingloze lichaam had gestort.

De ochtend begon zijn warmte te verliezen. Buiten waren er wolken voor de zon geschoven.

'Het is zo echt allemaal.'

'Doe het amulet om, Yeh Ming, dan zal het weggaan.'

'Nee. Iets zegt me dat ik dat beter niet kan doen. Er klopt iets niet hier.'

'Je moet me vertrouwen, Yeh Ming.' Haar stem werd scherper. Ze begon haar geduld te verliezen.

'Hoe weet je trouwens dat de geesten wraak willen nemen?'

Er welde een minuscuul druppeltje bloed op in haar mondhoek, en opeens werd het Siri duidelijk. Het was niet de nacht die de ochtend binnendrong – de ochtend had de nacht verhuld. Het was geen visioen dat hij Suab bij haar keel had gegrepen. Hij deed het echt. Dat was de realiteit, en het zachte stromatras, de lieve Suab, de soep, dat was een illusie die de *Phibob* hem had opgedrongen.

De boosaardige geesten probeerden hem een rad voor ogen te draaien, wilden hem verlokken het amulet weer om te doen, zodat het hem weer kon verzwakken. Dat was hun laatste kans. Hij had Suab bij haar keel en verdreef de geesten. Ze waren niet tegen hem opgewassen. Lau Jong hadden ze gedood, maar Yeh Ming was te sterk. Hij nam één hand van Suabs keel weg en gaf haar een striemende slag in haar gezicht.

'Verdwijn, *Phibob*. Verdwijn.'

En daar gingen ze, in een suizende draaikolk die alle lucht uit de hut zoog. Suabs lichaampje werd slap en Yeh Ming liet het vallen. Hij keek om zich heen naar de stille dorpelingen, die met hun handen tegen elkaar stonden en hun ogen hadden neergeslagen. Er liepen tranen over hun wangen. Zijn werk was gedaan. Hij liet zich langzaam op de grond zakken en sliep als een roos.

Hij werd wakker van het geluid van een lepel die door een pot roerde, maar durfde niet te kijken. Hij hoorde hoe er soep in een kom werd geschonken, maar probeerde er niet naar te luisteren.

'Hij is ontwaakt.'

Het was de stem van een man, en er volgde instemmend gegrom van anderen op. Siri opende zijn ogen en zag enkele dorpsoudsten bijeen zitten in de verre hoek van de hut. Ze kwamen overeind en liepen op hem toe. Ze keken verheugd. Het meisje dat hij eerder had gezien lepelde soep op voor iedereen. Het rook heerlijk.

Siri nam de mannen zwijgend op, speurend naar dingen die niet klopten, vreemde details, spelingen van het licht. Tshaj sprak als eerste.

'Hoe voel je je, Yeh Ming?' Zijn stem klonk echt, maar Siri wilde zich niet opnieuw in de luren laten leggen.

'Wie ben jij?'

De mannen keken elkaar verward aan. 'Ik ben Tshaj. Je kent me toch wel?'

'Welk jaar is dit?'

'1976.'

'En welke maand?' Het leek Siri weinig waarschijnlijk dat boosaardige geesten een kalender bijhielden.

'Eh, november.'

'Welke dag?'

'Maandag.'

'Dat kan niet. Waar zijn vrijdag, zaterdag en zondag dan gebleven?'

'Die heb je verslapen.'

'Je was volkomen van de wereld sinds... die avond.'

Dat kon best eens waar zijn. Zijn armen en benen voelden als lood en hij had razende honger. De geur van de soep deed zijn maag knorren. Maar hij was nog niet helemaal gerust op wat hij zag.

'Waar is Lau Jong?'

Tshaj sloeg zijn ogen neer. 'Hij is niet meer onder ons.'

'Dood, bedoel je? Door wat zich donderdagavond heeft afgespeeld?'

De mannen knikten zwijgend.

'Hij was te zwak om alle krachten te doorstaan die hij opriep. Hij had dit nooit eerder gedaan. Niet zo intensief tenminste. Hij had een zwak hart en dat moet zijn bespeurd door de *Phibob*. Ik weet niet wat de geesten hem hebben laten zien, en zou het ook niet willen weten.'

'Dat kan ik me voorstellen.'

'Gelukkig voor ons stond Yeh Ming open voor de goede geesten. Het werd een hels gevecht.'

'Dat geloof ik graag. Wat is er met de *Phibob* gebeurd?'

'Terug naar het bos.'

'Wat, zomaar? Vonden al die boze geesten het opeens welletjes en zijn ze gedwee een paar bomen gaan opzoeken?'

'Gedwee zullen ze zeker niet zijn. Er schuilen nog heel wat gevaren in de jungle, maar wij hoeven niet langer te vrezen dat ze iemand van ons voor zich opeisen. Yeh Ming heeft een beschermingsformule over ons en het dorp uitgesproken.'

'Geschikt van hem.' Siri besloot erop te vertrouwen dat dit de werkelijkheid was, al was het maar omdat zijn maag zo overtuigend rammelde. Tweeënzeventig uur slaap trekt een zware wissel op het lichaam en de mannen moesten hem helpen met opzitten. Daarbij voelde hij dat ze vlees en bloed waren, en vooral bot. Het blozende meisje lepelde soep in zijn mond. Dat had hij zelf ook best gekund, maar het beviel hem wel om zo vertroeteld te worden.

'En de kapitein?' vroeg hij tussen twee slurpen door.

'Ook over hem heeft Yeh Ming een formule uitgesproken. Dat schonk hem zoveel vertrouwen dat hij zijn mannen ook wilde beschermen. Tante Suab doet nu goede zaken met het maken van amuletten voor de soldaten. Ze heeft het nog nooit zo druk gehad.'

Siri hield op met eten. 'Tante Suab. Dus het gaat goed met haar?'

'Uitstekend. Ze kan zich niets meer herinneren. Een bezetene heeft zelf nergens weet van. Toen je haar aanwees, raakte ze bewusteloos en nam de *Phibob* het over.'

'Maar ik had haar toch... Heb ik haar keel dan niet dichtgeknepen?'

'Nee. Je viel de *Phibob* aan. Het was niet Suabs keel, en het waren ook niet jouw handen.'

'Het doet me deugd dat te horen. Geef me nog maar wat, liefje.'

Het meisje bloosde en lepelde soep in zijn mond.

Toen de stramheid van de slaap uit zijn leden trok en de soep hem nieuwe kracht gaf, voelde Siri zich beter dan hij zich in jaren had gevoeld. Misschien wel beter dan ooit tevoren. Er roerde zich iets in hem dat hem zijn jeugd in herinnering bracht, en zijn romance met Boua. Het was een heerlijke gewaarwording.

Een uur nadat hij wakker was geworden maakte hij een rondgang door Meyu Bo om afscheid te nemen van de dorpelingen, die hem uitvoerig dankten en kleine geschenken gaven. Hij ging de hut van Suab binnen en maakte nogmaals zijn excuses, maar het was duidelijk dat ze zich inderdaad niets herinnerde. Ze had geen idee waar hij het over had toen hij beschreef hoe ze hem in de waan had gebracht dat het voorbij was. Ze gaf hem een klein leren buideltje, dat hij met enige aarzeling aannam.

'Hier zit toch niet dat zwarte prisma in, hè?'

'Nee, Yeh Ming, dat is aan diggelen gegaan bij de bezwering. Het is in duizend stukjes gebroken, die zijn uitgestrooid in het bos. Kijk maar wat erin zit.' Hij trok het koordje los en vond een witte talisman, kleiner dan het prisma, maar net zo oeroud. Het had een koord van gevlochten wit haar. 'Dit is het omgekeerde van het zwarte prisma. Overal waar zich het kwade bevindt, zul je het zien. Zolang je dit in je bezit hebt, kan geen demon je verblinden of bedriegen.

'Ik hoop dat de *Phibob* je verder met rust laat, maar bedenk wel dat het een haatdragende kracht is, een bundeling van vele boosaardige zielen. De bezwering heeft hen waarschijnlijk geleerd wie de baas is, maar het kan geen kwaad om voorbereid te zijn op wraak. Als de *Phibob* toch de doem wil voltrekken die over je is uitgesproken, zal dit amulet je beschermen. Beloof me dat je het altijd bij je zult dragen.'

Er kwam een gevoel van déjà vu over Siri, hoe onredelijk het ook scheen. Tante Suab was niet *Phibob*. Ze bood hem juist haar hulp aan. Maar het vreemde was... als ze zich niets van haar bezetenheid kon herinneren, hoe kon ze dan weten van die verdoeming? Hij zette de gedachte van zich af.

Hij dankte haar voor het amulet, maar was niet van plan er altijd mee rond te blijven lopen. Wel hoopte hij dat ze er talloze zou verkopen, en dat de inkomsten het dorp uit zijn armoede zouden verlossen. En waarom ook niet? Er waren talloze soldaten in deze contreien, en bijgeloof verspreidde zich sneller dan een bosbrand.

Later die middag vergezelde Kumsing hem naar de landingsstrook. De kapitein leek zich inderdaad als herboren te voelen. Zijn tic was verdwenen en hij droeg zijn formele uniform met zichtbare trots. Onder de stof tekende zich zijn eigen amulet af.

Ze zagen de Yak naderen aan de horizon, traag als een bij vol stuifmeel, en sloegen hun armen over elkaars schouders – gezworen kameraden na een bizar avontuur.

'Je hoeft van mij nog niet terug, hoor,' zei Kumsing. 'Wil je niet nog een dag of wat uitrusten?'

'Drie dagen slapen is wel genoeg, dunkt me. En wie weet wanneer onze charmante Sovjetvrienden hier weer opduiken? Ik verdwijn liever nu het nog kan.'

'Eén ding nog, Siri: de verslagen die we moeten schrijven...'

Siri lachte. 'Als jouw superieuren uit hetzelfde hout zijn gesneden als de mijne, lijkt het me het beste als we een oersaaie week achter de rug hebben. Ik heb twee dagen over de secties gedaan, en toen kreeg ik een aanval van...'

'Malaria?'

'Malaria, heel goed! Een lichte aanval van malaria, die een paar dagen recuperatie vergde. Van ontmoetingen met Hmong kan ik me niets herinneren, jij?'

'Geen Hmong gezien.' Ze gaven elkaar een hand. 'Zeg eens eerlijk, Siri, hoe voel je je?'

'Hoe ik me voel? Over wat?'

'Over heel die waanzinnige toestand. Ik denk niet dat ik me ooit nog normaal kan voelen na wat zich daar heeft afgespeeld. En ik was alleen maar toeschouwer. Jij moet toch, hoe zal ik het zeggen, behoorlijk uit je doen zijn.'

'Tja, hoe zou ik dat níét kunnen zijn? Ik ben een man van de wetenschap en ik heb geen enkele verklaring voor wat er gebeurd is. Maar het is wél gebeurd. Jij hebt het gezien. Ik heb het aan den lijve gevoeld. Hoe kan ik ooit weer de simpele dokter Siri worden?'

'En toch benijd ik je.'

'Hoezo?'

'Denk je eens in hoeveel interessanter de wereld nu voor je zal zijn.'

'Ik ben tweeënzeventig, jongen. Ik was net van plan om wat minder interesse voor de wereld op te brengen. Ik hoop alleen maar dat dit allemaal wegzakt nu ik Khamuan achter me laat. Ik moet er niet aan denken om Yeh Ming mee terug te nemen naar Vientiane.'

Hun gesprek werd overstemd door de motoren van het toestel dat over de strook op hen toe kwam hobbelen. Nog voor het goed en wel stilstond, ging de deur open en werd er een passagier uitgelaten, waarna Siri en een bosbouwdeskundige met een armzwaai aan boord werden genood. Het vliegtuig keerde zich om, nam een aanloop en koos het luchtruim, nog geen tien minuten nadat het de landing had ingezet.

Door zijn kleine ronde raampje kon Siri de kapitein terug zien lopen naar de legertruck. Op een boomstronk niet ver ervanaf zat een kraai met een bruine kuif. De chauffeur rende naar hem toe om hem te verjagen, maar het beest bleef onverstoorbaar zitten en de chauffeur gaf het op. Toen de truck wegreed, vloog de kraai erachteraan.

De bosbouwman was zo vriendelijk om Siri het project te wijzen toen ze eroverheen vlogen. De dokter was verbijsterd door de omvang. Hele lappen jungle waren kaalgeschoren. Hij drukte zijn neus tegen het glas en zag dat de verwoesting zich naar beide kanten uitstrekte. Eindeloos, zo leek het. Siri schudde mismoedig zijn hoofd.

'Alle duivels.' Hij merkte nu pas dat zijn hand onwillekeurig in zijn zak was gegleden en dat zijn vingers zich om het leren buideltje hadden gesloten. Hij prevelde een verontschuldiging tegen de *Phibob* en alle andere ontheemde zielen. 'Het spijt me. Dit heb ik me niet gerealiseerd.'

'Pardon?' De bosbouwman boog zich naar hem toe om hem beter te verstaan.

'O, niets. Een klein gebedje.'

'Last van vliegangst?'

'Nou, het is meer de aankomst waar ik tegen opzie. Maar luister eens, kameraad, weet jij waar al dat hout blijft in Taiwan?'

12

Oost west, thuis best

Siri's landingsangst bleek in dit geval terecht. De Yak kende weliswaar geen problemen, althans niet buiten zijn normale tekortkomingen om, maar Siri had nog geen voet op de luchthaven van Vientiane gezet of hij werd weer bevangen door alle achterdocht en bezorgdheid die hij er had achtergelaten. De onverschrokken krijger uit Khamuan had kennelijk de vlucht gemist.

In de oude terminal loerde hij argwanend naar het balkon voor de bezoekers. Iedereen daar kon een pistool onder zijn kleding hebben. De beambte die zijn reispapieren controleerde leek hem langer dan noodzakelijk aan te staren. En toen de *samlor*-rijder per ongeluk een verkeerde straat insloeg tijdens de rit naar huis, kwam dat hem op een geduchte ondervraging te staan. Siri besloot twee straten eerder uit te stappen en de rest te lopen. Bij de hoek van zijn straatje aangekomen, speurde hij eerst de huizen aan de overkant af.

Toen hij het tuinpaadje naar de voordeur bereikte, stonden al zijn zintuigen op scherp. Hij was op alle eventualiteiten voorbereid – behalve op datgene wat er daadwerkelijk gebeurde. Tot zijn stomme verbazing kwam Saloup enthousiast op hem af, met zijn tong uit zijn bek en een staart die wapperde als de nationale vlag tijdens een moessonstorm. Hij duwde aanminnig zijn neus tegen Siri's benen en hief zijn kop op voor een aai.

De roze hemel kondigde het eind van de dag aan en mevrouw Vong liep naar haar raam om de lamp aan te steken en het luik dicht te trekken. Het laatste wat ze verwacht had was de aanblik van Siri die de buik kroelde van Saloup, die kronkelend van genot en met wentelende poten op zijn rug lag. Haar mond viel open.

Siri keek op en lachte. 'Goedenavond, mevrouw Vong.' En binnensmonds: 'Haal *jij* je nu maar niets in je hoofd.'

Nog steeds verbaasd over zijn nieuwe relatie met Saloup, ging Siri de badkamer op de benedenverdieping binnen en stak de geiser aan voor een warm bad. Dat had hij wel verdiend.

Toen hij even later zijn eenkamerwoning betrad, zag hij in één oogopslag dat er iemand binnen was geweest. En hij kon wel raden wie. Er lag een verzegelde envelop op zijn schrijfbureau, en de buur die zo behulpzaam was geweest om zijn post daar voor hem neer te leggen, ongetwijfeld een zekere oude vrijster met een functie bij het ministerie van Onderwijs, had de gelegenheid meteen maar aangegrepen om eens grondig stof af te nemen, de vloer te bezemen, zijn afwas te doen en zijn boeken te ordenen op een manier die gespeend was van iedere logica. Met zo'n buurvrouw had je ook geen inbrekers meer nodig. Het werd tijd om een hangslot aan te schaffen.

Hij ging weer naar beneden voor zijn bad en waste zijn haar met het rijstwater dat ze allemaal als shampoo gebruikten. Hij inspecteerde zijn lichaam nog eens goed op sporen van de strijd die hij in Khamuan geleverd had, maar als er al iets te zien viel, dan was het dat hij blaakte van gezondheid. Schoon en verfrist keerde hij terug naar zijn kamer, wikkelde zich in een schone lendendoek en zette koffie. Hij droeg de olielamp naar de salontafel, blies de stoom van zijn kroes en kon eindelijk die envelop openmaken. Er stond geen afzender op. Het zegel was ongeschonden, zelfs geen tekenen dat het was losgestoomd. Hij sneed de envelop open met een oude scalpel en haalde er twee velletjes uit.

De ondertekenaar liet zijn naam achterwege en volstond met 'je broeder in de misdaadbestrijding' – Phosy was er blijkbaar ook niet gerust op geweest dat zijn brief ongemoeid zou worden gelaten.

Hij begon met een schokkende mededeling.

Mijn beste Maigret,
Ons kapstertje is dood. Toen ik dat vernam, was mijn eerste gedachte dezelfde die jij nu zult hebben. Maar kamK was op reis, een waterdicht alibi, en het bleek alle kenmerken te hebben van een zelfmoord. Ik was op

het hoofdkwartier toen de zaak aan het rollen werd gebracht. De agent die een kijkje in haar woning nam nadat haar collega's haar als vermist hadden opgegeven, trof haar dood aan. Met een afscheidsbriefje naast zich. Ze had haar polsen doorgesneden met een scheermes uit de schoonheidssalon.

Ze zat met haar armen in een kom met water dat warm moet zijn geweest toen ze haar wanhoopsdaad beging. Zoals jij ook wel zult weten, gaat dat het stollen van het bloed tegen. Ze was krijtwit en zonder enige twijfel doodgebloed. Jammer dat je afwezig was, anders was ze ongetwijfeld bij jou afgeleverd voor een lijkschouwing. Nu wilde het klooster haar per se onder de grond stoppen, om alle religieuze redenen die jij vast en zeker beter kent dan ik.

In het briefje stond dat ze hartstochtelijk verliefd was geweest op kamK, en jaloers op zijn vrouw, maar geen hoop had dat hij haar ooit zou willen verlaten. Dus had ze besloten haar uit de weg te ruimen. De wijze waarop lag voor de hand. Een detail dat ik vergeten was na te gaan (ja hoor eens, ze hebben me een jaar lang groenten laten kweken) was dat mevrN vaste klant was bij de salon waar ze werkte. Het moet dus relatief eenvoudig voor haar geweest zijn om de jeweetwel bij de hoofdpijnpillen van mevrN te stoppen, terwijl die met haar hoofd onder de droogkap of in het broodrooster zat, of wat ze de klanten ook aandoen in zulke salons.

Ik heb kamK persoonlijk ondervraagd, en hij was danig ontredderd, moet ik je zeggen. Ik kreeg de indruk dat hij echt een zwak voor dat meisje had. Hieronder alvast mijn gedachten over de kwestie. Ik heb ze nog niet in mijn rapport gezet, in afwachting van jouw mening over een en ander. Die hoor ik graag als ik weer terug ben uit het noorden (cursus).

1.kamK is buiten verdenking, wat mij betreft. 2. De moordenaar van mevrN heeft zichzelf al gevonnist en terechtgesteld. 3. Ik vraag me af of het enige zin heeft om de zaak publiek te maken.

Maar ja, wie ben ik? Gewoon een smeris, meer niet. Als jij er anders over denkt, heroverweeg ik mijn standpunt graag. Hoop intussen dat je een prettige vakantie hebt gehad. Verheug me op je verhalen erover.

Zie je gauw,

Je broeder in de misdaadbestrijding.

De koffie was koud.

'Tja, dat was dan dat.' Hij zette vers water op en lepelde zijn laatste Hanoimaalsel in het filter. 'Zaak tot klaarheid gebracht en afgesloten.' Hij liep met zijn nieuwe koffie naar het bureau, maar liet de lamp op de salontafel staan. Hij blies erop en tuurde door het raam naar de kloostertuin, die baadde in maanlicht.

Saffraangele gewaden zwaaiden bedaard heen en weer aan de waslijnen. Een oude monnik schepte water uit een stenen kruik en goot het over het hoofd van een jonge novice. De roestige Renault die als tuinversiering fungeerde, had twee slapende katten als motorkapversiering. Een en al vredigheid.

'Zaak tot klaarheid gebracht en afgesloten.'

13

Tijdverdrijf

Siri ging laat naar bed, sliep zonder te dromen en stond in alle vroegte op. Toen hij van huis ging, gebruikte hij zijn oude schroevendraaier om de twee kogels uit de voordeur te peuteren. Er bleven twee lelijke putten achter, waarvan hij nu al wist dat mevrouw Vong er minstens een maand over zou zaniken. Saloup zat al die tijd aan zijn voeten en keek met trouwe hondenogen naar hem op.

Benieuwd als hij was naar de resultaten van Nguyen Hongs onderzoek, kwam hij al om zes uur bij het ziekenhuis aan, nog voor de noedelventer zijn karretje langs de weg had gezet. Maar in het mortuarium wachtte hem een teleurstelling. Er lag niets op zijn bureau – geen rapport, geen sectieverslag, niet eens een briefje. Hok en Tran waren weg uit de koelcel, waarvan de deur openstond en de stroom was uitgeschakeld. De laatste krabbels in Dtui's aantekenboek betroffen zijn eigen sectie van de eerste Tran, maar dat kon ook niet anders, want ze had onmogelijk het Vietnamees van zijn collega kunnen neerschrijven.

Al met al had zijn aanwezigheid hier totaal geen zin. Om de tijd door te komen schreef hij met potlood een briefje en liep ermee naar de kantoren achter het parlementsgebouw. Op dit uur was de vierbaans Lan Xang-avenue nog het domein van joggers en fietsers. In de slagschaduw van de immense Anusawari-boog stond een groep tai chi-oompjes in slow motion tegen onzichtbare tegenstanders te vechten.

Het parlement lag nog op bed, maar de wachtpost beloofde het briefje aan kameraad Civilai te geven als die binnenkwam. Toen Siri weer bij het ziekenhuis kwam, was de noedelventer net zijn karretje neergezet. Hij kreeg de eerste portie noedels, in verse bouillon. Maar het smaakte net als anders: muf.

Hij at zo langzaam mogelijk, maar toen hij het ziekenhuisterrein op slenterde, had hij nog steeds een halfuur om door te komen. Dus slenterde hij om het mortuarium heen naar de werkcabine van de *khon kouay*. Het verbaasde hem geenszins dat kameraad Ketkaew al over zijn metalen bureau zat gebogen, noest schrijvend aan een onthullend rapport over deze of gene landverrader.

'Goedemorgen, kameraad Ketkaew.' De man leek zich een ongeluk te schrikken. Hij trok aan het draadje van een oordopje en stopte het ijlings in een bureaula.

'Ik mag hopen dat u niet stiekem naar de Thaise radio luistert.'

Siri liep naar binnen en ging op de stoel zitten die de kippenteller voor ondervragingen gebruikte. Ketkaew knikte maar nam niet de moeite iets te zeggen. Hij keek Siri argwanend aan.

'U bent er vroeg bij, zie ik. Als u altijd zo hard werkt, hoop ik dat uw vrouw u 's ochtends een voedzaam ontbijt geeft.'

'Ik kook mijn eigen potje,' bulderde Ketkaew, hoewel Siri vlak tegenover hem zat.

'Nee maar, u gaat me toch niet vertellen dat u ongetrouwd bent, hè?'

'Waar haal ik de tijd vandaan voor die onzin? Ik weet niet of u het weet, maar ik heb een uiterst verantwoordelijke functie. Maar wat komt u hier...'

'Opmerkelijk is dat.'

'Wat is opmerkelijk?'

'Dat zo'n knappe vent als u geen vrouw heeft.'

'Zeg, hoor eens. Ik hou van vrouwen, hoor. Ik ben geen...'

'Nee, natuurlijk niet. En ik weet zeker dat vrouwen ook in u geïnteresseerd zijn.'

'Reken maar. Ik kan er tien krijgen aan elke vinger.'

'Daar twijfel ik niet aan. Met zo'n belangrijke functie en zo.'

'Precies, wie ik maar zou willen. Als ik tijd had voor die flauwekul.'

'Kijk, zie je, dat zei ik ook al tegen haar.'

'Haar?'

'Ik waarschuwde haar al dat ze weinig kans zou maken. "Hij kan vast vrouwen bij de vleet krijgen," zei ik, "maar volgens mij heeft hij gewoon geen tijd"." Hij stond op om te gaan. 'Maar goed, nu weet ik het zeker en ik zal het aan haar doorgeven.'

'Wacht... u... is het, eh, iemand die ik ken?'

'Waarschijnlijk niet. Goedemorgen.'

'Ik ken anders massa's mensen. Hoe heet ze?'

'Vong.'

'Vong wie? Ik heb meerdere Vongs in mijn district. Waar werkt ze?' Siri zag opeens speeksel glimmen in Ketkaews mondhoek.

'Het ministerie van Onderwijs. Ook een post van groot revolutionair belang. Jullie hebben veel gemeen in dat opzicht. Ze was hier laatst en zag u toevallig voorbijlopen, en vergeef me mijn indiscretie, maar ze bloosde tot achter haar oren. Ze wilde alles van u weten.'

Tien minuten later zat Siri breed grijnzend achter zijn bureau. 'O, als ik toch eens een gekko op de muur kon zijn wanneer die kippenteller bij haar aanklopt.'

Toen de klok acht uur wees, ging Siri onder het bord met 'morgue' staan om zijn medewerkers te verwelkomen. Hij had die twee gemist. Om kwart over acht stond hij er nog steeds – geen teken van Dtui of meneer Geung. Hij liep naar binnen om de kalender te bekijken, maar nee, het was geen nationale feestdag. Hij ging weer naar buiten en liep ongedurig heen en weer over het parkeerterrein. Dat ze te laat waren kon hem niet schelen. Dat ze misschien wel dood waren, dáár zat hij over in. De kogels in zijn zak tikten bij elke stap tegen elkaar.

Om halftien zat Siri voor het kantoor van Suk, de ziekenhuisdirecteur. Suk had hem genegeerd toen hij de deur uit liep om naar een vergadering te gaan, en had hem opnieuw genegeerd toen hij terugkwam. En nu zat er een vertegenwoordiger van een farmaceutisch bedrijf uit Noord-Korea bij hem. Het communisme zorgde voor vreemde zakenrelaties.

Toen de Koreaan naar buiten kwam, glipte Siri gelijk naar binnen en ging op de nog warme stoel voor Suks bureau zitten.

'Nee maar, dokter Siri. Was u door uw vakantiegeld heen?'

'Ik was aan het werk in Khamuan, in opdracht van Justitie.'

'Een lijkschouwing die een week in beslag nam?'

'Twee lijkschouwingen die twee dagen in beslag namen. En de rest van de tijd moest ik herstellen van een malaria-aanval.'

Voor hij het tot papierenschuiver had geschopt was de directeur ook arts geweest. Hij nam Siri monsterend op, zoekend naar tekenen dat hij een ziekte te boven was die elk jaar twaalfduizend Laotianen het leven kostte.

'Nou, ik ben blij dat u weer helemaal de oude bent.'

'Dank u. Waar zijn mijn medewerkers?'

'Die zijn elders aan het werk gezet.'

Siri bedwong een zucht van verlichting. 'Ze kunnen niet overgeplaatst worden zonder mijn toestemming.'

'Dat kan zijn, maar u was er niet, en ik heb verder niemand bezwaren horen maken. We hebben een groot gebrek aan personeel, zoals u weet, en ik voelde er weinig voor om een gediplomeerd verpleegster blaadjes te laten lezen om paraat te zijn als u weer eens opdook.'

'Waar werkt ze nu?'

'Urologie.'

Siri grinnikte. 'Dat zal haar leren. En Geung?'

'Die graaft greppels voor de rioleringsdienst.'

'Hij is een ervaren sectiebediende.'

'Bij gebrek aan erkende diploma's is hij bij uitnemendheid geschikt als rioolarbeider.'

'Ik wil ze terug.'

'U heeft niets te doen voor ze.'

'Ik heb vanmiddag om halftwee een lijk.'

'Hoe bent u daar zo zeker van? Heeft u plannen om zelf iemand te vermoorden?' Suk lachte om zijn eigen snedigheid, tot hij Siri's macabere blik zag.

'Dag dokter.'

'Hoe maakt u het? Hebben jullie mijn verpleegster Dtui hier?'

'Jazeker. De laatste onderzoekkamer rechts.'

Een oud vrouwtje zat met ontbloot onderlichaam op een bankje. Dtui zat geknield tussen haar benen, met plastic handschoenen aan.

Ze keek op en straalde toen ze Siri herkende.

'Dokter! De Boeddha zij dank. Als ik nog langer mijn vingers in mensen moet steken, ga ik gillen.'

Het vrouwtje probeerde zich te bedekken.

'Rustig maar, mevrouw, ik ben arts.'

'Nou, arts, lijkschouwer om precies te zijn. Maar wel een goeie, hoor. Geen dode die ooit over hem klaagt.'

Dit werd het vrouwtje te veel. Ze wikkelde haar *phasin* om haar onderlichaam en vluchtte weg.

'Tja, werken in een mortuarium ligt jou inderdaad beter. Maar niet getreurd, Dtui, jullie zijn vanmiddag weer terug, allebei. Nog iets opmerkelijks beleefd in mijn afwezigheid?'

'Niets dat me bijstaat, nee. Uw Vietnamese vriend is terug naar Hanoi.'

'Zei hij nog wat?'

'Ja, maar daar verstonden we niks van.'

'Heeft hij iets voor me achtergelaten?'

'Zijn verslag, en een brief.'

'Mooi, maar waarom lagen die niet op mijn bureau?'

'Omdat u zo geheimzinnig deed, heb ik ze maar verstopt.'

'Goed zo, meisje! Waar?'

'In de ziekenhuisbibliotheek, onder de "v". U weet, er komt daar nooit iemand.'

Hij besloot het Vietnamese verslag nog even te laten waar het was. Daar was het veilig. Hij liep terug naar zijn kantoor, zat er een tijdje de wet te overtreden en vertrok op Dtui's fiets naar Dongmieng.

Het Sri Bounheuan-klooster was net zo goed onderhouden als het Hay Sok waar hij thuis op uitkeek, maar het was er veel drukker. De ministeries van Cultuur en Onderwijs hadden er een alfabetiseringsproject opgezet. Alle monniken, ongeacht het onderwijs dat ze zelf hadden genoten, waren aangesteld als leerkracht.

Volgens de huidige doctrine was Boeddha een communist geweest. Uit protest tegen het kapitalisme had hij zijn rijkdom en status als prins opgegeven, waarna hij zijn leer was gaan verkondigen om de lagere klassen te emanciperen. Overeenkomstig deze politieke en sociaal-economische wortels van het boeddhisme, werden in heel Laos monniken voor de klas gezet.

Sinds de machtsovername door de Pathet Lao was het aantal Laotianen dat onderwijs genoot met vijfenzeventig procent gestegen – een zegening die tot vervelens toe herhaald werd door de staatsradio. Wat de nieuwe leerlingen zoal leerden werd onbesproken gelaten, evenals het bijna totale gebrek aan gekwalificeerde onderwijzers. En er werd al helemaal niet gezegd dat de onderwijslast op de schouders van het monnikendom was geplaatst.

Het waren monniken die overal schooltjes van bamboe en bananenbladeren bouwden, en boomstammen spleten om als banken te dienen. De leerlingen varieerden van vijfjarige wezen tot vijfenzestigjarige grootmoeders. Boeken en potloden hadden ze niet, en de schoolborden waren achterkanten van oude billboards uit de kapitalistische tijd. Het was de vraag of er veel werd geleerd, maar iedereen scheen het reuze naar zijn zin te hebben.

De abt stond op een gammele bamboetrap de stupa te schilderen. Om niet te vallen had hij zijn gewaad hoog tussen zijn benen geknoopt, als een grote oranje luier. Het vuilgrijze bouwwerk veranderde onder zijn kwast in een lichtblauwe bruidstaart.

'Horen stupa's niet wit te zijn?' vroeg Siri.

Om de een of andere reden was er sinds een paar maanden alleen hemelsblauwe verf verkrijgbaar – een kleur die langzamerhand synoniem werd met het nieuwe regime. Zo was de luchthaven nauwelijks meer te onderscheiden van de lucht erboven. Volgens Civilai had het Comité in zijn wijsheid een langetermijnplan aanvaard om het land vanuit de ruimte zichtbaar te maken als een Wattay-blauwe vlek.

'Voor mijn part is ie zwart. Als ie maar weer een jaartje bestand is tegen de elementen.' De abt haakte het verfblik over de slurf van een stenen olifant, daalde de ladder af en bekeek de bezoeker over de rand van zijn brilletje. 'Ken ik jou niet ergens van?'

'Dat mag ik hopen, waarde abt. We hebben een eeuw of wat geleden samen in Pakse gezeten.'

'Krijg nou wat... Siri?' Siri glimlachte en wilde een buiging maken, maar de abt greep zijn hand en schudde die als viel er een record te breken. 'Je bent geen haartje veranderd, man.'

'Nee? Dus ik was toen ook al een rimpelig fossiel met een kromme rug?'

'Ach, wat doet het ertoe hoe we eruitzagen. Ik herinner me je nog goed, in elk geval. Jij moest beslissen of je je mooie vrouwtje naar Vietnam zou volgen. En ik stond voor de keus om ofwel voor de nationale ploeg te gaan fietsen bij de Aziatische Spelen, ofwel de liefde van mijn leven naar Australië te volgen.'

'En, wat is het uiteindelijk geworden?'

'Geen van beide, zoals je ziet. Ik had het er zo moeilijk mee dat ik naar Wat Sokpaluang ging om een tijdje tot mezelf te komen, en daar hebben ze me toen gehouden.'

Ze lachten.

'Hoe heb je me in hemelsnaam gevonden?'

'O, ik wist allang dat je hier zat. Een voormalige leider van het opleidingskamp heeft het me ooit verteld.'

'En hoe gaat het met die schoonheid van een vrouw van je?'

'Die is al een hele tijd dood, helaas.'

'O, wat rot voor je. Maar ja, het oerwoudbestaan is ook zwaar voor een vrouw.'

'En het wordt er niet lichter op als er een handgranaat naar je gegooid wordt.'

'Ach... gevallen in de strijd. Wel eervol, natuurlijk.'

'Ze viel niet in de strijd. Ze lag te slapen. Ik was mee op een of andere campagne en hoorde achteraf dat iemand een granaat in haar tent had gegooid. We hebben nooit kunnen achterhalen wie.'

Het verraste Siri hoe makkelijk het was om erover te praten. Hij had het verhaal van Boua's dood elf jaar lang voor zich gehouden en nu gaf hij het zomaar prijs aan een monnik die hij amper kende. De katholieken hadden gelijk – het bood verlichting om je verdriet met een geestelijke te delen. Al reageerden katholieke geestelijken waarschijnlijk wat fijnzinniger op zo'n ontboezeming.

'Dat ding was vast voor jou bestemd.'

Ze liepen naar een bankje en haalden er herinneringen op aan het jaar dat ze samen in het opleidingskamp hadden doorgebracht. Maar Siri moest ter zake komen.

'Een paar dagen geleden is hier een meisje binnengebracht dat haar polsen had doorgesneden.'

'Klopt. Hoe wist je dat?'

'Ik ben tegenwoordig de nationale lijkschouwer.'

'Zo zo, gefeliciteerd, man!'

'En ik vrees dat ik haar weer moet laten opgraven.'

'Tja, dat zal niet gaan.'

Siri haalde een opgevouwen stuk papier uit zijn borstzak, dat hij zelf had geschreven en van een stempel had voorzien, alsook van de nagebootste handtekening van rechter Haeng. 'Ik heb hier een justitieel bevel, getekend door...'

'O nee, ik twijfel er niet aan dat je in je recht staat. Wat ik bedoel is dat je haar niet op kunt graven omdat wij haar nog niet begraven hebben.'

'Maar ze is al vier dagen dood.'

'Weet ik, en normaal hadden we haar meteen onder de grond gestopt. Maar daar kwam iets tussen.'

'Wat dan?'

'Haar zuster.'

'Had ze een zuster?'

'Ja. Ze zijn samen uit het noorden hiernaartoe getrokken. Ze wilde niet dat haar zus hier begraven werd, en probeert geld bijeen te krijgen voor vervoer van het lichaam naar hun familie in Xan Neua.'

'Waar is ze?'

'Wie, die zuster?'

'Allebei de zusters.'

'Het lichaam ligt hier in een oude droogoven, waar we vroeger potten in bakten. Het is er droog en betrekkelijk luchtdicht. Met al die kinderen hier kon ik haar niet zomaar laten liggen.'

'Ik begrijp het. En de overlevende zuster?'

'Die woont hier niet ver vandaan. Haar man is fietsenmaker, een eindje voorbij de Thaise ambassade.'

Even later zette Siri de fiets van Dtui onder het rieten afdak van de fietsenmakerij. Er leek niemand aanwezig, maar op zijn *kuch* stapte er een jongeman door een gat in de schutting, slechts gekleed in een voetbalbroekje.

'Hallo baas, kan ik je helpen?'

'Kun jij mijn remmen repareren? Die doen het alleen heuvelopwaarts.'

'Komt voor elkaar.' Hij pakte het zware rijwiel en zette het op zijn stuur alsof het van balsahout was gemaakt.

'Kan ik hier misschien een plasje doen?'

'Tuurlijk, baas, we hebben hierachter een latrine. Let niet op de vliegen.'

Siri stapte door het gat en zag een rank meisje dat op de grond tamarindevruchten zat te doppen. Onder de stof van haar *phasin* zag hij een bolling van een maand of vijf. Hij liet de latrine voor wat die was en hurkte naast haar neer. Ze merkte het amper op, was in gepeins verzonken.

'Hallo. Ik ben dokter Siri. Ik kom net van het Sri Bounheuanklooster.' Ze keek hem met grote ogen aan. 'Dat is jouw zuster daar, nietwaar?' Ze knikte traag.

'Ik ben lijkschouwer. Weet je wat dat is?'

'Ja.'

'Ik heb je toestemming nodig om het lichaam van je zuster te onderzoeken.'

Ze leegde een tamarindepeul voor ze antwoord gaf. 'Kunt u het zien? Ik bedoel, als u haar onderzoekt, kunt u dan zien of ze echt zelfmoord heeft gepleegd?'

'Dat denk ik wel, alleen moet ik haar dan wel opereren.'

'Opensnijden bedoelt u?'

'Ja. Vind je dat goed?' Ze keek bedenkelijk, leek niet te willen dat het lichaam van haar zuster geschonden werd. 'Als het officieel mijn onderzoek wordt, kan ik voor vervoer naar Xam Neua zorgen, voor haar en voor jou.'

'Gratis?'

'Ja, de kosten zijn voor ons.'

'En ze wordt niet verminkt?'

'Ik regel iemand die haar heel mooi opmaakt.'

'Het is niet waar, weet u.'

'Wat is niet waar?'

'Dat ze zelfmoord heeft gepleegd.'

'Hoe weet je dat zo zeker?'

'Ik ken haar toch?'

'Weet je waar het Mahosot-ziekenhuis is?'

'Ja.'

'Als je me daar om zes uur vanavond komt opzoeken, kan ik je waarschijnlijk uitsluitsel geven. En daarna wil ik nog even met je praten.'

Ze knikte opnieuw. 'Dank u wel.'

De ochtend was omgevlogen. Bij het ziekenhuis aangekomen had hij zo'n haast dat hij de fiets niet eerst naar het parkeerterrein bracht, maar stopte bij het karretje van tante Lah om zijn baguette te kopen.

'Ah, dokter, bent u daar weer?' Ze straalde als een nieuw verkeerslicht en was zo blij hem te zien dat ze hem niet met 'broer' aansprak maar een verboden beleefdheidsvorm uit de royalistische tijd gebruikte en diep vooroverboog in een *nop*.

'Pas maar op, straks ziet onze kippenteller het nog.'

'O, die schreeuwer maakt mij niet bang, hoor. Waar was je vorige week?'

'Khamuan.'

'Ik heb elke dag je broodje klaargemaakt.'

'O, wat stom, helemaal vergeten je op de hoogte te stellen. Ik betaal ervoor, hoor.'

'Welnee, ik heb ze zelf opgegeten. Ik was alleen bang dat je niet meer terug zou komen. Fijn dat je er weer bent.'

Ze maakte een extra-speciale baguette voor hem klaar, wat hem alle tijd gaf om haar eens goed te bekijken. Ze mocht er zijn. Nou en of. Het was hem een raadsel waarom zoveel oudere mannen op jonge kuikentjes aasden terwijl er zulke fraaie hennen over het erf scharrelden. Er roerde zich iets in hem, en hij vroeg zich af hoe het zou zijn om met haar... Sinds de dood van Boua had hij geen vrouw meer aangeraakt.

'Hoe gaat het met je man?' vroeg hij quasi-onnozel.

Ze keek niet op, maar hij zag haar blozen. 'Kon niet beter. Ik heb tegenwoordig geen omkijken meer naar hem.'

'Da's mooi.'

'Alleen af en toe zijn urn afstoffen.'

Siri glimlachte, stapte weer op zijn fiets en reed met zijn broodje naar de rivier. Hij voelde dat ze hem nakeek.

Civilai zat in zijn eentje op de boomstam. Gekke Rajid lag een paar meter van hem af op de oever, poedelnaakt.

'Stoor ik jullie?'

'Integendeel, je komt als geroepen. Ik begon net jaloers op hem te worden.'

'Tja, hij is redelijk voorzien. Al is het een dingetje van niets vergeleken bij de mijne.'

'De jouwe? Ik dacht dat die er allang van verwaarlozing vanaf was gevallen.'

'Nee hoor. Ik voelde daarnet zelfs nog hoeveel leven er nog in zit.'

'Toch niet door een van je lijken, hè? Vertel me nou niet dat je zó ver bent afgegleden.'

'Ken je mevrouw Lah, die mijn broodjes klaarmaakt?'

'Die op de hoek daar? Maar die is oud genoeg om je... dochter te zijn. Wel een goeie bos hout voor de deur. Zou ik ook weleens de wei mee in willen.'

'Droom rustig verder, ouwe knar.'

'Hoe was het in Khamuan?'

'Interessant. Heb er twee lijken geschouwd met een onbekende doodsoorzaak, kreeg malaria en heb tussendoor nog even vloeiend Hmong leren spreken.'

'Ja ja. Laat eens horen dan.'

'Alsof jij het zou verstaan.'

'Beter dan jij, waarschijnlijk. Over vrouwtjes gesproken, in de Hmong-regio ben ik er met heel wat de wei in geweest, vriend. Maar vooruit, laat eens wat horen.'

Siri opende zijn mond om iets te zeggen, maar er kwam niets bij hem op. Zelfs een simpele begroeting in het Laotiaans kon hij niet vertalen. De taal die hem de vorige dag nog eigen was geweest, was spoorloos verdwenen.

'Da's nou ook raar, ik ben het alweer vergeten.'

'Tja, dat heb je met talen. Zo beheers je ze vlekkeloos, en zo weet je er niets meer van. Ik sprak vorige week donderdag vloeiend Japans.'

'Nee, serieus. Ik sprak echt Hmong.'

Civilai grinnikte en zette zijn tanden in zijn broodje. Siri wist dat het zinloos was om vol te houden.

'Wist jij trouwens wat het leger daar uitspookt?'

'De vervanging van gewassen toch?'

'Ja, ze vervangen er het oerwoud door lucht. Als het zo doorgaat, duurt het niet lang meer of ze hebben de hele provincie in één groot exercitieterrein veranderd. Kunnen jullie daar geen stokje voor steken?'

'Wie zouden we erheen moeten sturen om in te grijpen? Prins Boun Oum op zijn olifant? Nee, jongen, de generaals hebben tientallen jaren voor de revolutie gestreden en dit is het bedankje dat ze zichzelf geven.'

'O, dus het is de bedoeling. Die passage moet ik dan gemist hebben in het manifest. Ik dacht altijd dat corruptie dé reden was voor de strijd, niet de beloning. En wat krijgen jullie als politbureau in ruil voor je stilzwijgende instemming?'

'Is dat waarom je me met alle geweld wilde spreken, om me aan mijn kop te zeuren over die houtkap?'

'Nee, niet alleen daarom. Vertel eens, hoe zijn onze diplomatieke betrekkingen met Vietnam momenteel?'

'Zonder wanklank.'

'Ah, goed zo.'

'We hebben er namelijk geen meer.'

'Wát? Hoe komt dat?'

'Hanoi heeft zijn ambassadeur en het merendeel van zijn diplomaten teruggeroepen, en alle hulpprojecten zijn gestaakt. En daar konden wij natuurlijk niet voor onderdoen, dus hebben we onze man ook teruggehaald. En nu wordt er geen woord meer gewisseld.'

'Alle duivels. En dat allemaal door die verdenking van marteling?'

'Ze zijn niet tevreden over onze uitleg, laat ik het zo zeggen. Heb jij nog iets ontdekt wat ons zou kunnen vrijpleiten?'

Terwijl Gekke Rajid de rivier in waadde en naar Thailand leek te willen zwemmen, stak Siri van wal over de zaak van de drie Vietnamezen. Hij vertelde over de reis die hij met Nguyen Hong naar Nam Ngum had gemaakt, al was hij er zeker van dat Civilai allang het rapport van het districtshoofd had bestudeerd. Maar hij voegde iets toe dat zijn 'oudere broer' daarin niet gelezen kon hebben.

'Iemand heeft me uit de weg proberen te ruimen.'

'Wat zeg je me nou?'

'Op de dag van onze terugkeer van het stuwmeer. Nguyen Hong en ik vonden dat er nog te veel onopgehelderd was.' Hij haalde de twee geplette kogels uit zijn zak. 'Ik kwam die avond laat thuis, bukte me bij de voordeur, en die ving deze twee op.'

Civilai pakte ze uit zijn hand. 'Siri. Je denkt... je denkt toch niet dat dit iets met die Vietnamezen te maken heeft?'

'Zo niet, dan was het wel een héél toevallige samenloop van omstandigheden.'

'Maar waarom? Hebben jullie dan iets gevonden dat belastend voor iemand kan zijn?'

'Nee, maar ik verwed er de rest van mijn broodje om dat anderen dachten van wel.'

'Sjonge.'

'Mijn probleem is alleen dat ik niet weet tot welk kamp die anderen behoren, het onze of het Vietnamese.'

'Kom op, zeg, onze eigen mensen die jou dood willen hebben? Ondenkbaar!'

Siri lachte. 'Voor een genie ben je toch behoorlijk naïef, ai. Natuurlijk is dat denkbaar. Als ik over bewijs zou beschikken dat wij die drie inderdaad hebben verhoord en gemarteld, dan zou dat tot veel meer leiden dan verstoorde betrekkingen. Dan stond ons een oorlog te wachten.'

'Oké, oké, voor het eerst in vijftig jaar heb je mijn onverdeelde aandacht. Wat wil je dat ik doe?'

'Weet jij wat die Vietnamese delegatie hier kwam doen?'

'Nee.'

'Civilai...'

'Nee, geloof me, geen flauw idee.'

'Kun je erachter komen?'

'Dat kan ik in elk geval proberen.'

'Goed. Dan ga ik eerst maar eens het rapport van Nguyen Hong lezen en zien of ik contact met hem kan opnemen in Hanoi. We hebben nog een hoop vragen te beantwoorden.'

'Heb je je rechtertje over dit alles verteld?'

'Nee. Want weet je, ik vind het toch wel heel toevallig dat Justitie me midden in dit onderzoek naar Khamuan heeft gestuurd.'

'Ik begrijp dat je achterdochtig bent, maar je zult toch mensen moeten vertrouwen, jongen. Bij dit soort aangelegenheden heb je bondgenoten nodig.'

'Mijn bondgenoten, dat ben jij.'

'Aha. Fijn dat je geen onnodige druk op me legt.'

'Iets anders nog. Wat zegt het woord "everzwijn" jou?'

'Afgezien van de diersoort? Niks.'

'Kun je daar dan navraag naar doen? Of het iets met die delegatie te maken kan hebben? Of met de oorlog misschien? Vietnam?'

'Wie heb je dat woord horen gebruiken?'

'Het was... Nee, ik kan mijn bronnen niet prijsgeven.'

'Dan niet. Verder nog iets?'

'Nou, er was nog één dingetje, maar dat wil me niet meer te binnen... o ja! Jij spreekt behoorlijk goed Frans, hè?'

'Als Napoleon zelf. Jij niet meer dan? O, ik snap het al: jouw Frans is je Hmong achterna.'

'Ja, houd het daar maar op. Wat betekent *précipitation*?'

'Tja, dat kan zoveel betekenen. Het is de neerslag bij een scheikundige reactie, bijvoorbeeld.'

'Of?'

'Of een val van grote hoogte.'

'Een val van... O, maar natuurlijk. Natuurlijk! Ze waren niet aan het waterskiën! *Félicitations, mon brave empereur.*' Hij stond op, kuste Civilai op beide wangen en salueerde.

14

De kneuzingen van het kapstertje

Siri kwam om halftwee terug van zijn lunch. Zijn aankomst viel samen met een on-Laotiaans vertoon van stiptheid.

Hij zag Dtui vanaf de ene kant naar de ingang van het mortuarium lopen, en van de andere kant drie monniken naderen, ieder met een doek voor zijn neus, die samen een opgerolde kokosmat torsten. Geung kwam op hetzelfde moment naar buiten hollen, hevig geagiteerd.

'Dokter Si... Si... Si...' Zijn opwinding belette hem verder te komen. Siri kneedde zijn schouders en gebood hem rustig te ademen, terwijl hij vanuit zijn ooghoek zag hoe Dtui de monniken voorging door de gang, naar de zijdeur van de sectiekamer.

'Wat is er aan de hand, meneer Geung?'

'Uw kan... kantoor is helemaal, is helemaal kapot!' Hij greep Siri's hand en trok hem mee naar binnen. En inderdaad, het kantoor was grondig overhoopgehaald.

Toen Dtui de monniken uitgeleide had gedaan, kwam ze tussen de twee mannen in staan en nam de ravage in ogenschouw. 'Wat verschrikkelijk.'

'Dit moet ergens in de laatste drie uur zijn aangericht. Hoe ziet de sectiekamer eruit?'

'Normaal, net als de voorraadkamer.'

'Dus ze hebben bewust iets in het kantoor gezocht.'

'Hemel, mijn blaadjes!'

'Nee, geen grapjes nu. Luister, jongens, dit heeft te maken met het gevaar waar ik jullie voor mijn vertrek voor waarschuwde. We zullen nu extra voorzichtig moeten zijn, begrijpen jullie dat?'

'Ik begrijp het, ja ja, ik begrijp het,' zei Geung met een ernstig gezicht.

Dtui knikte. 'Ja, dokter.'

'Goed zo. De enige politieman die ik ten volle vertrouw is er op dit moment niet, maar we zullen dit natuurlijk wel moeten aangeven. Voor we dat doen, wil ik dat we zelf nagaan of er iets is weggenomen. Probeer alles zo veel mogelijk te laten liggen, oké?'

Onder het zoeken vertelde Siri alles wat er over de zaak van de Vietnamezen te vertellen viel, tot en met de aanslag op zijn leven. Het enige wat bleek te zijn weggehaald waren Dtui's aantekenboeken. Alles wat ze had opgeschreven tijdens elke sectie die Siri sinds zijn aantreden had verricht, was verdwenen. Ze kwam tot dezelfde conclusie als Siri: dit kon alleen maar betekenen dat het verslag van Nguyen Hong het doel van de inbraak was geweest.

'Zo zie je maar wat een lumineus idee het van je was om het te verstoppen, Dtui. Bravo.'

'Bravo!' vond ook Geung.

'Krijg ik nu opslag?'

'Van nu af aan hebben jullie twee niets meer met de Vietnamezenzaak te maken. Ik zal het verslag mee naar huis nemen om het daar te bestuderen. O, daar schiet me iets te binnen. De foto's van mijn sectie op Tran, waar zijn die?'

Dtui sloeg haar ogen ten hemel. 'Niet hier.'

'Hoe weet je dat zo zeker?'

'Omdat ze in Sayabouri zijn.'

'Sayabouri? Wat doen die foto's in Sayabouri?'

'Eh, u weet toch dat zuster Bounlan ging trouwen en dat we het eind van het ene rolletje en het begin van het volgende voor de ceremonie mochten gebruiken?'

'Ja, en... o wacht even, je gaat me toch niet vertellen dat...'

'Ja, alles is naar haar familie. Een collega zou toevallig naar Sayabouri gaan en het leek Bounlan handig om die foto's aan haar mee te geven. Ik was net even weg toen ze hier binnenkwam en toen heeft ze zelf de envelop gepakt, zonder de inhoud na te kijken. Alle foto's zaten er nog in, van beide rolletjes.'

'Zo, die bruidsreportage zal oma leuk hebben gevonden.'

'De hele familie schijnt over zijn nek te zijn gegaan. Ze hebben het pakje de volgende dag op de post gedaan. Het zal hier vandaag of morgen aankomen.'

'Je bent onmisbaar, Dtui. Zelfs je blunders pakken goed uit.'

'Hoezo?'

'Nou, als onze bezoekers zo nieuwsgierig waren naar dat verslag, hadden ze die foto's ook wel willen hebben, denk ik zo. En misschien maken die foto's straks wel duidelijk wat deze mensen zo dolgraag geheim willen houden. Meneer Geung?'

'Ja, dokter kameraad?'

'Dtui en ik gaan nu kennismaken met onze nieuwe klant. Zou jij zo vriendelijk willen zijn om meneer Ketkaew en de directie over deze rommel te vertellen?'

'Ja, zou ik.'

Siri en zijn team stonden in de sectiekamer. In het kantoor liepen twee geüniformeerde politieagenten de rommel te doorzoeken – dit met de ongevraagde en ongewenst luide assistentie van meneer Ketkaew. De agenten droegen witte operatiemaskertjes tegen de stank uit de sectiekamer. Meneer Ketkaew had voor datzelfde doeleinde een flesje geurbalsem, dat hij om de paar seconden onder zijn neus hield. Hij trok het zich zo te zien behoorlijk aan dat er op nog geen tien meter van zijn werkplek een misdrijf was gepleegd.

Geen van beide gezelschappen had de behoefte zich met het andere te bemoeien. Toen de agenten klaar waren, liepen ze weg zonder afscheid te nemen.

'U denkt toch niet dat ze mijn blaadjes hebben meegenomen, hè?'

'Hou je hoofd bij je werk, Dtui.'

'Sorry.'

Meneer Geung giechelde en woog het uitgenomen hart op de slagersweegschaal die aan het plafond hing.

'Oké, waarde leerling, wat hebben we tot dusver aan opmerkelijks geconstateerd?'

Dtui sloeg haar aantekenboek dicht en somde uit haar hoofd de ongerijmdheden op. 'Ten eerste, elke pols heeft maar één enkele kerf.'

'En dat is vreemd omdat...'

'Dat is vreemd omdat polsdoorsnijders meestal twee tot drie pogingen doen eer ze de moed hebben om diep genoeg te gaan.'

'Uitstekend. En ten tweede?'

'Ten tweede is er bloedophoping ofwel hypostase in de rug, wat erop wijst dat het slachtoffer in achteroverliggende houding is gestorven.'

'Dus?'

'Dus moet iemand anders haar in de houding hebben gebracht waarin ze werd aangetroffen, vooroverzittend met haar polsen in een bak water.'

'Prima. En tot slot?'

'Ten derde: gezicht bleek, lichaam donkerblauw.'

'Wat een aanwijzing is voor...'

'Verstikking ofwel asfyxie.'

'Perfect. Ik kan met pensioen.'

'Vertel eerst nog even hoe zeker we er nu eigenlijk van zijn dat ze geen zelfmoord heeft gepleegd.'

'Ik zou zeggen dat we voor tweeënnegentig procent zeker zijn. Om dat percentage nog wat op te krikken, stel ik voor dat we hier nog even een kijkje nemen.' Hij maakte een diepe incisie van de kin naar het borstbeen, trok de huidflappen en spieren opzij en legde het strottenhoofd bloot.

'Hmm, bloeding ofwel hemorragie.'

'En kijk hier, waarde leerling: bloeduitstortingen die al uit de huid waren weggetrokken, maar hier nog zichtbaar zijn.' Het weefsel had donker verkleurde plekjes in een onmiskenbaar vingertoppenpatroon. 'Conclusie?'

'Conclusie: ze is gewurgd, die arme slet.'

'Ha!' lachte meneer Geung. 'Arme slet!'

'Foei, kinderen. Een beetje respect voor de doden graag.'

'En wat doen we nu verder?'

'Wat we gaan doen is alles zo duidelijk opschrijven dat zelfs een rechter het begrijpen kan. En vervolgens houden we onze kaken stijf op elkaar en wachten op inspecteur Phosy, die morgen weer terugkomt. Dtui, mijn liefste, het lijkt me wel zo veilig om twee kopieën

192

te hebben. Denk je dat je een extra vel carbonpapier in je schrijfmachine kunt wurmen?'

'Dan worden de woorden misschien wat fletser, maar dat lukt wel.'

'Mooi zo. Dan naaien we nu eerst dit kapstertje dicht en sturen haar naar mevrouw Nan, de lijkverzorgster. En dan moet ik als de weerlicht het kantoor opruimen, want er komt straks nog iemand langs.'

Om kwart over zes zat Siri alleen achter zijn bureau, net terug van het kamertje dat met enige overdrijving 'de ziekenhuisbibliotheek' werd genoemd, waar hij het Vietnamese sectieverslag had opgehaald. Het zat nu in zijn schoudertas, die op de oude groene archiefkast lag. Nu het begon te schemeren ging hij zich opeens weer kwetsbaar voelen. Hij had de wandeling terug naar huis voor de boeg, met een verslag in zijn tas waarvoor iemand bereid was te doden.

Geung was voor zijn dagelijkse groente-en-fruitdienst in de ziekenhuistuin naar de markt gefietst en had er het grootste hangslot gekocht dat hij kon vinden, plus twee grendels. De verkoper had verteld dat niemand die dingen meer kocht. Hij had kennelijk niemand in zijn klantenkring die voor zijn eigen voordeur beschoten werd.

Siri's mijmering werd verstoord door het geflipflap van rubbersandalen op de betonnen treden. De zwangere zuster kwam schuchter de gang in lopen. Siri stond op om haar het kantoortje binnen te leiden.

'Dank voor je komst. Je echtgenoot is niet meegekomen, zie ik?'

'Hij zit te kaarten. En het is niet mijn echtgenoot.'

Siri vroeg zich af hoe het met de toewijding van de jongeman gesteld was. 'Maar dit hier is wel van hem?' Hij wees op haar bolle buik, die uit haar lichaam stak als een noest uit een dun jong boompje. Ze knikte zonder veel geestdrift.

'Neem plaats. Wil je iets drinken?'

'Nee.'

Siri trok zijn stoel naar haar kant van het bureau. 'Toen we elkaar vanmiddag spraken, waarom was je er toen zo zeker van dat Mai geen zelfmoord had gepleegd?'

'Omdat ze... omdat het haar niet kon schelen.'

'Wat kon haar niet schelen?'

'Niets. Ze maakte zich nooit ergens druk over. Alles was een spelletje voor haar.'

'De liefde?'

'En haar werk, haar toekomst, het leven. Alles.'

'Was ze naar Vientiane gekomen om iemand te volgen? Iemand met wie ze een verhouding had gehad in Xam Neua, misschien?'

'Nee.'

'Weet je dat zeker?'

'Ja, heel zeker. We bespraken altijd alles. Ze was hiernaartoe gekomen omdat ik hier woonde. Ze wilde een rijke man vinden. Ze wist dat ze daar mooi genoeg voor was.' Haar ogen werden rood en de gloeilamp aan het plafond weerspiegelde zich in de tranen die erin opwelden. 'Liefhebbers genoeg. Een van hen regelde die woning voor haar. Maar ze was geen hoer, hoor. Dat niet. De romantiek en de spanning waren genoeg voor haar.'

'Weet je wie die man was?'

'De man van die woning? Gewoon, een van de kerels met wie ze het deed.'

'Praatte ze weleens over hem?'

'Ze praatte over al haar minnaars.'

'Maar was er niet één die er voor haar boven uitstak? Een oudere man? Iemand van aanzien?'

'Nou, er was één hooggeplaatste ouwe zak... o, pardon. Een man die heel erg achter haar aan zat.'

'Heb je hem weleens ontmoet?'

'Nee. Mijn vriend wil niet hebben dat ik van huis ga. Dat ik hier ben kan alleen omdat dit een ziekenhuis is. Ik heb hem verteld dat het voor de baby was, een onderzoek. Hij heeft me hier zelf afgezet. Maar Mai sprak ik alleen als ze bij ons langskwam. Ik heb nooit een van haar kerels gezien.'

'Weet je vriend dat je haar naar Xam Neua gaat brengen?'

'Nee.'

'Ben je van plan om terug te komen?'

Ze glimlachte. 'U bent een hele wijze man, hè? Nee, ik kom niet terug. Hij is niet de vader die ik voor mijn kind wil.'

'Dat vind ik heel moedig van je.'

'Het zit in mijn bloed. We zijn altijd hartstikke koppig geweest, Mai en ik. Heeft u haar al nagekeken?'

'Ja.'

'En ze heeft het niet gedaan, hè?'

'Nee.'

Ze slaakte een zucht, en de zucht deed haar tranen overvloeien en over haar wangen stromen. Ze schokte onder haar snikken. Siri trok wat keukenpapier van de rol op zijn bureau, gaf het haar aan en ze snoot haar neus.

'Dank u wel. Wat is er met haar gebeurd?'

'Ze is gewurgd. En daarna hebben ze het op zelfmoord laten lijken.'

'Ik wist het wel, dat ze zichzelf nooit wat aan zou doen.' Het scheen haar enorm op te luchten. De wetenschap dat haar zuster was vermoord leek veel beter te dragen dan het idee dat ze zelfmoord zou hebben gepleegd.

'Ze is nu bij een heel goede lijkenverzorgster. Die zal haar mooi maken voor je familie, en dan regel ik het vervoer naar het noorden.' Hij begon het adres van mevrouw Nan op te schrijven, maar hield na twee woorden op. 'Kun je lezen?'

Ze schudde haar hoofd. 'Nee, meneer.'

'Oké, dan zorg ik wel dat Nan naar jullie winkel komt. Als alles klaar is, zal zij je dat laten weten.'

Ze nam zijn beide handen in de hare, de uitbundigste dankbetuiging die ze in zich had. Ze had nog met geen woord over vergelding gesproken of om rechtvaardigheid gevraagd. Waarschijnlijk omdat ze dat laatste nooit had ervaren. Maar Siri wilde haar er wel in doen geloven.

'Ik zal de dader vinden. Dat beloof ik jou en je familie. Kun je je echt niets over haar minnaars herinneren, iets wat me misschien zou helpen? Denk nog eens goed na.'

'Ik kan nu niet meer denken. Sorry.'

'Dat kan ik me voorstellen. Mocht er toch nog iets bij je bovenkomen, dan weet je waar je me kunt vinden. Maar in de tussentijd mag je niemand zeggen dat ze is vermoord. *Niemand.'*

'Ik begrijp het.' Ze trok zelf nog wat papier van de rol en veegde haar wangen droog. 'Hoe zie ik eruit?'

'Heel mooi. Een prachtige aanstaande moeder.'

Ze glimlachte, zij het niet overtuigd, en liep het kantoortje uit. Siri liet zich achterover zakken op zijn stoel. Gesprekken met de levenden vergden altijd meer van hem dan die met de doden. En vrouwen waren helemáál uitputtend. Liever een dode vent dan een levende vrouw.

In zijn jaren met Boua was er geen dag geweest dat hij niet van haar gehouden had. Maar hun laatste drie jaar samen had zijn liefde tot het uiterste op de proef gesteld. In veel opzichten was ze altijd al dominanter geweest dan hij. De weinige ruzies die hij niet verloor omdat zij zich sterker toonde, had hij prijsgegeven omdat dat hem het verstandigste leek. Maar naarmate ze ouder werd, was haar lontje steeds korter geworden.

Ze kon haar frustratie over de slakkengang van de revolutie niet langer beteugelen. Het was alsof ze de kist had geopend waarin ze haar meisjesdromen bewaarde, dromen over een wereld vol rechtvaardigheid, redelijkheid en geluk, en ontdekte dat alles was verschrompeld. Toen ze het idee kreeg dat haar medestrijders de bevlogenheid en offerbereidheid misten om een regering te kunnen vormen die er puur voor het volk zou zijn, begon ze te veranderen.

Zonder het zelf in de gaten te hebben ging ze haar teleurstelling op Siri afreageren. Maar hij verhief nooit zijn stem tegen haar, noch verweerde hij zich als ze hem in het bijzijn van anderen kleineerde. Want hij was een arts, en zij een vrouw met een aandoening waar geen medicijn voor bestond, en het enige wat hij doen kon om haar te helpen was begrip en verdraagzaamheid opbrengen.

In het laatste jaar van haar leven had hij zich voor zo veel mogelijk missies aangemeld, om zo vaak en zo lang mogelijk uit haar buurt te zijn – bang als hij was dat zijn nabijheid haar woede alleen nog maar erger maakte. Twee dagen voor haar dood was hij naar Nam Xam vertrokken om er een veldhospitaal op te zetten. Het was een afscheid zonder tekenen van aanhankelijkheid geweest. Geen afscheidskus, niet eens een plichtmatig *ik hou van je*. Hij had gezegd dat hij ging, en zij had geknikt.

En zo was Boua gestorven in het geloof dat hij niet meer van haar hield. In al die jaren daarna had hij niets liever gewild dan een kans te krijgen om dat misverstand recht te zetten. Maar de enige dode die zich nooit in zijn dromen had aangediend, hoezeer hij daar ook naar verlangde, was zij.

De cicaden overstemden zijn gedachten en hij scheurde een stuk papier af om zijn eigen wangen droog te vegen.

Hij pakte zijn schoudertas met het sectieverslag, deed de lichten uit en sloot de deur van het mortuarium af. Buiten zei hij goeden-avond tegen een kudde verpleegsters die hun nachtdienst kwamen doen, en liep met kloeke passen door de poort van het ziekenhuis. Pas bij de schaars verlichte rivieroever drong het weer tot hem door hoe gevaarlijk deze wandeling kon worden.

Hij keerde om en liep voor het ziekenhuis langs naar de beter ver-lichte Samsenthai-avenue, maar zelfs daar veranderde de bruingele straatverlichting elk portiek in een rovershol. Hij nam alle passanten op vanuit zijn ooghoeken en spitste zijn oren als ze voorbij waren, beducht dat ze zich omdraaiden en hem achtervolgden.

Door de omweg die hij gekozen had, moest hij het kloosterter-rein over om bij zijn huis te komen. In de kamers zaten de monniken bij kaarslicht hun laatste werkjes van de dag te doen. Siri ging in de schaduw van een kleine *champa*-boom staan en keek omhoog naar zijn eigen raam. Het staarde als een leeg zwart gat naar hem terug. Geen beweging te zien. Of wacht eens... Nee, gewoon het gordijn dat zachtjes heen en weer ging in de avondbries.

Hij had de man niet horen naderen.

'Kan ik u helpen?'

Siri maakte een sprongetje van schrik, en de monnik die geruis-loos achter hem was opgedoken, hief zijn hark om zich te verdedi-gen. Siri grinnikte om zijn eigen dwaasheid.

'Nee hoor, ik sta even van de rust te genieten. Ik woon daar, op de bovenverdieping.'

'O, neem me niet kwalijk.'

'Goedenavond,' zei Siri, en hij liep weg.

'Goedenavond, Yeh Ming.'

Siri draaide zich om, maar de monnik was alweer bijna aan de andere kant van de tuin.

Met zijn oude gereedschap was het nog een heel karwei om het hangslot en de grendels op zijn deur te monteren. Het kleine meisje van beneden stond toe te kijken, uit nieuwsgierigheid en om aan haar bedtijd te ontkomen. Ze was zes, en vroegwijs in de aandoenlijkste zin van het woord.

'Maar waarom dan?'

Hij wilde haar niet bang maken met verhalen over inbrekers, dus waagde hij zich aan het epische soort van leugen dat altijd andere leugens noodzakelijk maakt.

'Omdat ik zo ongelooflijk knap ben.' Hij vertelde haar dat hij de deur vergrendelde omdat er zoveel vrouwen met hem wilde trouwen dat hij dag en nacht werd lastiggevallen.

'Nietes. U bent niet knap, u bent oud.'

'Ah, voor iemand van zes lijk ik misschien oud. Maar voor een oudere vrouw, van boven de tien of zo, ben ik juist ontzettend knap.'

'Manoly?' Haar moeder had zo te horen haar afwezigheid ontdekt.

'Sst, niks zeggen.'

'Ze is hier boven, mevrouw Som.'

'Ooo, wat gemeen. Ik zou nooit met u willen trouwen.'

Toen hij zijn deur had vergrendeld en zijn bureau tegen de muur had geschoven, weg van het open raam, voelde hij zich op zijn gemak. Nog niet echt veilig, maar wel op zijn gemak. Hij waste zijn handen en gezicht aan het kraantje, en zette water op voor koffie. Er stond een nieuw pak bonen op de plank, ongeopend nog. Hij was geen minuut te vroeg met dat hangslot. Mevrouw Vong was onderhand zowat bij hem ingetrokken.

Hij haalde het sectieverslag uit zijn tijdelijke bergplaats onder de voerplanken en ging ermee aan zijn bureau zitten. Het handschrift van Nguyen Hong was onberispelijk, maar hij moest er evengoed voortdurend zijn Vietnamese woordenboek bij pakken. Er stond niet echt iets nieuws in het verslag – Hong had bij Hok dezelfde sporen van stroomstoten op de tepels en genitaliën waargenomen die Siri bij de eerste Tran had gezien.

Maar de persoonlijke opmerkingen waarmee de Vietnamese schouwarts eindigde, deden Siri alsnog opveren.

Naar mijn indruk is de gebruikte stroomsterkte onwaarschijnlijk hoog voor een dergelijke marteling. Bij zo'n hoog wattage kan het haast niet anders of het slachtoffer raakt buiten kennis voor hij een geheim kan prijsgeven, wat me nu niet bepaald de bedoeling lijkt. Het zou zelfs dodelijk kunnen zijn.

Bij twee slachtoffers, mijn Tran en Hok, lijkt er geen sprake van vitale reacties. Zo vreemd als het lijken mag, heb ik dan ook het vermoeden dat die stroomstoten postmortaal zijn toegediend. Maar ik geef direct toe dat dit vooralsnog zuivere speculatie mijnerzijds is.

'Postmortaal?' Siri nam zijn laatste slok koffie en stond op om nieuwe te zetten. Hij wist dat hij zich bij 'vitale reacties' roodheid van de huid rondom de brandwonden moest voorstellen – waar het lichaam getracht had de toegebrachte schade te herstellen. Als die reacties er niet waren, wilde dat zeggen dat het lichaam niet, of niet meer, naar behoren gefunctioneerd had. 'Postmortaal, hè? Tja, in dat geval is het gedaan met het scenario van Laotianen die Vietnamezen martelen. Dan lijkt het er veel meer op dat iemand ons dat in de schoenen heeft willen schuiven. Als we dit kunnen bewijzen, is alle moeite van die grapjas voor niets geweest. Een goeie reden om mij van kant te willen maken.'

Hij liep weer terug naar zijn bureau, ineenduikend voor zijn raam. Hij miste de jasmijngeur die de wind 's avonds aanvoerde. Maar liever dat dan zijn leven te moeten missen. Hij las de laatste alinea.

Ik denk dat ik een mogelijke doodsoorzaak heb vastgesteld. (Zie de foto, bij A.) Het was zo goed verborgen dat we ons er niet voor hoeven te schamen het in eerste instantie te hebben gemist. Maar ik kan dit pas bevestigen als ik meer onderzoek heb gedaan. Ik moet morgen mee het land uit met de ambassadeur en zijn staf. In Vietnam probeer ik zo snel mogelijk naar Ho Chi Minhstad te reizen, waar ik het antwoord hoop te vinden dat ik zoek. Bij terugkeer zal ik zo snel mogelijk contact met je opnemen. Heb vertrouwen, vriend.

Er was met een paperclip een polaroidfoto aan het verslag bevestigd, die het kruis toonde van de tweede Tran. Hong had de opperhuid aan de binnenkant van de dij afgestroopt. Afgezien van de verschroeiing door de elektriciteit was er een opvallende cirkelvormige kneuzing te zien, zo groot als een duimnagel. Nguyen Hong had er een A bij gezet. Op de achterkant van de foto had hij geschreven: *Nadat wij formeel hadden bevestigd dat alle drie de lijken Vietnamees waren, hebben jullie mensen ze aan ons overgedragen. Dit kiekje is het beste wat ik doen kan om je te laten zien wat ik bedoel. Ik heb nergens jouw sectiefoto's kunnen vinden, maar kijk ze maar na en je zult zien dat alle drie de mannen hetzelfde merkteken hebben. Zou weleens belangrijk kunnen zijn.*

Siri grinnikte. Misschien kon hij de oma van zuster Bounlan bellen en vragen of haar iets merkwaardigs was opgevallen aan de trouwfoto's. Hoewel er nog niets in het verslag stond dat een bewijs mocht heten, gloorde er inderdaad enige hoop. Hoop dat het hen zou lukken om de oorlogshitsers te dwarsbomen, in Laos of Vietnam, die kennelijk nog steeds niet genoeg hadden van het wapengekletter.

Hij pakte een aantekenblok en een potlood en begon een scenario op te zetten op basis van de aanwijzingen tot dusver, gecombineerd met het betere giswerk. Twee uur later was hij er zeker van dat hij iets op het spoor was. Zijn schema had nog steeds een paar leemtes die moesten worden ingevuld voor hij ermee naar buiten kon treden. Maar hoe eerder hij dat deed, des te eerder werd het zinloos om hem een kogel door zijn hoofd te jagen. Haast was geboden en hij kon dus wel wat hulp gebruiken. Als ze het niet te druk hadden, zou het prettig zijn als Tran, Tran en Hok die nacht hun opwachting in zijn dromen maakten.

15

Een vreemde bedgenote

De Vietnamezen waren helaas verhinderd, maar Siri werd niet helemáál alleen gelaten. Toen hij zich te rusten legde op zijn dunne matrasje, haalde hij het witte amulet uit zijn buideltje en bekeek de gladgesleten lettertekens, waar zo vaak overheen was gewreven om er geluk uit op te roepen, dat het twijfelachtig leek of ze nog wel iets te bieden hadden.

Hij vroeg zich af waarom de monnik uit zijn buurtklooster hem met de naam Yeh Ming had aangesproken. Hij vroeg zich af of de *Phibob* hem al vergeven had. Of zouden de geesten hem prompt vergeten zijn toen hij uit Khamuan vertrok? Met al die vragen in zijn hoofd zakte hij in slaap.

Een paar minuten later, of misschien al uren, sloeg hij zijn ogen op en zag dat de olielamp nog steeds naast hem stond te branden. Wat stom dat hij vergeten was die uit te blazen. Lampolie was alleen nog verkrijgbaar met distributiebonnen en het zou niet lang meer duren of hij moest overgaan op bakolie, met alle stank van dien.

Hij trok zijn klamboe opzij en tilde het lampenglas op, maar voor hij het vlammetje kon uitblazen bekroop hem het eigenaardige gevoel dat zijn kamer was veranderd. Hij liet zijn blik aandachtig van muur tot muur dwalen, maar kon niet zeggen wat er nu verplaatst was of ontbrak. Hij blies alsnog en de kamer werd in duisternis gedompeld.

Hij keek nog eenmaal het aardedonker rond, trok zich terug in zijn tentje van muskietengaas en liet zijn hoofd op het kussentje zakken. Het gevoel bleef. En opeens drong het tot hem door: de verandering was niet zichtbaar, maar ruikbaar. Er hing een geur van goedkoop parfum in zijn kamer, een zoetig aroma dat almaar sterker werd.

Buiten ontworstelde de maan zich voor even aan de bewolking en wierp zijn licht door Siri's raam – precies op het moment dat zijn linkeroor een lichte, amper hoorbare zucht opving, als de ademtocht van een schuw klein dier. Hij keek opzij en zag tot zijn stomme verbazing het slapende gezicht van Mai, het kapstertje.

Hij schoof zo ver bij haar vandaan als de klamboe toeliet en hield zijn adem in. Ze lag kalm en regelmatig te ademen, met een glimlach op haar jonge gezicht. Haar volmaakte lichaam strekte zich naakt naast hem uit. Vlak voordat de maan zich weer terugtrok zag hij de diepe kerven in haar polsen, het bloed gestold maar nog glimmend rood.

En toen was alles weer zwart. Hij concentreerde zich op haar ademhaling. Dat hij haar niet langer zag, maar wel naast zich wist, maakte het des te erotischer. Hij wist hoe ongepast zijn gevoelens waren en vroeg zich af of hij nu boette voor de onkuise gedachten die hij eerder op de dag had gehad.

Hij had geen idee wat hem te doen stond. Moest hij haar wakker maken? Wat deed ze daar naast hem? Als ze gekomen was om hem iets te zeggen, waarom sliep ze dan? Misschien was ze vermoeid door de overkomst vanuit het hiernamaals. Hij wist niets beters te bedenken dan stil te blijven liggen, bevend van opwinding terwijl zij vredig sliep.

Misschien was dat haar boodschap wel. Wilde ze hem duidelijk maken dat ze nu rust had? Wilde ze hem bedanken voor...?

Er werd aan de deur geklopt, heel ingetogen, alsof de bezoeker de nachtrust van de buren niet wilde verstoren. Siri veerde op als een overspelige echtgenoot die betrapt werd in de armen van zijn naakte minnares, zijn naakte en dode minnares. Hij onderdrukte een vloek en probeerde moed te vatten om open te doen, verward door de vragen die in zijn halfslaap door zijn hoofd maalden: waar kon hij haar verstoppen? Wat voor smoes moest hij bedenken?

Op de gang klonk een mannenstem, een gefluisterde roep. 'Mai, Mai, ik ben het.'

Ah, wacht eens even. Dit hoorde erbij. Dit hoorde bij de voorstelling. Hij liet zich terugzakken op zijn kussen. Waar had je de fysieke wereld nog voor nodig als je dromen zo onderhoudend waren? Naast hem roerde Mai zich, haar parfum overspoelde hem en hij hoorde haar slaperige stem.

'Ik sliep al. Hoe laat is het?'

'Drie uur. Ik ben net aangekomen.'

Ze zuchtte, maar het klonk geamuseerd. 'Ga weg.'

Siri lag ademloos te luisteren, als naar een spannend hoorspel.

'Niet zo flauw doen. Ik heb iets voor je.'

Siri hoorde haar het gaas wegtrekken en op haar blote voetjes naar de deur lopen. 'Iets met vier wielen?' giechelde ze.

'Iets veel mooiers nog. Toe, maak open, ik smacht naar je.'

'Wat is er nou mooier dan een auto?'

'Je wilde toch dat ik iets mee zou nemen uit Viengsai?'

Ze slaakte een kreetje. 'Robijnen? Nee! Heb je robijnen voor me meegenomen?'

Er was het geluid van een slot dat haastig werd opengedraaid, de deur week terug en er viel een flauw lichtschijnsel over haar heen. Daar stond ze in de deuropening, onbeschaamd in al haar sensuele naaktheid. Haar bezoeker bleef op de gang staan. Ze giechelde en stak haar armen naar hem uit – waarop zich een mannenhand om haar pols sloot en ze naar buiten werd gerukt. De deur sloot zich achter haar en het was weer aardedonker.

Siri krabbelde overeind en snelde naar de deur, buiten adem en nog altijd bevend. Hij hoorde de gedempte geluiden van een worsteling, een gesmoorde gil. Zijn hand vond de deurknop en trok eraan. Maar de deur gaf niet mee. Hij werd op zijn plaats gehouden door twee zware grendels.

Om zes uur werd Siri met een schok wakker. Hij bleef een tijdje verdwaasd liggen, tot een plakkerig gevoel in zijn kruis de herinnering bovenhaalde van wat er de afgelopen nacht was gebeurd. Hij liep beschroomd de trap af naar de badkamer en spoelde zichzelf schoon met koud water. Dit was hem vijfenvijftig jaar geleden voor het laatst overkomen, en zijn gêne was niet minder groot dan toen.

16

Fatale liefde

'Goedemorgen, Siri.' Professor Mon was de directeur van het Lycée Vientiane, alsook de vader van lerares Oum. Hij bleef ietwat ongemakkelijk in de tussenruimte staan, voelde er kennelijk weinig voor de sectiekamer binnen te gaan, dus kwam Siri maar naar hem toe.

'Mon! Hoe gaat het?' Ze drukten elkaar de hand.

'Het kon slechter, neem ik aan. Ik heb hier een brief die voor jou en Oum is bestemd.' Hij gaf Siri een grijze envelop aan, met het stempel van de USSR. 'Volgens mij gaat het over de chemicaliën die jullie hadden aangevraagd.'

'Waarom heeft Oum hem niet geopend?'

'Omdat ze er niet was om hem te openen.'

Siri keek hem vragend aan.

'Ah, je hebt het nog niet gehoord, zie ik. Ze hebben haar kort na jouw laatste bezoek opgepakt. Ze is naar een heropvoedingskamp in Viengsai.'

'Alle duivels. Oum? Waarom in vredesnaam?'

'Men vond dat ze radicale ideeën had opgepikt in Australië. Haar houding zou niet bevorderlijk zijn voor de strijd tegen het individualisme.'

'Bespottelijk. En haar kindje?'

'Daar hebben haar moeder en ik ons over ontfermd.'

'Luister, Mon, dit is absurd. Ik zal er wat mensen over aanspreken. Ze is zo ongeveer mijn rechterhand, de enige chemicus bij wie ik kan aankloppen. Dat alleen al zou...'

'Als je zou willen, heel graag. We zijn erg bezorgd.'

'Maak je niet ongerust, vriend. We krijgen haar wel weer terug.'

Toen Mon was vertrokken, bleef Siri in de tussenruimte staan, peinzend over hoe dit stukje in de puzzel van zijn scenario viel te passen. Dit kon geen toeval zijn. Natuurlijk niet. Wat was het frustrerend dat hij geen contact kon opnemen met Nguyen Hong.

Een oudere patiënt was die ochtend zo onfortuinlijk geweest om de geest te geven op de operatietafel, en hij lag nu in de sectiekamer, opdat Siri de chirurg zo snel mogelijk kon vrijpleiten van een medische fout. Het was tien uur, en hij had om twaalf uur met Civilai afgesproken. Hij hield er niet van om een lijkschouwing halverwege te staken, maar deze zou behoorlijk wat tijd gaan kosten, dus besloot hij het bij wat voorbereidend onderzoek te laten en de oude heer in de koelcel te stoppen tot na de lunch. Toen hij het directeur Suk liet weten, was die behoorlijk ontstemd, maar daar trok hij zich weinig van aan.

Hij zat al een minuut of tien op de boomstam bij de rivier toen Civilai zich aandiende.

'Waar is onze Indiase vriend?' vroeg Civilai.

'Geen idee. Misschien is hij gisteren verdronken.'

'Of anders is hij in handen van die fascisten aan de overkant gevallen. Pech voor ze, want zij krijgen hem ook niet aan het praten. Wat een lef, hè, die Thaise speelgoedsoldaatjes. Zelf de regering daar omverwerpen en een militair bestuur instellen, en dan roepen dat wij een onwettig regime vormen!'

'Wat heb je voor me?'

'O, gaat dat zo tegenwoordig? "Hé, dag Civilai. Ga lekker zitten, oudere broer." Is dat er niet meer bij?'

'Civilai.'

'Nou, vooruit dan maar, omdat je leven in gevaar is. Je kunt trots op me zijn, broertje. Ik heb me een vaardig spion getoond, al heb ik wel wat mensen in vertrouwen moeten nemen om aan informatie te komen.'

'Geen probleem. Jij weet vast wel tegen wie je wat kunt zeggen, en ik vond het al tijd worden om ons geheimpje met wat betrouwbare mensen te delen. Hoe meer het in de juiste kringen bekend raakt...'

'... des te kleiner wordt de kans dat jij je hersens van je voordeur moet schrapen.'

'Ze hebben lerares Oum naar Viengsai gestuurd.'

'Die scheikundejuf van jou? Hmm.'

'Iemand doet zijn uiterste best om de zaak in de doofpot te krijgen.'

'Ik zal zien uit te vinden wie die opdracht gegeven heeft.'

Siri haalde vier velletjes papier uit zijn borstzak en vouwde ze uit. Geen van beiden had nog een hap van zijn broodje genomen. 'Ik heb alle stukjes en beetjes op een rij gezet, en dit is voorlopig mijn hypothese.'

Civilai keek hoofdschuddend naar de kriebelige aantekeningen. 'Om daar wijs uit te worden moet je egyptoloog zijn, broertje. Laat ik eerst maar eens vertellen wat ik ontdekt heb, dan moet jij maar zeggen hoe het eventueel in je schema past.

Die drie Vietnamezen waren hier op uitnodiging van onze eigen veiligheidsdienst. Moest allemaal heel stiekem. Ze kwamen de identiteit helpen vaststellen van een verrader. Een van de drie was kort tevoren betrokken geweest bij een geheime missie van Vietnamese adviseurs in het zuiden van ons land, waarbij die hele eenheid in een hinderlaag was gelopen. Iedereen werd overhoopgeschoten, op jouw man na. Maar hij was wel zwaargewond en de aanvallers hadden hem voor dood achtergelaten.'

'Dat moet dan Hok zijn geweest, de laatste Vietnamees die we uit het stuwmeer hebben gehaald. Hij had een schotwond zo groot als de Pha Ban-grot.'

'Aha, en acteertalent had hij blijkbaar ook, want toen de Hmongstrijders de slachting in ogenschouw kwamen nemen, hadden ze geen idee dat hij hen lag gade te slaan. Hij vertelde later dat zich onder de Hmong een man in burgerkleding had bevonden, die alles over de missie leek te weten en dus het brein achter de hinderlaag moest zijn geweest. Diezelfde man had hij twee weken daarvoor ook al eens gezien, en toen had hij een officiersuniform van ons Volksbevrijdingsleger gedragen.'

'Hok had een schotwond van jewelste, *ai*. Hoe kan hij zo zeker zijn geweest dat het dezelfde man was?'

'Schotwond of niet, hij had geen enkele twijfel. Hij had die man twee weken eerder in het operatiehoofdkwartier bij de grens ontmoet. Ze hadden zelfs een paar keer gesproken, en hij was erbij geweest toen de missie werd gepland.

Toen de Vietcong hun eenheid begon te missen en een zoekactie op touw zette, werd jouw Hok meer dood dan levend aangetroffen en overgevlogen naar Hanoi. Eenmaal bij kennis vertelde hij iedereen over de verrader.

En hij moet behoorlijk overtuigend zijn geweest, want de Vietnamezen lieten onze ambassadeur aan zijn bed komen om zijn verhaal ook te vernemen. En de ambassadeur nam contact op met ons, en wij nodigden Hok uit om weer naar Laos te komen en ons te helpen bij het opsporen van dat stuk verdriet.'

'Waarom moest hij helemaal hierheen komen? Hadden jullie geen foto's kunnen opsturen?'

'Wat voor foto's? Het regimentsjaarboek? Hoeveel foto's zijn er de afgelopen twintig jaar van jou gemaakt, Siri? En wat denk je, zouden landverraders staan te trappelen om in uniform op de foto te gaan, opdat die misschien ooit tegen hen gebruikt kan worden als ze voor de krijgsraad worden gesleept?'

'Oké, oké. Dus toen Hok voldoende op krachten was om te reizen, kwam hij weer naar Laos.'

'In een auto met chauffeur, in gezelschap van een Vietnamese kolonel. Ze genoten onbeperkte bewegingsvrijheid, alles op het hoogste niveau geregeld.'

'Maakt dat het niet hoogst onwaarschijnlijk dat ze door Laotianen zijn gemarteld?'

'Zou je misschien denken, maar dat hoeft niet per se. Een Laotiaanse officier die de Hmong adviseert, daar staat het leger natuurlijk danig mee in zijn hemd. De Vietnamezen hebben toch al geen hoge dunk van ons. En de komst van die delegatie was dan wel op hoog niveau afgetimmerd, maar het was ook topgeheim. Buiten de commandant van de Centrale Veiligheidsdienst, de premier, de president en een paar politbureauleden wist niemand ervan. Ook ik niet. Want die verrader mocht er natuurlijk geen lucht van krijgen dat er naar hem gezocht werd.'

'Goed, dus hij is nog steeds op vrije voeten. En nu is er niemand meer die hem kan aanwijzen. Weten we helemaal niets van hem?'

'Zijn rang. Volgens Hok was hij majoor.'

'Kan er dan niet worden nagegaan welke majoors er op het operatiehoofdkwartier rondhingen toen Hok daar was?'

'Daar wordt inderdaad aan gewerkt, maar het is een uitgebreid complex, waar het een komen en gaan is. En je weet, wij Laotianen zijn geen administratieve uitblinkers.'

'Tja, daar heb je een punt. Ben je nog iets over dat everzwijn aan de weet gekomen?'

'Wat ben je toch veeleisend. Je zet me toch wel in je testament, hè, met al die moeite die ik voor je doe?'

'Heeft geen zin, vriend. Jij gaat eerder dan ik.'

'O ja? Ik dien anders niemand tot schietschijf, hoor.'

'Tot dusver misschien niet, maar dat is nu wel afgelopen. Ik durf te wedden dat er nu al iemand met een verdragend geweer op een dak hier in de buurt zit, met jou in zijn vizier.'

Siri had de woorden nog niet uitgesproken of er klonk een droge knal, vlak boven hun hoofden. Beide mannen kwamen sneller in beweging dan ze in jaren hadden gedaan. Ze waren twintig meter verder toen Siri durfde omkijken. Hij bleef meteen staan.

'Rajid, wat doe je daar nou weer?' Civilai draaide zich om en zag het ook. De krankzinnige Indiër zat in de boom die schaduw bood aan hun vaste lunchboomstam. Er lag een afgebroken tak op de grond en Rajid zat geluidloos te schuddebuiken. Zijn dag kon niet meer stuk.

'Wedden dat het een spion is? Stommetje spelen en de malloot uithangen, maar hij spreekt waarschijnlijk zes talen.' Ze sloegen een arm om elkaars schouders en liepen lachend terug naar de boomstam, waar ze hun broodje uitpakten en een poosje zwijgend zaten te eten tot de schrik was weggetrokken. Siri verbrak de stilte.

'Goed, het everzwijn, vertel eens.'

'Volgens mijn bronnen was Everzwijn de codenaam voor een bijzondere eenheid van Amerikaanse mariniers. Die haalden het nodige kattenkwaad uit tijdens de oorlog in Vietnam. Ze droegen geen uniform en hoorden officieel nergens bij, maar het gerucht wil dat ze werden aangestuurd door de CIA.'

'Tja, wie niet?'

'Ze hebben in elk geval een hoop schade aangericht. Waarom kwam je met die naam? Waarom zouden ze van belang zijn voor ons martelmysterie?'

'Wat dacht je van de mogelijkheid dat ze tegenwoordig hier in Laos zitten?'

'Om wat te doen?'

'Hetzelfde als in Vietnam: kattenkwaad uithalen en voor onrust zorgen.'

'Ik kan het me nauwelijks voorstellen, Siri. Een stel Amerikanen dat zich bij ons in het zuiden ophoudt zonder dat dat uitlekt?'

'Waarom niet? Er zijn nog volop Hmong-dorpen die zo'n eenheid een schuilplaats zouden willen bieden. En de yanks zien ons regime maar al te graag onderuitgaan.'

'Hm. Nou, laat me nu eerst maar eens je scenario zien. Als ik het niet al te idioot vind, zal ik het voorleggen aan de veiligheidsdienst.' Hij keek omhoog naar Rajid, die als een vleermuis aan een tak hing. 'En jij houdt je koest, hoor je me?'

De lijkschouwing nam die middag meer tijd in beslag dan Siri had verwacht. Niet in de laatste plaats omdat de oudere heer een zesduims spijker in zijn ingewanden bleek te hebben. Ze namen er foto's van en Siri stond voor de taak om uit te knobbelen hoe de man eraan bezweken was. Uiteindelijk bleek hij er niet aan bezweken te zijn. Die spijker moest jarenlang in zijn buik hebben gezeten – een raadsel dat Siri besloot te negeren. Hij had genoeg raadsels aan zijn hoofd.

De werkelijke doodsoorzaak bleek seksueel van aard. De man was opgenomen voor een blindedarmoperatie en had de nacht in het gezelschap van zijn vrouw doorgebracht. Het tekort aan verplegend personeel was zo nijpend geworden dat het ziekenhuis naasten of verwanten uitnodigde om bij de patiënten te slapen en voor hen te zorgen. Men sliep meestal op de grond naast het bed van de zieke, maar de oudere heer in kwestie was nog maar kortgeleden met een piepjonge vrouw getrouwd, en haar nabijheid op de vooravond van zijn operatie had zijn gespannenheid doen omslaan in begeerte. Hij had direct na het minnen barstende koppijn gekregen, maar omdat er geen verpleegster was om zijn nood bij te klagen, had hij zich maar groot gehouden. En toen hij de volgende ochtend de operatie-kamer werd binnengereden, deed de kalmerende injectie haar werk en was hij te versuft om de artsen over zijn hoofdpijn te vertellen. Ze hadden op het punt gestaan hem open te snijden toen hij stierf aan een doorgebroken cerebraal aneurysma. Zijn hersenen waren lek gesprongen. Als Siri niet zo veel tijd had verspild aan die spijker en eerder de schedel had gelicht, zou hij de bloeding meteen hebben ontdekt. Maar zijn toegewijde medewerkers konden zien dat hij zijn hoofd bij andere, belangrijker zaken had.

'Maar goed, Dtui, laat het je een les zijn: de liefdesdaad kan fatale gevolgen hebben.'

'Liever een fatale liefdesdaad dan helemaal geen liefdesdaad.'

Meneer Geung proestte het uit.

Terwijl ze bezig waren met opruimen, werd de post gebracht, met onder meer een pakje foto's uit Sayabouri. Toen Dtui naar de bibliotheek ging om het verslag te typen, nam ze het mee om het op een veilig plekje te leggen, maar ze was nog geen vijf minuten weg toen ze alweer het kantoortje in kwam hollen.

'Telefoon uit Vietnam,' hijgde ze tegen Siri. 'Het is dringend.'

De aanblik van Dtui en Siri in volle 'sprint' naar het administra-tiegebouw zou zelfs de monterste atletiektrainer tot wanhoop heb-ben gebracht. Terwijl hij de treden op rende, dacht Siri aan de oude-re heer in zijn koelcel en voelde zijn eigen hoofd bonken. Hij hapte naar adem en kon maar net zijn naam in de hoorn gieren.

'Siri? Dokter Siri? Ben jij dat?' Siri kon slechts ja knikken. 'Siri, hallo?'

'Ngu... Nguyen?'

'Lieve hemel, wat is er met je?'

'Ik... heb... ge... rend... praat... jij... maar.'

'Wát? O, nou, goed. Ik denk te weten wat er gebeurd is. Volgens mij zijn de mannen niet aan de gevolgen van die stroomstoten over-leden. Twee van hen, en daar ben ik vrij zeker van, stierven door een luchtembolie.'

'Door een wat?' Siri kende de term niet in het Vietnamees.

'Er werd lucht in hun bloedbaan geïnjecteerd.'

'Daar hebben we toch geen indicaties voor gezien?'

'Klopt, maar de tekenen ervan verdwijnen ook na tweeënzeventig uur. Daarna zie je hooguit nog iets op een röntgenfoto, maar die hebben we niet kunnen nemen. En we waren er ook niet naar op zoek, natuurlijk. Het zal heel moeilijk te bewijzen zijn. Ik heb wellicht naaldsporen gevonden in een enkele ader, maar het weefsel was al behoorlijk aangetast.

Alle drie de mannen hadden dezelfde ronde kneuzing onder de brandwonden bij de genitaliën, en ik geloof dat die op de spuitbuis van een of andere luchtpomp wijzen, of op een grote injectiespuit. Die moet door de spieren heen zijn gestoten om een ader te vinden, wat de nodige vaardigheid vereist, dus het was niet het werk van een amateur. Volgens mij zijn de brandwonden vervolgens toegebracht om het te maskeren.'

'Maar waarom denk je dan dat slechts twee van de drie door een luchtembolie zijn gestorven?'

'Tran, de chauffeur, is zonder enige twijfel aan de aortabreuk bezweken die jij al had gevonden. Misschien omdat hij dikker was dan de andere twee, waardoor het de moordenaar niet lukte een ader te vinden. Ik heb overigens geen idee waar die aortabreuk dan weer door ontstaan is.'

'Maar ik wel. Wat dacht je van de mogelijkheid dat hij van grote hoogte is gevallen, uit een vliegtuig wellicht?'

'Hoezo dat? Ben je soms iets aan de weet gekomen?'

'Voorlopig gis ik het alleen nog maar. Ik heb een vriend aan het werk gezet om meldingen te vinden van ongeautoriseerd vliegverkeer boven het stuwmeer, drie tot vier weken voordat de lijken opdoken. Zeg, en nog eens wat, zou jij de vrouw van de andere Tran kunnen vinden, Tran de kolonel?'

'Zijn vrouw? Tja, dat zou mogelijk moeten zijn.'

'Probeer haar dan te spreken te krijgen en vraag haar naar de tatoeages van haar man.'

'Wat wil je precies dat ik vraag?'

'Vraag of ze die tatoeages kan beschrijven. Misschien kun je haar de foto's ervan laten zien. Vraag haar of ze er iets vreemds aan ziet, of ze anders lijken. Ik heb namelijk het vermoe...'

De verbinding werd verbroken. Niet ongebruikelijk in het tele-foonverkeer tussen Laos en Vietnam anno 1976, maar na alles wat er was voorgevallen hield Siri rekening met het ergste. Hij bleef nog een halfuur bij het toestel zitten, maar Nguyen belde niet opnieuw.

Hij liep langzaam terug naar het mortuarium, zich afvragend of en hoe de nieuwe informatie in zijn hypothese paste. In zijn kantoortje zat inspecteur Phosy op hem te wachten.

'Je ziet er moe uit, vriend,' zei de politieman.

'Dag Phosy.' Ze gaven elkaar een hand. 'Ja, ik heb een paar zware dagen achter de rug en ik vrees dat die hun tol beginnen te eisen. De simpelste dingen stellen me voor een raadsel. Ben je net pas terug?'

'Nee, ik ben vanochtend vroeg aangekomen en eerst maar eens naar huis gegaan om wat slaap in te halen.'

'Hoe was je cursus?'

'Die was er vooral op gericht me zielsblij te maken met het socialistische systeem. Maar ach, het viel wel mee. Had je mijn briefje nog gekregen?'

'Je briefje? O ja, dank nog daarvoor. Het lijkt alweer een eeuw geleden. We hebben heel wat bij te praten.'

'Ben benieuwd.'

'Heb je dorst?'

'Altijd.'

17

Geenkamerwoning

Phosy kocht een hele fles Saeng Thip Thai-Rum bij de verrukte bar-mama, en vroeg er een emmertje van haar magische ijsblokjes bij. Ze droegen hun tafeltje weer buiten gehoorsafstand van de andere klanten.

'Heb je de loterij gewonnen of zo?'

'Ach, wat heb je aan zo'n gigantisch inspecteurssalaris als je niet af en toe wat geld over de balk smijt?'

'Mij maak je niets wijs, jongeman. Jouw salaris is net zo openbaar als het mijne, en net zo laag.'

'Oké, je hebt me klem. Ik heb dat reisje naar het noorden aange-grepen om er een beetje handel te drijven.'

'Kijk, zo ken ik je weer.'

De mama schonk hun glazen vol en ze zeiden dat ze ze zelf wel zouden bijvullen, waarna ze hen alleen liet met hun geheimen. Een visser met een enorme hoed stond tot zijn knieën in de rivier zijn net uit te werpen. Ze keken toe hoe hij er de nietige visjes uit haalde en in een plastic tas stopte die hij om zijn nek had gebonden.

'Goed, praat me maar eens bij dan.'

Na die woorden te hebben uitgesproken kon Phosy een halfuur lang niets anders dan van zijn glas nippen en naar Siri's relaas luiste-ren. Siri begon met de aanslag op zijn leven en liet er de keten van ontdekkingen op volgen, die tot de waarheid omtrent de dood van Mai had gevoerd. Toen hij was uitgepraat haalde hij een doorslag van het sectierapport uit zijn schoudertas, aangevuld met zijn in-zichten omtrent de moorden op het kapstertje en de vrouw van ka-meraad Kham.

Hij leunde achterover en nam het tweede slokje van zijn rum, waarin het ijs allang gesmolten was. Phosy nam het verslag door en keek op naar de glimlachende dokter.

'En, wat vind je ervan?'

'Verbluffend.'

'Dank je.'

'Ik had geen idee dat je zo'n...'

'... eersteklas speurneus was?'

'Precies. Hoedje af.' Hij tilde zijn denkbeeldige hoed van zijn hoofd. 'Nee, serieus, ik ben echt onder de indruk.'

'Maar je oogt niet echt tevreden, vind ik.'

'Nee? Tja, ik had natuurlijk gehoopt dat de zaak geklaard was, maar nu blijkt ie pas te beginnen. Heb je een tijdstip van overlijden kunnen vaststellen?'

'Was niet langer mogelijk. Ze had al drie dagen in dat klooster gelegen toen ik haar te zien kreeg.'

'Ik begrijp het.' Hij dronk zijn glas leeg en schonk het nog eens vol. 'Maar goed, het spel is dus weer op de wagen. Heb je rechter Haeng het origineel van dit rapport gegeven?'

'Nee. Ik wilde wachten tot jij terug was en eerst jouw mening horen.'

'Oké, dan stel ik voor dat jij voorlopig niets meer doet. Ik ga buurtonderzoek doen waar dat meisje woonde. Kijken of ze iemand hebben zien rondhangen.'

'Denk je dat kameraad Kham dit allemaal heeft uitgedacht en vervolgens Vientiane heeft verlaten om een alibi te hebben?'

'Zou kunnen. Maar nogmaals, laat het politiewerk voorlopig maar weer aan mij over. Vergeet niet dat we nog geen enkel bewijs hebben dat hem met die moorden in verband brengt. Dat lukt volgens mij alleen als we de daadwerkelijke moordenaar grijpen en aan de praat krijgen. Wie is er tot nu toe op de hoogte van dit alles?'

'Mijn medewerkers en ik, en nu jij dus.'

'Verder heb je niemand iets verteld?'

'Nee. Nou ja, de zuster. Ze brengt het lichaam terug naar Xam Neua. Maar zij is allang blij dat Mai geen zelfmoord heeft gepleegd. Ik denk niet dat ze het aan iemand doorvertelt.'

'Maar dat weten we dus niet zeker. Als ze er iets over loslaat, zou dat zeer wel bij Kham terecht kunnen komen. Hij komt zelf uit Xam Neua en heeft er volop connecties. Als je het mij vraagt, hebben we voorlopig geen enkele zekerheid. Behalve dat we weer terug zijn bij af. We moeten er nu eerst voor zorgen dat het origineel van het rapport, plus alle foto's van de sectie, ergens veilig worden opgeborgen. Ligt het nog in jouw kantoortje?'

'Nee, in de ziekenhuisbibliotheek.'

'Wáár?'

'Daar ligt het veilig, geloof me. Sinds ze alle buitenlandse boeken verbrand hebben, komt er geen sterveling meer. Was een idee van Dtui.'

'Kunnen we er nu nog in?'

'Nee, het administratiegebouw gaat morgenochtend om acht uur pas weer open.'

'Oké, dan kom ik dan wel langs. Nu eerst maar de vraag hoe we jou in de tussentijd in leven houden.'

Siri haalde een platgeslagen kogel uit zijn zak en legde hem op het tafeltje. Phosy floot tussen zijn tanden.

'Weet jij iets van kogels?' vroeg Siri.

'Ik kan zien dat deze uit een geweer komt, maar ik ben geen echte expert. Ik zal hem aan iemand op het bureau laten zien. Waar is die andere?'

'Welke andere?'

'Je vertelde toch dat er tweemaal op je geschoten is?'

'O, die is naar de Centrale Veiligheidsdienst. Het leger zal toch ook wel ballistische experts hebben?'

'Goed idee. Laat mij deze in elk geval meenemen, dan kan ik ook navraag doen.'

Ze bleven nog een paar uur zitten drinken en spraken over andere dingen dan misdaad of politiek. Phosy stond erop om Siri op zijn motor naar huis te brengen. Bij aankomst liet hij zijn koplamp branden en bescheen er het ongeplaveide straatje mee. De lichtstraal veranderde ieder kuiltje in een bodemloze put. In de struiken flitsten de ogen van zwerfkatten op. Maar mannen met geweren bleken schaars.

'Zal ik eerst naar binnen gaan om te zien of er iemand in het trappenhuis zit?'

'Ach nee. Ik heb dit nu met zo veel mensen gedeeld dat het geen zin meer heeft om me uit de weg te ruimen. Als ze dat nu nog doen, moeten ze ook de halve veiligheidsdienst om zeep helpen. Mijn kans om de kranten te halen is voorbij, vrees ik. En trouwens,' hij ging over op een fluistertoon, 'wie zich in de gang verstopt, krijgt met *haar* te maken.'

Het gordijn op de begane grond bewoog.

'Oké, dan zie ik je morgenochtend wel.' Ze drukten elkaars hand. 'Bedankt voor de lift, welterusten.'

De motor reed grommend weg en Siri bleef in het donker achter. Zijn stoere woorden ten spijt was het nog steeds een griezelige omgeving, met een paar gelige lampen en hier en daar een kaars in het raam van een buurtgenoot. Er klonk al een tijdlang geen gesjirp en gegons meer in de nachtelijke straten, en de mensen vroegen zich af of de insecten ook al de rivier waren overgestoken, dus was het bijna een opluchting toen hij het gehijg van Saloup hoorde. De hond kwam op een drafje naar hem toe, maar stopte opeens, liep een stukje terug en ging hem met zijn tong uit zijn bek zitten aankijken.

Siri ging uitnodigend op zijn hurken zitten, maar Saloup herhaalde zijn beweging slechts, holde op hem af, stopte en trok zich weer terug. Het deed Siri aan de hond in zwart-wit denken die hij vroeger weleens met Boua in de bioscopen van Parijs had gezien – een collie die kinderen uit brandende huizen redde en boeven ving. Dat was een mooiere en vooral ook schonere hond geweest, maar verder was de overeenkomst treffend. Saloup wilde dat hij hem volgde.

'Ik ben moe, hond. Laten we een andere avond spelen, oké?'

Maar Saloup wist van geen wijken en bleef hem verlokken om mee te komen. Toen hij er ook nog bij begon te blaffen, gaf Siri hem zijn zin maar. Hij had zijn buren al vaak genoeg uit hun slaap gewekt in het afgelopen jaar. 'Nou, vooruit, maar ik hoop voor jou dat het de moeite waard is.'

Saloup hield meteen op met blaffen en drentelde opgetogen voor hem uit. Ze staken de kruising aan het eind van het straatje over en liepen door naar de rivier.

'Vertel eens, hond. Betekent dit nu dat ik niet langer bezeten ben, of ben je over je angst voor spoken heen?' De hond gaf geen antwoord.

Bij de rivier aangekomen sloeg Saloup niet links of rechts af, maar liep de rijweg over en ging op de oever zitten. Toen Siri aan de andere kant bleef staan, blafte hij ongedurig.

'Niet te geloven. Je wilt gewoon een tijdje bij het water zitten? Was daar al dat misbaar voor?' Hij stak grinnikend de verlaten weg over en zocht een plekje naast zijn nieuwe vriend. 'Nou ja, ik maak wel grotere idioten mee op de rivieroever.'

Dokter en hond zaten naar de lichtjes op de Thaise kant te kijken. Ze keken naar de vleermuizen die heen en weer flapperden door de donkerblauwe lucht. Uitgesproken romantisch was het niet, maar vredig wel. Een vrede die op het punt stond ruw verstoord te worden.

Een explosie verscheurde de stilte en hij voelde de grond onder zich beven. Hij krabbelde overeind en keek in de richting waaruit ze waren gekomen. Op een paar honderd meter afstand, bijna onzichtbaar in het donker, steeg een grijze rookwolk op. Hij hoefde zich niet af te vragen waar precies. Dat wist hij.

Hij haastte zich terug naar zijn straatje. De buurt liep al vol met mensen in nachtkleding, die door de knal uit hun slaap waren gerukt. Ze keken verdwaasd, alsof ze nog steeds niet wisten of ze droomden of niet.

Het huis waarin Siri zijn eenkamerwoning had, stond er nog steeds. Zwart en stil. Onaangetast, zo leek het. Maar hij wist dat dat schijn moest zijn. Hij wist dat de gevel een drama verhulde. Hij rende het tuinpaadje op en duwde tegen de zware voordeur, die vlotjes openzwaaide – het huis was blijkbaar zo ontwricht dat hij opeens recht in zijn hengsels hing. Wat hij binnen aantrof, verbijsterde hem. Vooraan in de gang had de schok slechts enkele schilderijen van de muren doen vallen, maar toen hij doorliep naar achteren en omhoogkeek in het trapgat, zag hij de hemel. Zijn eigen kamer en het dak daarboven waren verdwenen. En de woning van zijn directe onderburen maakte een scheve, verwrongen indruk. Mevrouw Vong had haar handen om de knop van de deur geslagen en probeerde hem open te duwen. Ze riep naar mevrouw Som en de drie kinderen. De vader verbleef in Oost-Europa voor een opleiding.

Siri haastte zich erheen en hielp Vong met de deur. Het jonge stel van de bovenwoning aan de voorkant kon slechts toekijken, gevangen op hun verdieping. De bovenste helft van de trap was weggeslagen, evenals de galerij. De deur ging net genoeg open om naar binnen te kunnen turen, maar het was er aardedonker. Ze hoorden het jongste meisje huilen en hoesten. Siri zei Vong een zaklantaarn te gaan pakken en ze rende terug naar haar eigen woning.

Hij stak zijn hoofd naar binnen en riep: 'Mevrouw Som? Manoly? Zijn jullie daar? Kunnen jullie me horen?'

Manoly's stemmetje gaf antwoord. 'Mammie slaapt nog. Ik krijg haar niet wakker.'

'Hoe is het met je zusjes?'

'Die zijn bang.'

'Rustig maar, meisjes. Er komt geen nieuwe knal meer. Luister, ik wil dat jullie alle drie naar mij toe komen. Hou elkaars hand vast en loop naar mijn stem toe. Voorzichtig, kleine stapjes. Manoly, ga jij maar voorop.'

'En mammie dan?'

'Die maak ik wel wakker als jullie hier zijn. Kom maar.' Hij zong een liedje om ze te kalmeren en tot baken te dienen. En even later zag hij ze opdoemen door het donker en de stofwolken. Ze hielden hun kussens tegen hun gezicht.

'Goed zo! Kom maar hierheen.'

Toen ze door de deur kwamen, keerde Vong terug met een zaklantaarn. 'O, daar zijn jullie, de Boeddha zij dank!' Ze richtte de lichtstraal naar binnen, maar Siri ging ervoor staan.

'Doe uit dat ding.' Ze gehoorzaamde. 'Neem de meisjes maar mee naar buiten. Ze hebben een hoop stof binnengekregen, dus geef ze schoon water te drinken, hoe meer hoe liever. En breng ze daarna zo snel mogelijk naar het ziekenhuis.'

Bij de voordeur had zich inmiddels een groepje buren verzameld, die de meisjes opvingen en vroegen of ze konden helpen. Siri zei hen buiten te blijven, het huis was te zwaar beschadigd. Als iemand een ladder had, moesten ze die tegen het raam aan de voorkant zetten en het jonge stel naar beneden helpen, maar voor de rest moest iedereen op afstand blijven.

Toen hij alleen was, knipte hij de zaklantaarn aan. Hij had niet naar binnen willen schijnen terwijl de meisjes er nog bij waren. Alvorens de kamer in te stappen deed hij zijn hemd uit en trok zijn onderhemd over zijn mond en neus.

De verwoesting was enorm. Er lagen grote stukken pleisterwerk op de vloer. Hoewel het plafond nog grotendeels intact was, boog het neerwaarts naar de verre hoek en leek elk moment te kunnen instorten. Het stof was verstikkend.

Waar de achterwand had gestaan, hing het plafond nog maar een meter boven de vloer en Siri moest op handen en knieën naar de plek kruipen waar het gezinnetje had liggen slapen. De lichtbundel weerkaatste op het stof als koplampen op een mistbank. Hij voelde zijn longen dichtslibben.

'Dokter Siri?'

Zijn hart maakte een sprongetje en hij scheen naar links, waar de stem had geklonken. 'Mevrouw Som?' Hij kroop door het puin tot hij de knielende gestalte van de moeder ontwaarde, bij de matrasjes waar haar kinderen hadden gelegen.

Ze leek de ontploffing wonderwel doorstaan te hebben, was gekleed in haar mooiste *phasin* en haar haar was in een strakke knot gebonden. Ze draaide zich naar hem toe en glimlachte. Hij lachte opgelucht terug.

'U heeft enorm geboft. Kom snel mee, we moeten hier weg voordat het plafond het begeeft.' Ze kwam niet in beweging.

'Ik maak me zorgen om mijn meisjes, dokter.'

'Nergens voor nodig, die maken het prima. Kom maar.' Hij stak een hand naar haar uit.

'Ik ben bang dat ze eenzaam zullen zijn.'

Zijn hand viel neer. Hij wist meteen wat ze bedoelde. Hij begreep het, en zijn maag kromp samen.

'O, mevrouw...'

'Ik was zo vaak boos op ze. Ik schreeuwde bijna elke dag. Ze begrijpen misschien niet dat dat de manier is waarop een moeder haar liefde toont. Wilt u ze vertellen hoeveel ik van ze hou?'

Hij liet zijn hoofd zakken.

De menigte op straat viel stil toen Siri door de voordeur kwam. Hij had het verpletterde lichaam van mevrouw Som naar de kamer van Vong gedragen, wilde niet dat de meisjes haar verwondingen zagen of misschien zouden denken dat ze nog leefde. Voor zover zijn stem het nog toeliet riep hij wat aanwijzingen om de bovenburen veilig naar beneden te krijgen, en toen zeeg hij ineen tussen de groenten in de voortuin.

18

Een ziekenhuis zonder dokters

Hij ontwaakte in een van de weinige eenpersoonskamers van het ziekenhuis. Zijn ogen brandden en het was alsof hij door een beslagen raam keek. De muren en het plafond waren Wattay-blauw geschilderd. Boven hem hing een tl-buis zonder kap. Een Thaise oogstkalender was de enige wandversiering. Geen kamer die tot herstel uitnodigde.

'Welkom terug.' Dtui stond naast zijn bed met schaaltjes poeders en gemalen wortels te schuiven. Het ziekenhuis had al een tijdlang geen budget meer voor buitenlandse farmaceutica en was teruggevallen op kruiden en volksgeneesmiddelen, wat overigens niet per se in het nadeel van de patiënten hoefde te zijn.

'Wat doe ik hier?'

'Slapen, vooral. U heeft vannacht ruim een kilo stof ingeademd toen u de held uithing, waarna u van uw stokje bent gegaan. Ze hebben u zuurstof moeten toedienen.'

'Aha, dus dat is echt gebeurd. Het wordt de laatste tijd steeds moeilijker om mijn dromen van de werkelijkheid te onderscheiden. Zou er bijna blij om zijn dat dit nu eens geen hersenspinsel was.'

'Nee, uw woning is inderdaad ontploft. Het hele huis is uiteindelijk in elkaar gestort.'

'Hoe gaat het met die meisjes?'

'Geen idee, sorry. Ik hoorde het pas toen ik vanochtend op het werk kwam, en uw lijfwacht wilde er weinig over kwijt.'

'Heb ik een lijfwacht?' Hij hoestte slijm op in een doek die Dtui al voor zijn mond hield.

'Twee zelfs, op dit moment. Mannen van de veiligheidsdienst, volgens mij. Die ene heeft wel een leuke glimlach. Hij wilde u spreken als u bij kennis was. Vindt u dat u bij kennis bent?'

'Ik voel me geradbraakt, maar laat hem maar komen, dan hebben we dat ook weer gehad.'

'Ik zal hem even halen. Als jullie uitgepraat zijn, ga ik ontbijt voor u halen. Daar moet ik dan wel voor naar buiten, want er is hier vannacht brand in de keuken geweest. Gezien de kwaliteit van het eten hier zal die wel door patiënten zijn gesticht.' Ze liep naar de deur.

'O, Dtui. Is Phosy al langs geweest in het kantoor?'

'Die politieman? Niet toen ik er was in ieder geval. Waarom?'

'Hij komt het origineel van het sectierapport van dat kapstertje ophalen, plus de foto's. Als hij komt, moet jij die maar voor hem pakken.'

'Ik zal het Geung zeggen. Maar op die foto's zal hij voorlopig nog moeten wachten. Die zijn nog niet terug van de fotowinkel.'

'En zeg hem...' – hij kreeg weer een hoestbui – '... zeg hem dat ik hier lig.'

'Tot uw orders, Grote Roerganger.'

De jongeman van de Centrale Veiligheidsdienst was bijzonder beleefd, en bijzonder grondig. Hij was al ingelicht over alles wat Siri aan Civilai had verteld, maar wilde het ook nog in zijn eigen woorden horen.

Het viel Siri zwaar om te praten en hij moest zijn verhaal regelmatig onderbreken voor een teug zuurstof. Het was tijdens zo'n adempauze dat Civilai binnenkwam.

'Hé, rustig aan met dat spul. Zuurstof is hartstikke duur. Je denkt toch niet dat het uit de lucht komt, hè?' De jongeman van de veiligheidsdienst salueerde en deed een paar stappen terug.

'Dag oudere broer. Zo te zien hebben ze jou dus niet opgeblazen, vannacht.'

'Nee hoor, geslapen als een roosje. Mag ik trouwens vragen waarom jij niet knus in je bedje lag toen het de lucht in vloog?'

'Ik zat langs de rivier.'

'Ah, met een lekker jong ding waarschijnlijk.'

'Met een hond.'

'O. Nou ja, op jouw leeftijd kun je natuurlijk ook niet kieskeurig meer zijn.'

'Hoe is het met mijn buurmeisjes?'

'Verdwaasd. Ik denk dat alleen de oudste het begrijpt. Dat is een slimmerik. We hebben een gastgezin voor ze gevonden tot de vader terugkomt. Die proberen we op dit moment te bereiken. Je moet er niet aan denken wat die man voor de boeg heeft.'

'Weet je al iets over de toedracht?'

'Het was een handgranaat. Het zwaarste type, mogelijk zelfs twee. We gaan ervan uit dat ze door je open raam zijn gegooid, maar de plaats des onheils wordt nog onderzocht. Het enige belastende dat tot dusver werd gevonden zijn de overblijfselen van een transistor-radio. Ik neem aan dat je geen idee hebt hoe die in je woning is terechtgekomen?'

Siri hoestte. 'Tuurlijk niet. Die zal die schoft ook wel naar binnen hebben gegooid, om me in een kwaad daglicht te stellen.'

'Ja, dat vermoeden hadden wij ook al. Ik ben bang dat er van je bezittingen weinig meer over is.'

'Geen probleem. Er was daar niets van enige waarde. Mijn boeken zal ik wel missen, maar je weet, ik heb altijd het leven geleid van iemand die niet meer bezit dan hij met zich mee kan dragen. Zijn er nog getuigen, trouwens? Heeft iemand iets gezien?'

'Geen sterveling. Hoe voel je je?'

'Fortuinlijk.'

'Ja, dat ben je zeker. Je moet het lievelingetje van een of andere hogere macht zijn, geen twijfel mogelijk.'

Civilai vertrok naar een vergadering en de veiligheidsman hernam zijn vraaggesprek. Het verliep in een ontspannen en vriendelijke sfeer, op de onderbrekingen na waarin Siri zijn longen uit zijn lijf hoestte. Momenten die Dtui aangreep om de aandacht van de jongeman op zich te vestigen.

Hij was voor in de twintig, lang, met oren als tafeltennisbatjes. Maar Siri moest in stilte toegeven dat hij inderdaad een leuke lach had.

'Dit was het wel voor nu, kameraad dokter. Ik zal het allemaal laten uittypen, en dan kom ik vanmiddag terug met mijn superieur.

O, en lieve zuster Dtui,' (ze bloosde) 'als hij er is zou ik maar even geen grapjes maken. Houdt hij niet zo van. Zijn gevoel voor humor is aan flarden geschoten toen hij tegen de Fransen vocht.' Ze salueerde. 'En dokter, we horen het graag direct als uw Vietnamese collega weer contact met u opneemt. Wat harde bewijzen zouden onderhand meer dan welkom zijn.'

'Tja, dan zullen ze eerst een draagbare telefoon moeten uitvinden, want ik zie mezelf nog niet snel in mijn kantoor zitten.'

'Hm. Ik zal eens zien wat ik daaraan kan doen. Bedankt en tot vanmiddag, dokter. Tot ziens, juffrouw.'

'Juffrouw? Wat maakt je er zo zeker van dat een schoonheid als ik nog juffrouw is? Waarom zou ik niet getrouwd zijn met de midvoor van het Laotiaans elftal?'

Hij glimlachte. 'Getrouwde vrouwen blozen niet.'

Hij liep de kamer uit, Siri knipoogde naar Dtui, en Dtui deed alsof ze dat niet zag.

Siri was weer in slaap gezakt toen zijn tweede bezoeker de kamer binnenkwam. Hij opende traag zijn ogen en richtte zijn blik op de saffraankleurige vlek voor zijn bed. Het drong langzaam tot hem door dat daar de monnik stond die hij twee avonden eerder in de kloostertuin had gezien.

'Bent u wakker, Yeh Ming?' Nu het waas voor Siri's ogen begon weg te trekken, zag hij dat zijn beveiliger achter de monnik stond, met zijn hand op zijn pistool. Siri richtte zich op.

'Het is goed, ik ken deze man.' De beveiliger knikte en liep weg. 'Waarom noemt u me Yeh Ming? Wie bent u?' De monnik glimlachte maar gaf geen antwoord. 'Wat komt u hier doen?'

'Uw bom heeft flink wat rommel gemaakt op ons terrein, en die moest ik allemaal opruimen. Opruimen is mijn last.'

'Het doet me verdriet dat te horen.'

'Dit soort dingen wordt ons gegeven om ons te beproeven. Het aardse bestaan is slechts een toelatingsexamen.'

'Nou, ik weet zeker dat u zult slagen.'

'Dank u. Toen ik het terrein aanveegde, vond ik iets wat aan u toebehoort. U zult het nodig hebben.'

Uit een gele schoudertas haalde hij de witte talisman tevoorschijn. Hij liep naar het hoofdeind en hing het koord van gevlochten mensenhaar over de ijzeren knop van het ledikant.

'Hoe wist u dat die van mij was?'

'De buidel is helaas verbrand.' De monnik nam het amulet in zijn hand en begon een mantra te zingen – in de onbekende taal die Siri eerder in Khamuan had gehoord, tijdens het bezweringsritueel. De dokter drukte zijn handpalmen tegen elkaar en boog zijn hoofd.

Dtui kwam de kamer binnen en bleef bedremmeld staan, bang dat ze stoorde. Ook zij zette haar handen tegen elkaar en sloot haar ogen. Toen de monnik was uitgezongen, liet hij de talisman los en liep de kamer uit. Dtui deed een eerbiedig stapje naar achteren. Bij de deur keerde hij zich naar haar om en keek haar indringend aan, wat haar verlegenheid nog groter maakte.

'Het zal uw moeder volgend jaar beter vergaan.' Hij opende de deur en liep de gang op. Dtui keek verbluft naar Siri.

'Waarom hebt u hem over mijn moeder verteld?'

'Geloof me, Dtui, ik heb met geen woord over haar gesproken.'

Om twee uur in de middag kwamen er drie jongemannen van het telefoonbedrijf de kamer binnen, met een snoerhaspel en een oud toestel. Tot dusver had hij militairen, politici en monniken aan zijn bed gehad, en nu dus technici, maar de eerste dokter moest nog komen. Het ziekenhuis kampte met onderbezetting, dus misschien hoopten ze erop dat hij zichzelf zou behandelen.

Toen de telefoonmonteurs waren vertrokken, beschikte Siri over een aansluiting die op het toestel van de administratie was geschakeld. Hij lag er met gemengde gevoelens naar te staren, en schrok toen het ding na een minuut of tien begon te rinkelen als een brandweerauto. Hij lag alleen in de kamer.

'Dtui... Dtui?' Ze kwam niet binnen, dus er zat niets anders op dan zelf op te nemen. Hij drukte de hoorn tegen zijn oor en luisterde vol spanning.

'Dokter Siri?'

'Ja?'

'Er is een oproep voor u.'

'Waar?'

'Hier. Blijft u aan de lijn.'

Er klonk een onsmakelijke elektrische boer, en daar was opeens de stem van Civilai.

'Siri? Ben je daar?'

'*Ai?*'

'Hoe is je nieuwe toestel?'

'Angstaanjagend. Hoe wist jij dat dat ding hier stond?'

'Ik ben lid van het politbureau, Siri, ik weet alles. Hoe voel je je?'

'Behoorlijk benauwd, eerlijk gezegd. Ik blijf maar delen van mijn huis ophoesten.'

'Mooi, zolang je daar in bed ligt, ben je veilig. Luister, ik heb alle nummers die je nodig hebt aan het meisje van de administratie gegeven. Ik wil het meteen horen als je Vietnamese vriend belt, want er worden momenteel weinig vleiende woorden gewisseld tussen zijn land en het onze. Ik hoef je vast niet uit te leggen hoe belangrijk dit allemaal geworden is.'

'Belangrijk genoeg om iemand een granaat naar zijn hoofd te gooien.'

'Zie je wel, ik zei toch dat ik het niet uit hoefde te leggen?'

Korte tijd later kwam de beveiliger binnen met een grote envelop. Hij legde die op het laken en wilde weer weglopen.

Siri grinnikte. 'Ga je me niet vertellen waar die vandaan komt?'

'Dat kan ik niet, kameraad. Iemand heeft hem voor u op de receptiebalie achtergelaten. Een verpleegster kwam hem brengen. Maar maakt u zich geen zorgen, ik heb hem nagekeken op explosieven.'

De envelop kwam van Siri's vriend op de luchtmachtbasis, en bevatte een lijst met alle ongeautoriseerde vluchten boven Vientiane en omstreken in de maanden oktober en november. De lengte van de lijst verbaasde Siri. Laos bezat zelf zeven vliegtuigen in totaal, maar als ook maar de helft van de meldingen op waarheid berustte, was het luchtruim een waar lustoord voor illegaal vliegverkeer.

De periode die Siri het meest interesseerde was eind oktober, en de datum die eruit sprong was de zevenentwintigste. Op de avond van die dag had de luchtvaartdienst twee meldingen binnengekregen over het geluid van een helikopter boven het stuwmeer bij Nam Ngum. Gezien het soort mensen dat de strafinrichtingen op de eilandjes bevolkte, was dat wel het laatste geluid waar men daar makkelijk aan voorbijging.

Het was zwaarbewolkt geweest om 23.00 uur, dus had niemand daadwerkelijk een heli waargenomen, en toen de luchtafweereenheid bij de dam eindelijk zijn geschut uit de mottenballen had gehaald, was het geluid al weggestorven. De radar op Wattay had een bliepje vertoond, maar voordat men een verkenningstoestel op weg kon sturen, was het scherm alweer leeg geweest.

'Ik durf te wedden dat jij dat was, Everzwijn,' fluisterde Siri voor zich uit. Hij onderstreepte de datum.

Er klonk getingel boven zijn hoofd – het amulet ging heen en weer langs het ledikant. Hij keek naar het raam om te zien of het door een briesje kwam, maar de gordijntjes hingen roerloos. De ventilator stond uit. En toch bleef de talisman heen en weer tingelen langs de holle metalen stang. Hij stak er zijn hand naar uit, en zodra zijn vingers het koele steentje raakten, kreeg hij een beeld voor zijn geestesoog dat een huivering door zijn lichaam deed gaan.

19

In contact met het geestenrijk

'Stoor ik, nee, mooi.' Er kwam een oudere, nors ogende officier binnen, met de jongeman van de veiligheidsdienst achter zich aan. Hij had niet de moeite genomen te kloppen, liep naar een van de stoelen naast Siri's bed, ging zitten en sloeg zijn benen over elkaar. 'Mijn naam is majoor Ngakum Vong. Ik heb de leiding over... gaat het? U ziet zo bleek als gekookte rijst.'

Siri pakte zijn zuurstofmasker en nam een aantal diepe teugen. En de majoor toonde zich een man met weinig geduld.

'Goed, ik had wat vragen willen stellen, maar ik kom wel weer terug als u op krachten bent.' Hij stond op en wilde alweer weglopen, maar Siri haalde het kapje voor zijn mond vandaan en hoestte.

'Nee, majoor, het gaat wel.'

'Zo ziet het er anders niet uit.'

De talisman roerde zich als een levend wezentje in Siri's hand. De majoor ging weer zitten en zag de witte streng mensenhaar uit de vuist van de dokter hangen. 'Wat heeft u daar?'

'Dit? O, een gelukshangertje dat ik van iemand heb gekregen.'

'Werkelijk? Ik dacht dat u arts was. Ik mag hopen dat u die onzin niet serieus neemt.'

Hij had de woorden nog niet uitgesproken of een krukje aan het voeteind van het bed vond drie poten niet langer genoeg om te blijven staan. Het viel met veel geraas op de betonnen vloer. De jongeman bukte zich om het rechtop te zetten en Dtui kwam naar binnen stormen om te zien wat er aan de hand was. De majoor keerde zich naar haar om.

'Wacht maar even buiten.'

'Wie, ik?' Ze keek hem verontwaardigd aan.

'Majoor Ngakum, dit is mijn assistente,' zei Siri. 'Zij was aanwezig bij de lijkschouwingen, dus misschien is het nuttig als ze blijft. Ze zou eventuele leemtes in mijn geheugen kunnen aanvullen.'

'O. Goed, ga daar staan, meisje.'

Ze haastte zich naar de muur en ging in de houding staan naast de jongeman, die moeite had zijn lachen in te houden. 'Mooi, als alle poppenkast nu achter de rug is, kunnen we misschien ter zake komen. Dit is een ernstige aangelegenheid, die ik tot klaarheid wil brengen voor er een internationaal conflict uit voortvloeit. Ik heb uw versie van de gebeurtenissen gelezen, dokter, en het moet me van het hart dat ik het allemaal rijkelijk fantasievol vind.'

'Hoe bedoelt u dat?'

'Zoals ik het zeg. Het is een en al giswerk, en nog vergezocht giswerk ook. Ik kon er niets in ontdekken dat Hanoi als bewijs zou kunnen zien dat wij hun mensen niet hebben gemarteld.'

'Vindt u? Volgens mij zijn er heel wat misdadigers veroordeeld om minder. Ik voer genoeg indirecte bewijzen aan om op zijn minst...'

'Punt één, dit is geen strafzaak tegen criminelen. We beschermen de goede naam van ons land. Punt twee, het zijn de indirecte bewijzen van een amateurlijkschouwer met... hoeveel jaar ervaring?'

'Tien maanden.'

'Tien maanden. En op basis van deze... fictie wilt u mij een grootscheeps onderzoek laten starten naar een stelletje Amerikaanse infiltranten dat zich al dan niet in het zuiden zou ophouden. Geen woord over uw informatiebron op dat punt. U wilt mij bilateraal overleg laten afbreken op basis van de... bedenksels van een patholoog-anatoom die zijn beroep als autodidact beoefent, zonder zelfs maar ergens stage te hebben gelopen. Gaat dat niet wat ver, dokter?'

'Ik begrijp het,' zei Siri.

Dtui gromde zachtjes. Ze had een felle repliek verwacht.

Maar Siri ging zelfs verder. 'Ik moet u gelijk geven. Als je er objectief naar kijkt, heeft het allemaal weinig om het lijf.'

'Zo is het. En u heeft niets waar ik alsnog mee uit de voeten zou kunnen?'

'Nee, het spijt me.'

'Hm. Denk niet dat we uw inspanningen niet waarderen, dokter. Ook wij willen niets liever dan Vietnamese agressie voorkomen. Maar uw kijk op de zaak is, op zijn zachtst gezegd, naïef.'

'Ik begrijp het.'

Dtui kon zich niet langer bedwingen. 'U *begrijpt* het?'

'De majoor heeft gelijk, Dtui.'

Ngakum stond op en draaide zich naar haar toe. 'Jij nog iets toe te voegen, meisje?'

Siri schudde achter zijn rug nadrukkelijk van nee.

'Ik denk het niet,' verzuchtte ze.

'Dan stel ik voor dat je verder je mond houdt en je gewoon weer op je taken richt.' Hij liep naar de deur en wachtte tot zijn korporaal die voor hem opende. 'Een woord van advies, dokter. In onze nieuwe samenleving doet iedereen er goed aan zijn plaats te kennen. Te veel persoonlijke ambitie leidt alleen maar tot problemen.' En weg was hij. De jongeman volgde hem op een holletje.

Siri kreeg geen lucht meer en graaide naar het zuurstofmasker. Dtui snelde naar de cilinder en draaide het kraantje verder open. Terwijl Siri wanhopig de lucht in zijn longen zoog, nam zij zijn polsslag op en kalmeerde hem met haar stem.

'Rustig, dok, rustig. Langzaam ademhalen.' Siri probeerde iets te zeggen, maar ze drukte het masker op zijn gezicht en schudde bezwerend haar hoofd. Hij sloot zijn ogen en gehoorzaamde. Toen zijn pols en ademhaling weer regelmatig waren, haalde Dtui het masker weg. 'Oké, zeg maar wat u wilde zeggen. Maar als u zich opwindt, duw ik het weer terug.'

'Dtui, luister. Dit is heel belangrijk. Ik wil dat je naar de Assemblée fietst en Civilai gaat halen. Let goed op...' Hij nam nog wat zuurstof. 'Zorg ervoor dat niemand je volgt.'

'U weet toch dat u hier telefoon heeft, hè?'

'Nee, nee, geen telefoon. Rij erheen en sta erop dat je Civilai te spreken krijgt. Schop desnoods herrie, ga dwars op de oprit liggen, maar haal hem uit die vergadering. Niets van wat hij daar bespreekt kan zo belangrijk zijn als wat ik hem te zeggen heb. Zeg hem dat hij gelijk met je mee moet komen. En hij mag met niemand anders spreken.'

'Sjonge. Krijg ik het ook nog te horen?'

'Ga. Nu.'

Siri moest een kwartier aan de zuurstof liggen voor hij zich kalm en sterk genoeg voelde om de telefoonhoorn van de haak te nemen. Hij hoefde geen nummer te draaien. Er klonk een mannenstem.

'Ja, dokter?'

'Wie is dit? Waar is het meisje van de administratie?'

'Ik ben tweede luitenant Deuan van de Centrale Veiligheidsdienst. Wij zullen dit toestel voorlopig bemannen. Wat kan ik voor u doen?'

Siri veranderde van gedachten. 'Kunt u me doorverbinden met het politiehoofdkwartier?'

'Heeft dit te maken met...'

'Nee, een heel andere zaak.'

'Een ogenblikje.'

Hij nam aan dat de man van de veiligheidsdienst zou meeluisteren, maar hij voelde een dringende behoefte aan Phosy's steun. Hij wilde iemand aan zijn zijde die hij kon vertrouwen, maar wist dat hij dat niet met zoveel woorden kon vragen. Hij moest een voorwendsel bedenken om Phosy naar zijn kamer te krijgen.

Hij kreeg tweemaal een ingesprektoon voor een geagiteerde receptionist opnam.

'Nationale politie.'

'Hallo, dit is dokter Siri Paiboun van het Mahosot-ziekenhuis. Ik ben op zoek naar inspecteur Phosy.'

'Wie?'

'Inspecteur Phosy.' Het bleef even stil.

'Even geduld, alstublieft.'

Na een paar minuten kreeg Siri een man met een rauwe stem aan de lijn.

'Hallo, dokter? De inspecteur is niet aanwezig, vrees ik.'

'O wat jammer. Kunt u een boodschap voor hem aannemen?'

'Tja, ik heb geen idee wanneer hij weer hier is, maar ik zal mijn best doen.'

'Kunt u hem zeggen dat hij dringend contact moet opnemen met dokter Siri? In het Mahosot, kamer 2E.'

'Oké, ik zal het op het mededelingenbord prikken, maar ik garandeer u niet dat hij het ziet.'

'Kunt u het niet beter op zijn bureau leggen dan?'

'Zijn bureau?' lachte de man. 'Hij heeft geen bureau. Goedemiddag, dokter.'

Siri bleef achter met een zoemende hoorn.

'Hij heeft geen bureau?'

Hij liet zich terugzakken op het ongemakkelijke kussen en staarde naar het hemelsblauwe plafond, waar twee gekko's hetzij de liefde bedreven, hetzij een strijd op leven en dood voerden. Was er eigenlijk wel verschil tussen oorlogstijd en vredestijd? Hij werd slaperig en moest zijn weggezakt, want hij schrok op doordat Civilai de kamer binnenstormde, op de voet gevolgd door Dtui.

'Ik hoop dat dit de moeite waard wordt, broertje. Wat heeft het voor zin hier een telefoon aan te sluiten als...'

'Kom hier zitten en wees stil. Jij ook, Dtui.'

Ze trokken ieder een stoel bij zijn bed. Geen van beiden had hem ooit ernstiger gezien, en zijn ogen minder groen. Hij werkte zich overeind op zijn kussen.

'Ik ga jullie iets vertellen dat je nauwelijks zult kunnen geloven. Ik vind het zelf ook ongelooflijk, en het zal de indruk wekken dat ik iets heb geslikt of seniel begin te worden. Maar ik verzeker jullie: ik ben nooit helderder en evenwichtiger geweest dan nu.

Ik bespaar jullie de uitgebreide technicolor-versie, want als ik alles zou vertellen, lieten jullie me geheid opsluiten. Ik beperk me tot wat relevant is voor deze zaak.' Hij nam wat zuurstof. 'Ik heb al jarenlang de gave, tegen wil en dank, om bepaalde dingen te zien.'

'O, in vredesnaam, niet wéér die...'

'Civilai, *nee*. Als onze vriendschap je iets waard is, moet je nu je mond houden en luisteren naar wat ik te vertellen heb, alsjeblieft.' Civilai haalde zijn schouders op en kruiste zijn armen. 'Ik zie soms geesten van overledenen. Ik heb geen controle over wanneer en hoe ze met me in contact treden, maar dat maakt het niet minder waar. In de laatste weken zijn die verschijningen steeds regelmatiger geworden en, hoe zal ik het noemen, *sterker*. Ik krijg boodschappen door. Op uiteenlopende wijze, maar het zijn echte boodschappen.

Ai, je vroeg me hoe ik aan de wetenschap omtrent Everzwijn kwam. Dat kon ik op dat moment niet zeggen, omdat je me toch alleen maar bespot zou hebben, zoals je dat altijd doet. Maar ik wist ervan omdat de dode Vietnamezen me verteld hadden dat ze hier nog zijn. Dat had ik onmogelijk kunnen raden of verzinnen. Ik had nog nooit van Everzwijn gehoord, immers. Die drie *vertelden* het me.'

Civilai rilde. 'Je bezorgt me kippenvel, man.'

'Heb ik zelf doorlopend, geloof me. Een tijdje geleden droomde ik dat de drie Vietnamezen me beschermden, als een soort lijfwachten. Een kind probeerde me te benaderen, maar ze sloegen het neer en doodden het. En toen viel het kindergezicht weg en bleek het een oude man te zijn. Diezelfde oude man zag ik daarna in een droom die ik in Khamuan had. Toen belichaamde hij de boze geesten die het bos van zijn levenskracht beroofden. En vandaag kreeg ik opnieuw zijn beeld voor ogen, en het maakte me doodsbang.

En even later kwam hij hier als een man van vlees en bloed de kamer binnen.'

Dtui stamelde zijn naam. 'Majoor Ngakum... ik wíst dat er iets niet in orde was.'

'Ja, Dtui, de majoor. Ik weet niet waarom, en bewijzen kan ik het al helemáál niet, maar ik ben er heilig van overtuigd dat majoor Ngakum de adviseur is van de rebellen. Ik weet zeker dat hij verantwoordelijk is voor de affaire met de Vietnamezen. En hij zit waarschijnlijk ook achter de aanslagen op mijn leven.'

Civilai stond op en strekte zijn oude benen. 'Tja, wat moet ik hierop zeggen?' Hij liep naar de kalender aan de muur en bekeek de data. Het ding was een jaar oud. 'Het is met voorsprong het meest buitensporige wat ik ooit van je gehoord heb, en dat wil wat zeggen na alle potsierlijke verhalen die je door de jaren heen tegen me hebt opgehangen. Majoor Ngakum heeft zijn leven lang voor de revolutie gestreden.'

'*Ai*...'

'Maar het is me duidelijk dat je het oprecht gelooft. En omdát je het gelooft, en mijn allerbeste vriend bent, zal ik je moeten vertrouwen. En om de een of andere ondoorgrondelijke reden geloof ik het ook.'

'Dank je.'

'Het is waar,' zei Dtui, die op haar stoel had zitten beven sinds hij van wal was gestoken. 'Ik weet het al een hele tijd, maar heb het nooit durven zeggen. Het was mijn moeder direct opgevallen toen u bij ons thuis kwam. Ze zei dat u de gave had.'

'Noem het maar een gave, Dtui. Ik vraag me af of het geen vloek is.'

'Luister.' Civilai kwam weer tussen hen in zitten. 'Het zal duidelijk zijn dat ik niks kan ondernemen op gezag van een gerimpelde ouwe dwaas die spoken ziet. Ik zal wat militairen die ik vertrouw aan het werk zetten. Die moeten maar eens uitzoeken of Ngakum op het operatiehoofdkwartier kan zijn geweest toen Hok zich daar op die missie voorbereidde, en natrekken waar hij was toen de Vietnamezen in die hinderlaag liepen. We zullen zijn gangen nagaan en zien of het past bij wat jij beweert. Zo ja, dan gaan we over tot fase twee.'

'Lijkt me een uitstekend idee.'

'En ik wil iedere *kip* terug die ik ooit met wedden aan je verloren heb. Als ik had geweten dat je handlangers aan gene zijde hebt, zou ik die weddenschappen niet zijn aangegaan.'

Ze lachte tot Siri zijn zoveelste hoestbui kreeg. Toen hij weer tot bedaren was gekomen, keek hij zijn vriend en zijn leerlinge aan en glimlachte.

'Maar zeg eens, zuster Dtui,' vroeg Civilai, 'hoe veilig denk jij dat deze ouwe geestenziener is nu hij bewaakt wordt door mannen die zijn aangesteld door de man van wie hij aanneemt dat die het op zijn leven heeft gemunt?'

'Wees maar gerust, oom. Geung is naar huis om een paar bedrollen te halen. Dokter Siri krijgt er vannacht twee lijfwachten bij. Ik zal hem hoogstpersoonlijk beschermen.'

Civilai grijnsde. 'Ik snap er niks van, Siri. Tweeënzeventig jaar oud, en je brengt je nachten nog steeds met jonge verpleegstertjes door. Hoe flik je 'm dat toch?'

20

Weer geen That Luang-festival

Het maakte de nacht er niet rustiger op. Siri lag doorlopend te woelen, en zijn beschermers werden om de haverklap uit hun slaap gehaald door zijn hoestbuien. Maar iedereen haalde tenminste levend het ochtendgloren.

Zijn eerste bezoek kwam al heel vroeg, met twee extra speciale baguettes in vetvrij papier.

'Lah?'

'Dokter! Ze vertelden me net wat er gebeurd is, dus ik ben meteen gekomen. Hoe voel je je?'

'Nu ik jou zie: uitstekend.'

'Vleier.' Ze reikte hem de broodjes aan. 'De jongen hier buiten heeft ze nagekeken, of er geen bom in zat of zo. En daarna wilde hij proeven of ik er geen gif in had gestopt, dus vandaar dat er uit allebei een hap is genomen.'

'Heel lief van je.' Haar onverwachte komst en zijn onzekere grip op het leven riepen een ongekende openhartigheid in hem wakker. 'Weet je, mevrouw Lah, ik heb me vannacht liggen afvragen wat ik zou hebben betreurd als ik dat ouwe huis op mijn kop had gekregen. Ik kon maar heel weinig redenen voor spijt bedenken, maar één ervan was jij.'

'Ik?'

'Ja. Ik heb veel te lang geaarzeld. Als het me de komende week lukt in leven te blijven, dan zou ik me zeer vereerd voelen om een avondje met je uit eten te gaan.'

Het zestienjarige meisje dat nog altijd in tante Lah huisde, toonde hem een glimlach die de hele kamer in gloed zette. Ze boog zich over hem heen en gaf hem een meer dan hartelijke zoen op zijn wang.

'Dat is dan afgesproken.' Ze huppelde zowat naar de deur, greep de knop en draaide zich naar hem om. 'Als het je niet lukt in leven te blijven, vermoord ik je.'

Toen ze weg was, klonk er gegiechel onder het bed.

'Ik... ik zou heel vereerd zijn, heel vereerd... als je...'

'Ja ja, rustig aan maar, meneer Geung.'

Geung proestte het uit en kroop onder het bed vandaan. Het was zes uur en tijd om aan de slag te gaan. Dtui was al vertrokken om een kijkje te nemen bij haar moeder.

Buiten op straat begon men zich op te maken voor het That Lu-ang-festival, een van de weinige dagen op de Laotiaans-boeddhistische kalender die met vreugde tegemoet werd gezien door alle generaties en bevolkingsgroepen. Op de dertiende dag van de twaalfde maan torende de Grote Stupa al sinds mensenheugenis in al zijn gouden glorie boven een algemeen volksfeest uit.

Dit werd het eerste festival sinds de revolutie en het zou daarom wat ingetogener worden dan voorheen. Het nieuwe regime had een verbod uitgevaardigd op zulke excessen als het tentoonstellen van rariteiten. Hoe populair de vijfpotige geiten en drieborstige vrouwen ook altijd geweest waren, dit jaar kon de massa zich er niet aan vergapen. Ook gokken en het drinken van alcohol waren verboden, wat de kans aanzienlijk kleiner maakte dat de kranten de volgende dag over schietpartijen moesten berichten. Verder had de regering het vertoon van weelde en 'religieus fanatisme' aan banden gelegd, en het kon haast niet anders of een enkeling zou zich afvragen of er nog wel iets te vieren viel.

Maar bij die enkeling zou het blijven. Laotianen hebben een sterke hang naar vertier en de meerderheid sliep al weken onrustig door het vooruitzicht dat men zijn mooiste kleren uit de kast zou mogen halen om zich in straten vol vrolijke mensen te begeven. De Laoti-aanse Revolutionaire Volkspartij riep op tot feestelijke demonstraties van de economische en culturele verworvenheden van het nieuwe Laos – een idee dat ook de sceptici inspireerde. Civilai had een inflatiewedstrijd voorgesteld, waarbij kinderen ballonnen met '1 Laotiaanse *kip*' moesten opblazen. Siri had een voorstelling geopperd van de Xiang Thong-marionetten met plakband over hun lasterlijke reactionaire monden.

Scepsis of niet, het That Luang zou ook ditmaal weer het culturele hoogtepunt van het jaar zijn. En nu Siri met verstofte longen in bed lag, ging het ook dit jaar aan hem voorbij. Het zou anders zijn eerste keer zijn geweest, omdat hij pas een jaar in Vientiane woonde. Boua en hij hadden er altijd van gedroomd om er ooit, als de revolutie was gewonnen, bij te kunnen zijn – een van haar vele dromen die niet was uitgekomen.

Maar om zeven uur maakte hij alsnog iets zeldzaams mee: een heuse, witgejaste dokter kwam met zijn röntgenfoto's de kamer binnen.

'Dokter Siri.'

'Nee maar, dokter Veui. Ik vroeg me al af of ze me per vergissing een kamer in het Lan Xang-hotel hadden gegeven.'

'Kom kom, niet zo sarcastisch. Je weet dat we zwaar...'

'... onderbezet zijn, ja. Maar het zal je toch deugd doen te zien dat ik niet van verwaarlozing gestorven ben.'

'Je verpleegster heeft me voortdurend van je toestand op de hoogte gehouden, ouwe mopperpot. We hadden het gisteren erg druk met een paar noodgevallen. Heb je het niet gehoord van die brand?'

'Jazeker. In de keuken, niet?'

'Daar begon het, ja. We mogen van geluk spreken dat het vuur zich niet naar de apotheek heeft verspreid. Dan hadden we nu helemáál zonder medicijnen gezeten. Maar onze boekencollectie, of wat daar nog van over was, zijn we wel kwijt.'

'Hoezo?'

'Denk aan de indeling, Siri. De keuken ligt direct onder de oude bibliotheek, en die is helemaal in rook opgegaan. Niets dan as en herinneringen.'

Dokter Veui bewoog zijn stethoscoop over Siri's borst en rug, en de patiënt probeerde zo diep mogelijk te zuchten, maar zijn gedachten waren bij de bibliotheek. Hoe paste dát nu weer in de puzzel?

Het liep tegen achten toen zich opnieuw bezoek aandiende.

Buurvrouw Vong stak haar hoofd om de rand van de deur en glimlachte.

'Mevrouw Vong! Kom binnen.'

'Geen tijd voor, dokter Siri. Hoe gaat het?'

'Steeds beter.'

'Mooi zo. Ik moet voortmaken, anders kom ik te laat op mijn werk.'

'Heb je zelfs geen tijd om even bij het kantoor van de *khon kouay* langs te gaan?'

'De *khon kouay*? Wat zou ik daar moeten?'

'Tja, ik moest het voor me houden, maar waarom zou ik eigenlijk? Meneer Ketkaew heeft jou laatst op het ministerie van Onderwijs gezien, en hij was in alle staten toen hij terugkwam in het ziekenhuis. We moesten allemaal horen dat hij er zo'n bijzondere vrouw had gezien, en toen ik uit zijn verhaal opmaakte dat jij die vrouw moest zijn, zette hij ogen op als schoteltjes. Ik moest hem alles over je vertellen. Ik weet niet veel van hartsaangelegenheden, maar volgens mij heb je een bewonderaar.'

'Ik? Doe niet zo mal.' Maar ze kon haar mondhoeken niet omlaag houden. 'Ik heb trouwens wat bewonderaarsters van jou bij me. Manoly en haar zusjes wilden zien hoe het met je ging.'

'O, wat geweldig! Hoe gaat het met ze?'

'Volkomen van streek nog. Ze zijn erg stilletjes.'

'Laat ze even binnenkomen.'

Vong trok zich terug en de drie meisjes kwamen achter elkaar aan naar binnen, Manoly voorop – net op het moment dat Siri zijn eerste serieuze hoestbui van de dag kreeg. Ze stonden hem bij de muur gade te slaan. Toen hij was uitgehoest, glimlachte hij en gebaarde ze te komen.

'Dag jongedames, wat aardig dat jullie me komen opzoeken. Waar verblijven jullie nu?'

Manoly deed het woord. 'Bij tante Souk. Ze staat op de gang. Wilt u haar spreken?'

'Nee, ik wil *jullie* spreken. Ik heb de hele tijd aan jullie gedacht.'

'Tante Souk zegt dat u heel dapper was toen u mammie ging zoeken.'

'Weet je waar je mammie nu is, Manoly?'
'Ja.'
'Waar dan?'
'In het klooster.'
'Nee hoor, dat is niet je mammie.'
'Wel waar.'
'Nee, je vergist je. In het klooster ligt alleen maar de verpakking waar jullie moeder in zat.' Het kleinste meisje moest hierom giechelen, maar Manoly werd boos.
'Het is mammie!'
Siri pakte haar hand en drukte die tegen zijn gezicht.
'Kijk, deze huid, dit haar, deze hele buitenkant, dat ben ik niet zelf. Dat is alleen maar mijn verpakking, zoals het wikkel om een snoepje ook niet het snoepje zelf is. Wat we echt zijn, dat zit ín die verpakking. Al onze gevoelens. Onze goede en slechte buien. Al onze ideeën, onze slimheid, onze liefde, dat is wat iemand werkelijk is.

Dat noem je de geest van iemand. De geest van jullie moeder heeft haar verpakking verlaten. Ik heb haar geest gezien toen ik in jullie kamer was.'
'Is dat hetzelfde als een spook?'
'Nee. Spoken bestaan alleen in verhaaltjes. Een geest is het échte van iemand. Er zijn maar heel weinig mensen die dat echte kunnen zien. Ik kan het toevallig.'
'Heeft u ook met haar gesproken?'
'Ja, en ze zei dat ze heel ongerust was.'
'Waarom?'
'Ze was bang dat jullie haar niet lief vonden, omdat ze weleens boos was op jullie. En ik moest van haar zeggen dat dat alleen maar kwam omdat ze zo van jullie hield.'
'Heeft ze dat echt gezegd? Echt?'
'Dat heeft ze echt gezegd. En ze zei dat ze altijd van jullie zal blijven houden.'
Manoly's ogen werden vochtig en er kwam een lach op haar gezicht. De twee kleintjes keken niet-begrijpend toe.
De jongste vond het tijd om van onderwerp te veranderen. 'Oom Siri, ik kan al bijna naar school. Kijk maar.' Ze vouwde haar rechter-

arm over haar hoofd en probeerde haar linkeroor aan te raken. Dit was de manier waarop men op het platteland bepaalde of een kind oud genoeg was om onderwijs te volgen.

'Zo, dat scheelt niet veel meer, Nok. Jammer dat je geen konijnenoren hebt. Dan kon je vandaag al.' Ze giechelde en sprong op zijn bed.

Toen Dtui terugkwam van haar moeder, trof ze hen alle drie op zijn bed aan, luisterend naar een verhaal over boomgeesten in Khamuan.

'Nee maar, wat is hier gaande?'

'Bent u een verpleegster?' vroeg Nok.

'Nee, een krokodil in een verpleegstersuniform. Pas maar op.'

'Komt u het ook vragen?' zei Manoly.

'Wat kom ik vragen, liefje?'

'Of oom Siri met u wil trouwen?'

Dtui deed alsof ze een hevige en luidruchtige braakaanval kreeg. Toen tante Souk en de bewaker gealarmeerd de kamer binnenkwamen, zagen ze Dtui die op haar knieën zat, drie meisjes die gilden van het lachen en Siri die de rest van zijn woning ophoestte.

Nadat iedereen vertrokken was, probeerde Siri de telefoon nog maar eens. In plaats van de officier van de veiligheidsdienst kreeg hij het meisje van de ziekenhuisadministratie aan de lijn.

'Hallo. Is de veiligheidsman er niet?'

'Nee, die is weg. Ik denk dat hij alle informatie heeft die hij nodig had.'

'Informatie? Welke informatie, en van wie?'

'Van die man uit Vietnam. Ik wilde gisteravond net naar huis gaan toen hij belde. Ene dokter Nguyen. Weet u dat dan niet?'

'Ik heb geen telefoon gehad.'

'Dat is vreemd. De officier zei dat hij hem zou doorverbinden.'

'Als hij dat al gedaan heeft, dan niet naar mij. Interessant. Luister, kun jij mij nu doorverbinden met het politiehoofdkwartier? En kun je het nummer voor me opzoeken van het centrale mortuarium in Hanoi?'

'Hanoi, dat is in Vietnam.'

'Volgens mij ook, ja.'

'U zult vier formulieren moeten invullen voor ik u naar het buitenland kan laten bellen. En u moet de handtekening van de directeur hebben, en...'

'Ik hoef alleen het nummer maar te weten. Dan maken we ons later wel druk om handtekeningen. O, en kun je mijn sectiebediende, meneer Geung, laten weten dat ik hem zo snel mogelijk wil zien?'

Het vergde enig doorvragen, maar uiteindelijk kreeg Siri de man met de rauwe stem weer aan de lijn, die hij de vorige dag ook had gesproken.

'Hallo, dokter Siri? Dit is inspecteur Tay. Het drong gister pas achteraf tot me door met wie ik gesproken had. U bent de lijkschouwer, nietwaar? Ik wil al tijden bij u langskomen om eens te zien wat u precies doet. De man naar wie u op zoek bent heeft zich hier nog steeds niet laten zien, het spijt me.'

'Geen probleem, inspecteur. Maar heb ik u gisteren goed verstaan, heeft inspecteur Phosy geen eigen bureau?'

'Dat klopt.'

'Hoe kan dat nou, een inspecteur zonder eigen bureau?'

'Ah, omdat hij niet bij ons hoort.'

'O nee?'

'Nee. Hij is hier gedetacheerd vanuit Viengsai. We zien hem maar zelden en niemand weet ooit waar hij uithangt.'

'Uit Viengsai? Da's nou ook vreemd. Hij heeft me nooit gezegd dat hij zijn standplaats in het noorden heeft.'

'Verbaast me niks. Hij laat hier ook niet veel los en maakt haast nooit een praatje. Beetje een eigenheimer, als ik zo vrij mag zijn.'

'Dat mag u. Dank voor de informatie.'

'Tot uw dienst.'

Siri liet de hoorn langzaam zakken. Geung was ondertussen binnengekomen en stond te wiebelen van nieuwsgierigheid. Siri keek naar hem op en moest even nadenken waarom hij hem ook alweer had laten komen.

'Ah ja, meneer Geung, ik schrijf even snel een briefje en dat moet jij in de assemblee aan kameraad Civilai geven. Je bent er weleens eerder geweest, nietwaar?'

'Ja.'

Siri schreef terwijl hij verder sprak. 'Je mag het alleen aan kameraad Civilai geven en aan niemand anders, hoor je me? Aan niemand anders, al trekken ze je teennagels uit.'

'Ja, teennagels, ja!' lachte Geung. Hij pakte het briefje aan en liep de kamer uit.

'In Viengsai, hè?' zei Siri voor zich uit. 'Wat moeten we daar nu weer van denken?'

Het was vroeg in de middag toen Civilai binnenkwam, vergezeld door een man in een kreukelig pak. Ze maakten beiden een uitgeputte indruk, alsof ze heel de nacht op waren geweest.

'Siri. Hoe gaat het?'

'Heb je mijn briefje gekregen?'

'Jazeker. Je knecht heeft er zo ongeveer zijn leven voor gewaagd. De portiers wilden hem niet doorlaten, waarop hij voor het hek mijn naam ging staan schreeuwen tot ik voor het raam verscheen. Hij mag van geluk spreken dat ze hem niet als een dolle hond hebben afgeschoten.'

'Ja, meneer Geung kun je om een boodschap sturen.' Siri's gegrinnik ging over in een hoestbui. Hij voelde zich zo mogelijk nog belabberder dan de vorige dag.

'Siri, dit is Dong Van, commandant van de Centrale Veiligheidsdienst. Hij wilde je graag nog even spreken voor je omkomt in je eigen slijm.'

'Dan is hij nog net op tijd. Hoe maakt u het, commandant?'

'Het kon beter, dokter Siri. De arrestatie van majoor Ngakum heeft me diep geschokt. Hij was jarenlang een van mijn meest gerespecteerde officieren.'

'Hebben we hem?' Siri stootte triomfantelijk zijn vuist in de lucht. Civilai stak zijn duim op. Dong Van leek er minder mee ingenomen.

'Toen kameraad Civilai me voor het eerst over de kwestie aansprak, geloofde ik er geen woord van, ook al omdat hij zijn bronnen niet wilde noemen. Zelfs toen hij gisteren met bewijzen kwam, bleef ik me verzetten. Ik wilde er gewoon niet aan. Maar Civilai is een vasthoudend man. Hij heeft de hele nacht dossiers doorgespit en mensen uit hun bed gebeld om verklaringen te komen afleggen.'

'Goed zo, *ai*.'

Civilai barstte los. 'Het was gewoon té toevallig allemaal. De majoor was toegewezen aan het operatiehoofdkwartier toen Hok daar in eerste instantie aankwam met de Vietnamese eenheid. Hij hoorde alle details van hun geheime missie. En toen Hok later terugkeerde met de twee Trannen, had hij de regie over hun veiligheid. Hij had toegang tot alle informatie.

En alsof dat al niet belastend genoeg is, raad eens wie die inspectie uitvoerde van het botenverkeer op het stuwmeer van Nam Ngum? Ik weet nu al dat het districtshoofd zijn foto zal herkennen.'

'En we weten intussen ook,' zei de commandant, 'dat hij dokter Nguyen naar zijn kantoor heeft laten doorverbinden toen die voor u belde vanuit Vietnam. Het is ons alleen niet bekend wat er bij dat gesprek gezegd is.'

'Dus zou het mooi zijn als jij nu even met Hanoi belde.' Civilai pakte de hoorn en drukte die Siri in handen.

'Tja, ik heb al zo'n idee wat Nguyen me gaat vertellen, maar ik ben jullie graag van dienst.'

Het meisje van de administratie had inmiddels het nummer van het mortuarium in Hanoi. Siri moest een hele reeks Vietnamezen uitleggen wie hij was en wie hij zocht, maar uiteindelijk kreeg hij zijn collega aan de lijn.

'Met Nguyen Hong spreekt u.'

'Dokter Nguyen? Ik ben het, Siri.'

Stilte aan de andere kant. 'Nguyen Hong? Hallo?'

'Siri... ik dacht dat je dood was!'

'Nou, het tegendeel is waar, zoals je hoort. Heb jij mij gisteravond proberen te bellen?'

'Mijn hemel, ik ben helemaal van slag. Ja, maar ik werd doorverbonden met jullie, hoe heet het ook alweer, Centrale Veiligheidsdienst.'

'En wie kreeg je daar te spreken?'

'Hmm. Heeft hij wel gezegd, maar weet je, al die Laotiaanse namen klinken hetzelfde. Hij maakte in elk geval duidelijk dat hij er de hoogste baas was.'

'Dat zal vast. En vertelde hij ook dat ik gedood was bij een explosie?'

'Klopt. En vervolgens heeft hij alle informatie opgeschreven die ik jou had willen geven. Hij zei dat het allemaal erg nuttig was en gaf me zijn directe nummer voor als ik nog iets anders aan de weet zou komen.'

'Perfect. Dit haalt de strop om zijn nek nog vaster aan. De man die jij gesproken hebt, was degene die Hok hier kwam aanwijzen.'

'Nee!'

'Ik schrijf je er nog een uitgebreide brief over, maar vertel me nu snel wat je weet, voordat de verbinding wegvalt.'

Tien minuten later hing Siri op. Hij glimlachte naar de mannen naast zijn bed.

'Briljant, absoluut briljant. Ergens hadden ze het wel verdiend om ermee weg te komen. Ze hadden alleen de pech dat Nguyen en ik ons ermee gingen bemoeien.'

'Kom op, broertje, voor de draad ermee.'

'Ik zal jullie schetsen hoe het volgens mij gegaan is. Majoor Ngakum kreeg een geheime boodschap uit Hanoi, met de mededeling dat Hok en de Trannen naar Laos kwamen om de verrader te helpen vinden die Hok gezien had na de slachting in het grensgebied. Hij moest dus voorkomen dat de delegatie Vientiane bereikte en schakelde zijn Everzwijnvrienden in om de jeep te onderscheppen. Een karweitje van niks, want hij kende de route en de posities van alle controleposten.

Korte tijd later hadden ze dus drie Vietnamese gevangenen. Die hadden ze natuurlijk kunnen afmaken en laten verdwijnen, maar er kwam iemand op een idee.'

Hij sprak te gehaast en raakte buiten adem, nam een teug zuurstof en hield het masker onder handbereik.

'Het was een ideale gelegenheid om herrie te schoppen. Als ze Hanoi wijs konden maken dat de delegatie was opgepakt en gemarteld, zou de conclusie voor de hand liggen dat Laos dan ook wel achter die eerdere hinderlaag had gezeten.

Dus werden de drie vermoord op een manier die geen sporen naliet, waarna de lijken met stroomstoten werden bewerkt om de schijn te wekken dat ze waren bezweken bij een ondervraging. Daarna werden ze per helikopter naar Nam Ngum gevlogen en van grote hoogte in het stuwmeer gegooid, verzwaard met Chinese bomhulzen. De Everzwijnen hadden bij twee van hen inferieur nylondraad gebruikt, opdat ze binnen de kortste keren boven kwamen drijven. De tweede Tran zat met touw aan zijn bom vast, zodat er naar hem gedoken moest worden en de Chinese hulzen zouden worden ontdekt, waardoor Hanoi des te hoger in de gordijnen zou vliegen. Ngakum gaf zichzelf opdracht een inspectie te verrichten bij het stuwmeer, om aanwezig te kunnen zijn als de lijken werden ontdekt. Hij was het die de tatoeages "herkende" en ervoor zorgde dat de Vietnamese ambassade werd ingelicht. Tatoeages die ze trouwens zelf bij Tran hadden aangebracht om maar goed duidelijk te maken dat het Vietnamezen betrof. Tran had er geen toen hij uit Hanoi vertrok.'

'O nee?'

'Niet één. Zijn vrouw wist er niets van. Ze hebben die arme drommel na zijn dood met de inktnaald bewerkt.'

Civilai schudde zijn hoofd. 'Hoe hebben ze hen eigenlijk gedood?'

'Volgens Nguyen Hong zijn twee van hen gestorven doordat er lucht in hun bloedbaan werd geïnjecteerd. Een luchtembolie blokkeert de bloedtoevoer naar het hart. Na een paar weken in het water zou daarvan niets meer te zien zijn. Heel geraffineerd, behalve dat ze één klein foutje maakten.'

'En dat was?'

'Tran de chauffeur lijkt te zijn gestorven door een aortabreuk in zijn borstholte. En daar is eigenlijk maar één uitleg bij mogelijk, al is die te verschrikkelijk voor woorden. Hij stierf niet zoals zijn landgenoten, waarschijnlijk omdat hij dikker was dan zij, waardoor de moordenaars zijn ader misten toen ze de lucht inspoten.'

'Dus dan leefde hij nog toen ze die stroomstoten toedienden,' zei Civilai vol afgrijzen.

'Precies, en ik hoop vurig dat hij daarbij bewusteloos is geraakt en zich niet alleen maar dood hield. Maar ik ben bang dat dit ijdele hoop is. Toen we hem namelijk binnenkregen in het mortuarium, viel ons de doodsangst op die van zijn gezicht viel af te lezen. En die angst kan maar op één manier verklaard worden.'

'Dat hij nog leefde toen ze hem uit die helikopter duwden...'

'Een gruwelijker dood kan ik me niet voorstellen,' zei de commandant.

'Ik betwijfel overigens of dit opzet was. Zo wreed kunnen de Amerikanen niet geweest zijn, volgens mij. Anders zouden ze het zekere wel voor het onzekere hebben genomen en hen écht hebben doodgemarteld. Wel zo overtuigend, nietwaar?'

De commandant slaakte een zucht. 'We zullen ze hoe dan ook moeten opsporen. Ik kan het zuiden niet onveilig laten maken door een doodseskader. Maar nu wil ik eerst die smerige verrader aanpakken. U heeft me overtuigd, heren. De Boeddha mag weten hoeveel slachtoffers die schoft al gemaakt heeft. Als u me nu wilt excuseren, ik heb een pijnlijke plicht te vervullen.'

Hij drukte hen allebei de hand en vertrok, gevolgd door de bewaker. De twee oude vrienden bleven zwijgend achter. Civilai krabde vermoeid op zijn hoofd. Siri nam nog wat zuurstof.

De stilte hield minutenlang aan, tot hun glimlach overging in gegrinnik, en gelach. Civilai kwam op de rand van het bed zitten en nam Siri's rechterhand in de zijne. Ze knepen in elkaars hand tot hun knokkels wit zagen, en schaterden alsof ze de beste mop van hun leven hadden gehoord.

'Waarom lachen we nou eigenlijk?' vroeg Siri door zijn tranen heen.

'Van de zenuwen, broertje. Geef toe, het was behoorlijk luguber.'

'O, maar als je dit eng vond, wacht dan tot ik je over de andere zaak vertel.'

21

De andere zaak

Khen Nahlee had nog nooit zo jammerlijk gefaald. Zijn vernedering was als een koorts. Het was hoogst onprofessioneel om wraakgevoelens te koesteren, maar als hij íéts wilde dan was dat het wel: wraak nemen.

Die eerste keer missen kon hij zichzelf nog vergeven. Het was donker geweest, en Siri weinig meer dan een schim. Toen die schim ineenzakte, had hij ernaartoe moeten lopen om een kijkje te nemen, maar die buurvrouw zat altijd door haar gordijntjes te loeren. Hij was er de volgende dag pas achter gekomen dat de dokter het zonder een schrammetje had overleefd.

En toen was Siri al naar Khamuan vertrokken. Dus moest hij het op een andere manier oplossen, en er was hem al snel iets ingevallen. Hij had het met dat kapstertje aangelegd. Koud kunstje, ze was zo gewillig als wat. En hij had de hoofdstedelijke tamtam benut om het gerucht te verspreiden dat ze een bijvrouw van kameraad Kham was. Het had zo snel de ronde gedaan dat hij het bijna meteen terughoorde. Mai had weliswaar nog nooit van de kameraad gehoord, maar dat deed er niet toe. Er zaten genoeg ouwe kerels achter haar aan, dus niemand keek ervan op, niemand trok het in twijfel.

Hij had voor een zelfmoordtafereel gekozen dat hij een paar jaar eerder met eigen ogen had gezien. De weduwe van een vent die hij koud had gemaakt, was zo door verdriet overmand dat ze haar polsen had doorgesneden en in warm water had gedompeld. Heel dramatisch. Paste precies bij een moordenares met berouw. Hij had alles exact nagebootst. Tot in de details. De politie was komen kijken, had foto's genomen en buurtonderzoek gedaan. Maar het zelfmoordbriefje had geen enkele ruimte voor twijfel gelaten – iedereen geloofde dat ze de vrouw van haar beminde had vergiftigd en vervolgens de hand aan zichzelf had geslagen.

Alles liep gesmeerd. Niemand die lastige vragen stelde. Tot *hij* weer terugkwam – die bejaarde amateurdetective. Die had er toch zijn neus weer in gestoken. En hoe. Hij had alles ontrafeld en de waarheid boven water gekregen. Wat was hij trots op zichzelf. Wat had hij zitten glunderen toen hij zijn verhaal deed op dat terras aan de rivier.

Zijn hekel aan die ouwe was opgelaaid tot haat. Het was geen opdracht meer. Het was een erezaak. In zijn hemd worden gezet door een gerimpelde kwakzalver, dat nooit!

Geen geweer meer. Het was tijd voor iets rigoureuzers, een afdoende remedie tegen de bemoeizucht van zijn kwelgeest. Hij was geduldig. Hij wist hoe laat Siri thuis was gekomen en gaf hem alle tijd om naar bed te gaan. Hij had zitten zuipen, die ouwe, dus het zou niet lang duren eer hij onder zeil ging. Khen Nahlee sloop de stille kloostertuin binnen. Het raam op de bovenverdieping stond open en het licht was uit. Hij sliep. Ergens wel jammer – nu bleef hij gespaard voor dat korte moment van paniek als de handgranaten naar binnen zeilden.

Hij trok de pennen uit en gooide zijn afscheidscadeautjes naar binnen. Hij hoefde niet te blijven rondhangen, wist hoe groot de verwoesting zou zijn. Toen hij door de kloosterpoort holde, hoorde hij de explosie. Hij had niet omgekeken.

Hij had ook nog overwogen die dikke meid en die mongool van het mortuarium uit de weg te ruimen, zoals zijn baas had voorgesteld. Maar wat konden die twee bereiken? Wie zou er naar hen luisteren? Nee. Het enige wat hij nu nog hoefde te doen was het bewijs wegwerken. De keuken van het ziekenhuis was niet afgesloten. De goedkope bakolie brandde uitstekend. Het vuur verspreidde zich snel naar de bibliotheek erboven, met al dat oude papier dat onmiddellijk vlam vatte. Ditmaal bleef hij wel staan kijken. Een bevredigende aanblik na een avond hard werken. Klus geklaard. Het was eindelijk voorbij. '

Hij besloot naar zijn baas te gaan om verslag te doen. Kham ontving hem in zijn tuinhuisje. Het was al één uur 's nachts, maar dat deerde de senior-kameraad niet. Hij sliep toch slecht. Beide mannen hadden honderden debriefings in de kleine uurtjes meegemaakt, maar nog nooit zo'n persoonlijke.

Kameraad Kham had zo'n twintig jaar geleden de Dienst Discrete Operaties opgezet, toen hij nog in uniform was. Aanvankelijk was het een kleine afdeling die gegevens verzamelde en analyseerde – een soort mini-CIA van het Volksbevrijdingsleger. Hoewel slechts weinigen van het bestaan ervan op de hoogte waren, legde de dienst dossiers aan van alle hoge officieren en van iedereen die 'een gebrek aan bereidwilligheid' of 'ongepast gedrag' vertoonde.

Van tijd tot tijd bleek een rotte mango zo'n gevaar voor de rest van de mand dat drastische maatregelen geboden waren. In het begin werden alleen die elementen verwijderd waarvan ondubbelzinnig vaststond dat ze de beweging schade berokkenden. Maar macht corrumpeert, en na verloop van tijd werd het gerucht steeds hardnekkiger dat Kham zijn hoge vlucht binnen de Revolutionaire Volkspartij vooral aan het 'wegvallen' van politieke rivalen dankte.

Terwijl de LRVP zich tot een partij van de eerste orde ontwikkelde, werd de DDO steeds breder van opzet. Eén tak groeide uit tot een semi-zelfstandige moordbrigade, die in 1970 Khen Nahlee als hoofd kreeg. Hij was bij uitstek geschikt voor de post: intelligent, gedreven en onvoorwaardelijk trouw aan de partij, waar hij al sinds zijn tienerjaren mensen voor gedood had. En bovendien: hij was een meester in vermommingen en undercoverwerk. Hij had door de jaren heen al zo veel namen en identiteiten aangenomen dat zelfs zijn eigen mannen geen idee hadden wie hij eigenlijk in werkelijkheid was.

Hij was een toegewijd volgeling van de oprichter van de dienst, volgde Khams bevelen altijd blindelings op. Want hij wist dat zijn inspanningen hoe dan ook ten goede kwamen aan de beweging. Maar toen Kham hem op een dag naar het winderige vliegveld in Xiang Khouang liet komen en hem in vertrouwen nam over een bijzondere kwestie, kreeg hun relatie een nieuwe dimensie. De kameraad had zijn vrouw vermoord en wilde dat hij, Khen, de sporen uitwiste!

Van de gebruikelijke motieven was geen sprake. Het was geen moord uit hartstocht geweest, er was geen levensverzekering. Kham was haar gewoon gaan haten. Hij haatte alles wat zijn vrouw vertegenwoordigde sinds ze zich in de hoofdstad hadden gevestigd.

Nu de revolutie was bevochten en het nieuwe Laos een feit was, ontwikkelde de Laotiaanse Vrouwenbond zich tot een maatschappelijke factor van formaat. Zij was het die geïnterviewd werd door het Khaosan-persagentschap. Zij was het die toespraken hield op de radio. Zij werd gevraagd lezingen te houden voor de studenten van Dong Dok. En wie was hij nog? Hij was plotseling niemand meer. De man van kameraad Nitnoy was hij. Ze wisten niet eens meer hoe hij heette.

Dus vermoordde hij haar. Met cyanidetabletten die per toeval in zijn bezit waren gekomen. Nee, niet per toeval. Het was het Lot. Toen het ongelukkige echtpaar in beschonken toestand thuiskwam van een partijreceptie, waar haar ster weer had geschitterd en hij slechts een senior-kameraad was geweest, haar begeleider, had hij er schoon genoeg van. Hij wachtte tot ze op bed was neergeploft om haar roes uit te slapen, ging naar zijn werkkamer en stopte de bijgevijlde tabletten in haar medicijnpotje.

Pas nadat ze de volgende dag van huis was gegaan, met het potje in haar handtas, begon hij zijn daad te overdenken. Haar vermoorden was niet genoeg, hij moest er ook nog mee weg zien te komen. Kham vertrok voor een week naar Xiang Khouang, waar hij Khen Nahlee ontbood en vertelde wat hij had gedaan. En zijn trawant, loyaal als altijd, beloofde hem te helpen en bedacht ter plekke een oplossing. Kham vloog naar de hoofdstad en wachtte af. En drie dagen later vernam hij het nieuws van de plotse dood van zijn echtgenote. Het enige wat Khen Nahlee hoefde te doen was een politie-uniform aantrekken en naar het gebouw van de Vrouwenbond gaan om het bewijs weg te halen.

Maar het verliep niet zo vlotjes als verwacht. Het potje zat niet meer in haar tas, en Khen kon geen argwaan wekken door er een tweede maal naartoe te gaan. Kham had gehoopt dat alles op zijn pootjes terecht zou komen, maar Siri dreigde roet in het eten te gooien. Hij was ervan uitgegaan dat de lijkschouwer-tegen-wil-endank de kunde en inzet zou ontberen om veel werk van de zaak te maken. Maar dat viel tegen. Kunde had hij inmiddels genoeg, en inzet niet minder. Verkeerde inschatting – hij had beter rekening moeten houden met Siri's karakter.

Hij had het door. Op de een of andere manier had de kleine lijkschouwer het door, en Kham vreesde dat het hem niet zou lukken die lastpost de mond te snoeren. Dus had hij geen andere keus. Hij gaf Khen opdracht hem te vermoorden voor hij zijn bevindingen wereldkundig kon maken.

De senior-kameraad had altijd heilig in het Lot geloofd. Hij raadpleegde dagelijks zijn horoscoop en startte projecten alleen op gunstige data. Het was het Lot dat hem de cyanide in handen had doen krijgen. En dankzij het Lot had ze al zo snel een pil binnengekregen. Tot dat moment had hij de fortuin aan zijn zijde gehad. Maar toen kwam die avond van de aanslag. Zijn moordenaar had nog nooit gefaald, en toen diens kogels over Siri's hoofd heen vlogen, was dat de eerste aanwijzing dat het Lot zich tegen hem keerde. Siri was gespaard gebleven, dus er moest iets anders gebeuren.

Khen Nahlee was niet voor één gat te vangen. Hij bedacht het plan voor de zelfmoord. Geniaal. De dood van een onbeduidend meisje zou volstaan om het probleem alsnog de wereld uit te helpen. Het was geen schandaal, geen groot schandaal, dat een zo machtig man als hij een minnares had. Een minnares die hem aanbad en voor zichzelf wilde. Niemand keek er dan ook van op dat ze zijn vrouw had vergiftigd, waarna haar wroeging de overhand had gekregen. De politie was tevreden. Nog een betraande verklaring voor de pers en het was voorbij.

En toen kwam Siri terug en stuurde alles opnieuw in het honderd. Maar het was ondenkbaar dat het Lot zich opnieuw zou laten dwarsbomen. Een tweede aanslag kon niet anders dan succesvol zijn. Niets kon die bemoeial nog redden.

En toch, hier zat de senior-kameraad nu, in zijn lege huis. Het was laat in de middag. Hij was dronken. Hij was zomaar de assemblee uit gelopen, midden in een huldigingsceremonie voor helden van de revolutie. Hij had alle vragen genegeerd. Hij had zijn chauffeur weggewuifd en zelf de limousine naar huis gereden. Hij had al vier nachten niet geslapen. De rit naar huis was in een waas aan hem voorbijge-trokken.

Met mannen van vlees en bloed kon hij zich meten. Dat had hij keer op keer bewezen. Maar hij had nu iets tegenover zich dat veel groter was. Dit was geen vijand van vlees en bloed. Zijn dode vrouw leek niet van plan hem te vergeven. Ze heerste over zijn nachtmer-ries, en ze waakte over Siri, beschermde hem, steunde hem. Iets zei hem dat hij nooit meer een rustige nacht zou kennen, zo lang als hij leefde. En die gedachte was niet te verdragen.

Kham zette de radio aan, draaide de volumeknop helemaal naar rechts en stemde af op Thailand. Een deskundige in de genetica leg-de uit waarom Laotiaanse communisten altijd zo onaantrekkelijk waren. Hij luisterde, nieuwsgierig naar de reden voor zijn lelijkheid. En toen er muziek klonk ten teken dat het programma ten einde was, schoot hij zichzelf door het hoofd.

22

Driemaal is scheepsrecht

Khen Nahlee had jammerlijk gefaald, maar hij gaf niet op. Zijn kwelgeest mocht dan over extreem veel geluk beschikken, dat wilde niet zeggen dat het zou blijven misgaan. De baas had hem bevolen terug te gaan naar het noorden. Maar dat verdomde hij. Want zijn missie was nog niet volbracht. Hij zat in zijn kale kamer zijn pistool te oliën en de geluiddemper schoon te maken. Hij nam zijn plan nog eens door. Dit was de avond van het That Luang-festival, dus het ziekenhuis zou met een minimale bezetting draaien – als ze al iemand konden overhalen om te werken. De verpleegsters zouden opgemaakt als porseleinen poppetjes, met vuurrode lipstick, voor de jongens op de kermis paraderen. Misschien pikte hij er zelf ook wel een op als het achter de rug was.

De veiligheidsdienst had zijn bewakers teruggeroepen, dus Siri zou alleen zijn. Onbeschermd. Geen kans meer dat het toeval in zijn voordeel werkte. Deze derde keer zou het raak zijn.

Toen hij op zijn oude motorfiets heuvelafwaarts reed vanaf de Grote Stupa, moest hij tegen de stroom in zwoegen. De volksmassa op weg naar het festival kende geen gescheiden rijbanen, geen links of rechts. Te voet, op de fiets, hun motorfiets duwend – ze vormden een onafzienbare veelkleurige kudde waar hij nauwelijks doorheen kwam. Hij wikkelde zijn sjaal om zijn gezicht en hield zijn hand op zijn toeter, maar ze lachten slechts om die idioot die de verkeerde kant op ging.

Zijn voortgang bleef traag tot hij onder de boog door was en de Lan Xang-avenue bereikte, waar de politie een rijstrook had vrijgehouden voor partijleden die terugkwamen van de herdenkingsceremonie. En de kleinere straten die volgden waren zelfs verlaten. Hij zette zijn motor voor het ministerie van Onderwijs neer en liep de betonnen poort van het ziekenhuis door. Er was niet eens een portier vanavond.

De zon was intussen onder en de meeste gebouwen waren in duisternis gehuld. Niets dan het geflakker van de tl-balken in het grote beddenhuis, en de kale peertjes in de kamers van de zusters. Hij ging het gebouwtje met de privékamers binnen en trapte zijn schoenen uit. Er liep een gang dwars door het midden, met kamers aan weerszijden. De gang zelf was donker. Het enige licht kwam door het matglas boven twee van de deuren, de andere kamers waren kennelijk leeg.

Kamer 2E lag op het midden. Hij drukte zijn oor tegen de deur. Het was er muisstil. Hij duwde zachtjes de klink omlaag en de deur ging zonder piepen open. Siri lag in het bed, te slapen onder een wit laken, met een zuurstofmasker over zijn mond. Het licht kwam van een schemerlamp op zijn nachtkastje, afgedekt met een rode doek.

Khen Nahlee keek nog eenmaal links en rechts de gang in en stapte de kamer binnen. Hij drukte de deur geruisloos achter zich dicht, haalde zijn pistool uit de holster onder zijn trainingsjack en schroefde er de demper op – al had hij op een avond als deze een kanon kunnen gebruiken, want geen sterveling zou het horen.

Hij ging bij het voeteind staan, mikte op het hart van de lijkschouwer en haalde de trekker over. Zesmaal. Als de koele professional die hij was. Geen toespraken. Geen uitleg of bekentenis. Maar toen het magazijn leeg was, ontsnapte hem niettemin een zucht van verlichting. Het geluk van die ouwe was toch niet onbeperkt geweest.

Hij wachtte op de bevredigende aanblik van bloed dat langzaam door het witte laken drong. Maar het kwam niet. En hij wist dat er toch weer iets fout was gegaan. Hij stapte naar voren, greep een punt van het laken en rukte het weg.

Drie kussens, het middelste aan flarden geschoten, lagen onder elkaar op het matras. Erboven, onder het zuurstofmasker, lag een andersoortig masker. Bij wijze van eerbetoon aan het nieuwe regime werden er tijdens het festival mombakkesen van papier-maché van de premier verkocht. Het witte kippendons dat op de boven-kant was geplakt, zorgde voor een sprekende gelijkenis met Siri.

Khen Nahlee voelde zijn maag samenkrimpen. Hij tastte in zijn broekzak naar zijn reservemagazijn, maar wist dat er geen tijd meer was. Achter hem werd de deur opengetrapt en Phosy kwam met ge-trokken pistool de kamer binnenstormen, gevolgd door twee poti-ge en eveneens gewapende politieagenten. Ze waren klaar voor een vuurgevecht, maar dat bleef uit. Khen Nahlee liet zijn wapen vallen, sloeg zijn ogen op naar het plafond en begon te lachen. Een doffe, verslagen lach.

Ze deden hem boeien om, fouilleerden hem en zeiden hem zijn mond te houden tenzij hem iets gevraagd werd. Nu de grondwet was opgeschort, hoefden ze hem geen rechten voor te lezen. Niet dat ze bereid waren geweest hem die te verlenen.

Phosy ging neus aan neus staan met de arrestant. 'Ik was al een hele tijd op zoek naar jou, wist je dat? En nu weet ik waarom ik je maar niet vinden kon. Overschatting. Als ik beseft had wat voor suk-kel je bent, had ik je veel eerder gevonden.' Khen Nahlee staarde uit-drukkingsloos naar Phosy's voorhoofd, niet van plan zich op de kast te laten jagen. 'Wil je dokter Siri nog even gedag zeggen voor we je naar je nieuwe behuizing brengen?'

Ze namen hem mee naar een andere kamer, waar de echte Siri, omringd door een bonte verzameling bezoekers, op een stapel kus-sens lag te grijnzen. De agenten zetten hem voor het voeteneind neer. Hij keek naar Siri en schudde langzaam zijn hoofd.

'Goedenavond, meneer Ketkaew. Leuk u weer eens te zien, al ben ik ook een beetje sip, eerlijk gezegd. Ik had gehoopt u met mijn buurvrouw op te zadelen. Zo kom ik nooit van haar af.' Khen Nahlee glimlachte. 'O, maar uw naam is waarschijnlijk niet Ketkaew, hè? Mijn complimenten voor uw toneelspel, u was een zeer overtuigen-de kippenteller. Het spijt me dat ik de voorstelling verpest heb, maar trek het u niet te zeer aan. U had menselijke én bovenmenselijke te-genstrevers.'

Khen Nahlee had niets te zeggen. Hij had geen vragen, en hoefde niet langer de schijn op te houden. Hij liet zijn blik langs het gezel-schap rond het bed gaan – Dtui, meneer Geung, rechter Haeng, Civilai, dokter Pornsawan en de zuster van Mai. Waren dát zijn tegenstrevers? Wat een afgang. Hij gaf Phosy met een knikje te kennen dat hij wilde gaan.

'Vanwaar die haast?' zei Phosy. 'Verheug je niet te zeer op waar je heen gaat, hoor.'

Er kwamen nog twee andere agenten binnen en het viertal voerde hem mee het gebouwtje uit, naar de overvalwagen, een toekomst tegemoet die van korte duur zou zijn.

23

Wijn bij een dodenwake

Een week was voorbij sinds Siri's derde ontsnapping aan de dood. Civilai begon te geloven dat zijn vriend onsterfelijk was, en omdat hij Siri het plezier niet wilde ontzeggen nog eens het middelpunt van een rouwplechtigheid te vormen, stelde hij voor om de lunch van die vrijdag een dodenwake te laten zijn. Hij zou voor de broodjes zorgen, plus een plechtige fles belletjeswijn. Als eregast nodigde hij inspecteur Phosy uit – niet in de laatste plaats omdat er nog wat puntjes resteerden die hem niet helemaal duidelijk waren.

Civilai en Phosy waren keurig op tijd. Ze hadden hun afspraken voor de middag afgezegd en namen op de boomstam plaats voor een lange en ontspannen lunch. Civilai haalde meteen een kurkentrekker tevoorschijn en probeerde de fles open te krijgen.

'Wil je niet wachten tot de overledene er is?'

'Ach waarom, hij is toch dood.'

'Laat mij die wijn dan maar openmaken.' Hij nam de fles en de kurkentrekker over en ging aan de slag.

'Vertel eens, Phosy, waarom heb je Siri nooit verteld wat je hier precies deed?'

'Ik vond het genoeg dat hij wist dat ik bij de politie was. Het leek me beter als hij er geen benul van had dat ik onderzoek deed naar Kham en zijn bende. Ik wist dat hij sectie had verricht op mevrouw Nitnoy, en daar wilde ik hem over uithoren zonder hem vooraf te beïnvloeden. Daarom liet ik rechter Haeng doen alsof ik was opgetrommeld voor die lijken in het stuwmeer. Kijk, ik had natuurlijk geen idee dat het zo'n goeie vent was.'

'Waarom wachtte je zo lang voordat je iets met de aanwijzingen tegen Kham deed?'

'Ten eerste omdat er geen onomstotelijk bewijs tussen zat. En ten tweede wilde ik Khen Nahlee in handen krijgen. Ik zat al jaren achter hem aan, maar hij wisselde zo vaak van identiteit en uiterlijk dat hij me altijd ontglipte. Ik wist dat als Kham zijn vrouw had vermoord, hij zijn rechterhand zou inschakelen om de sporen voor hem uit te wissen. Ik had alleen tijd nodig om uit te vinden als wie Khen zich ditmaal voordeed. Hij had me al vaak genoeg gefopt.' Hij schonk de wijn in de vier glazen die Civilai had neergezet. 'Voor wie is dat vierde glas?'

'Dat zie je straks wel. Wanneer begon je te vermoeden dat Ketkaew je man was?'

'O, die naam ging pas meespelen nadat Siri me verteld had dat ze lerares Oum van het Lycée naar Viengsai hadden gestuurd.'

'Verdomd, glad vergeten! Ik had Siri beloofd dat ik me daarin zou verdiepen.'

'Hoeft niet meer, heb ik toen gedaan. De overplaatsingspapieren waren afgestempeld door het kantoor van kameraad Kham, en het rapport over haar ongepaste gedrag was ingediend door ene Ketkaew. Dat was een eerste aanwijzing, maar nog geen belangrijke, want Khams kantoor regelde bijna alle overplaatsingen en die Ketkaew diende over zowat iedereen rapporten in, met de meest stompzinnige aantijgingen. Gewoon een fanatieke kippenteller, hij was behoorlijk overtuigend in die rol, dus op dat moment verdacht ik hem nog niet.

Maar toen kreeg ik langs een omweg een tweede aanwijzing. Ik kreeg dossierfoto's van mevrouw Nitnoy in handen, foto's uit de pers onder andere, en daarop oogde ze nu niet bepaald als de best verzorgde vrouw van het land.'

'Da's mild uitgedrukt. Ik heb haar weleens vergeleken horen worden met het achterste van een langharige geit.' Ze klonken met de mousserende wijn, een zeldzame traktatie.

'Tja, geit of niet, ze leek me in elk geval niet het type vrouw dat regelmatig in schoonheidssalons kwam.'

'Zeker niet, nee.'

'Maar dat stond dus wel in het rapport over de moord. Daarom zocht ik de agent op die het geschreven had, en hij vertelde dat hij van een getuige had gehoord dat mevrouw Nitnoy eenmaal per week in die salon kwam waar Mai werkte.'

'Dan hoort ze postuum haar geld terug te krijgen.'

'Ik trok het na bij de salon zelf, en er bleek niets van waar te zijn. Ze hadden haar daar nog nooit gezien. Nou, je weet, een gerucht nagaan in deze stad is alsof je een natte hagedis bij zijn staart probeert te pakken. De agent had het van een van Mai's buurvrouwen, en die had het weer van een van Mai's vriendjes. En dat trof me als zeer merkwaardig. Waarom zou een minnaar van Mai zoiets triviaals vertellen aan een voor hem wildvreemde buurvrouw? En het was nog een leugen ook. Het maakte me razend nieuwsgierig naar het vriendje in kwestie.

Gelukkig blijft het in een pand vol alleenstaande jonge vrouwen zelden onopgemerkt wie er op welke avond wat voor mannenbezoek krijgt. Dus ik zette al die meiden bij elkaar om uit hun gezamenlijke beschrijvingen een profiel te destilleren van het vriendje naar wie ik op zoek was. En daarbij kwam één van hen met een opmerking die van onschatbare waarde zou blijken.

Ze moest regelmatig in het Mahosot zijn voor een aandoening waar ze liever niet over uitweidde, en ze zei dat ze daar weleens een man zag lopen die aan de beschrijvingen voldeed. Hij leek haar geen dokter, maar ook zeker geen patiënt. Volgens haar was hij "iets officieels". Ik gaf haar meteen mijn verblijfadres en vroeg haar contact op te nemen als ze hem nog eens zou zien. Ik gaf ze voor de zekerheid zelfs allemaal mijn adres.'

Civilai grinnikte. 'Mijn complimenten voor je grondigheid, jongen.'

'Dank je, ik doe mijn best. Maar goed, op de avond toen Siri's woning de lucht in zou vliegen kwam ik thuis en vond een briefje van die ene buurvrouw. Ze was die dag naar het ziekenhuis geweest en had er die man weer gezien. Ze had een verpleegster naar hem gevraagd en te horen gekregen dat hij in een vrijstaand kantoortje achter het mortuarium werkte en een soort overheidsspion was.

Dat deed al mijn alarmbellen rinkelen. Siri had me al over zijn eigenaardige kippenteller verteld, en dan was er nog de manier waarop lerares Oum was aangepakt. Maar ik had die vent nog nooit ontmoet en wist niet hoe hij eruitzag, dus besloot ik een kijkje te nemen in dat kantoortje van hem, om te zien of er misschien een identiteitskaart rondslingerde die ik aan Mai's buurvrouwen kon laten zien.

Maar toen ik bij het ziekenhuis kwam, was er daar een enorme paniektoestand. De helft van het nachtpersoneel liep met emmers en beddenpannen te rennen om een brand in de keuken te blussen. Ik hielp ruim een uur mee tot het vuur onder controle was, en toen hoorde ik dat de keuken direct onder de bibliotheek lag. De bibliotheek waarvan Siri me eerder op de avond verteld had dat hij die als bergplaats gebruikte voor belangrijke paperassen. Ik wist dat dát geen toeval kon zijn.

Het *khon kouay*-kantoortje bleek een hut van bamboe en bananenbladeren, dus ik was in een wip binnen. Ik vond er niets bruikbaars, maar had het gevoel dat er iets niet klopte, dus ging ik achter het bureau om me heen zitten kijken.

En toen drong het tot me door. Het kantoortje had ramen aan de voor- en achterkant, maar dat bureau stond tegen een zijwand, op een plek dus waar hij niet van een briesje kon genieten. En een ventilator was er ook niet, dus waarom had hij uitgerekend dáár dat bureau neergezet? Ik probeerde het te verschuiven en merkte dat een van de achterpoten vastzat. Toen ik beter keek zag ik dat er met plakband een draad aan was vastgemaakt, die uit de grond kwam. Aan het uiteinde ervan zat een connector, zoals waar je een verlengsnoer op aansluit.'

'Hij luisterde het mortuarium af.'

'Juist, je raadt het. Hij nam de apparatuur blijkbaar mee naar huis, maar ik trok die draad uit de grond en ging na waar hij naartoe liep, en dat bleek de regenpijp van het mortuarium te zijn.'

'Dus hij wist alles wat daar gezegd werd.'

'Alles wat Siri bij zijn lijkschouwingen dicteerde, al zijn gesprekken met zijn assistenten. Toen wist ik zeker dat ik mijn man had, maar ik wist niet waar hij woonde. De enige plek waar ik hem in zijn kladden kon grijpen was daar, in het ziekenhuis. Dus belde ik een paar van mijn mannen uit bed en we zetten een observatie op touw. Ik belde de rechter uit bed voor een aanhoudingsbevel en voilà, dat kantoortje was een regelrechte muizenval. Het vervelende was alleen dat hij er niet meer heen ging, die gluiperd. De hele dag hielden we het in de gaten, durfden niet eens te gaan pissen uit angst dat we hem misliepen. Maar nee hoor, hij liet zich niet meer zien.'

Civilai zag dat hun glazen leeg waren. Hij pakte de andere twee en gaf er een aan de politieman. 'Anders gaat de prik eraf.' Hij hief zijn glas. 'Op je geluk.'

'Op je geluk.'

'Maar goed, hoe vond je hem ten slotte?'

'Hij vond ons. We hadden de hele dag en avond het kantoortje in de gaten gehouden, en ik werd bang dat we allemaal zouden tukken als hij uiteindelijk kwam opdagen. We verdeelden ons in twee groepen en ik voegde me bij de eerste groep die een uiltje kon gaan knappen. Maar ik nam eerst nog contact op met rechter Haeng om hem op de hoogte te brengen, en toen hoorde ik voor het eerst over het schandaal van de Veiligheidsdienst, de arrestatie van majoor Ngakum en, tot mijn ontzetting, dat Siri's woning was opgeblazen.

Ik had die kleine voor het laatst gezien toen ik hem voor zijn huis had afgezet. De hemel mag weten hoe hij voor die ontploffing gespaard is gebleven. Mijn eerste opwelling was hem te gaan opzoeken, maar in plaats daarvan verviel ik in gepeins. Net als Siri zelf ging ik ervan uit dat die bomaanslag verband hield met de zaak van de Vietnamezen. Al was het maar omdat Khen Nahlee nog nooit een doelwit had laten ontkomen.

Maar toen realiseerde ik me dat Siri in de loop van dinsdag alles wat hij wist met zo veel mensen had gedeeld, dat het geen enkele zin meer had om hem uit de weg te ruimen. Er was nog maar één zaak waarbij hij op bewijzen zat die hij alleen kende. Khen Nahlee had geen idee dat ik bij die zaak betrokken was. Hij wist niet eens van mijn bestaan, want ik was altijd zeer discreet geweest. Hij wist niet beter of Siri was de enige die Kham in verlegenheid kon brengen. Dus moest ik aannemen dat het onmogelijke gebeurd was: de meester-moordenaar had gefaald, tot twee keer toe zelfs.

Ik zat al zo lang achter hem aan, had zo vaak gezien waartoe hij in staat was, dat ik vertrouwd was met zijn denkwijze. Ik wist dat twee mislukkingen een enorme knauw voor zijn ego moesten zijn. Dus het leed geen enkele twijfel dat hij het nog een derde keer ging proberen.'

'En geen avond zo geschikt als de avond van het That Luang-festival.'

'Precies. De bewaker van de Veiligheidsdienst was teruggeroepen en er was nauwelijks personeel in het ziekenhuis. Ik smokkelde mijn mannen naar binnen, een voor een, voor het geval hij de boel observeerde, en de afloop ken je.'

'De vlieg landde keurig in het web. Waar is hij nu?'

'Het is me niet toegestaan dat te zeggen. Maar nu hij zit waar hij zit en niet langer door Kham gedekt wordt, zal het niet moeilijk zijn om ook de rest van de moordbrigade te ontmantelen. En al met al heb ik daar gemengde gevoelens bij.'

'Waarom?'

'Ik heb de klus nu eindelijk geklaard, en wel zo grondig dat er niks meer voor me te doen is. Ik heb mezelf werkeloos gemaakt.'

'Onzin. Je hebt bij dezen een nieuwe aanstelling. Ik heb wel honderd klusjes voor zo'n gewiekste jongen als jij. Weet je wat, we drinken er de rest van mijn wijn op en verstoppen de fles voor het lijk arriveert. Zeggen we wel dat ie gestolen is.'

Ze hadden net het laatste bewijsmateriaal weggewerkt toen Siri de weg overstak, in gezelschap van een keurige geklede man. De dokter droeg een rinkelende plastic tas.

'Goedemiddag, heren,' zei Siri.

'Het is al bijna avond, man.'

'Het spijt me dat ik zo laat ben. Het duurde langer dan verwacht tot hij was schoongeschrobd.' De man naast hem droeg een roze overhemd met lange mouwen, een pantalon met permanente vouw en bijna-nieuwe sportschoenen. Zijn haar was gewassen, geknipt en in een onberispelijke scheiding gekamd. Het enige herkenbare aan hem was zijn chocoladebruine gezicht.

'Goedemiddag, ambassadeur Rajid,' zei Civilai. 'Hoe bevalt je nieuwe look?' Gekke Rajid keek verward maar niet onvrolijk. Siri schudde zijn vrienden de hand.

'Hij is met vlag en wimpel door mijn onderzoek gekomen. Ik vermoedde allerlei ziekten bij hem, maar op luizen en een paar schaafwonden na was hij een levende reclame voor het eten uit vuilnisbakken en het slapen in rioolbuizen.'

'Misschien moeten wij dat dan ook maar proberen, ouwe.'

Rajid wilde weglopen toen de anderen zich in kleermakerszit om de boomstam schaarden, als om een eettafel.

'Waar ga je heen, ambassadeur? Kom erbij zitten.'

De Indiër keek over zijn schouder, dacht er even over na en besloot gehoor te geven aan de uitnodiging. Met een onhoorbare Rajid-lach, ten teken dat hij in zijn nopjes was. Civilai betastte zijn zijden overhemd.

'Hoe ben je aan kleren gekomen in zijn maat?'

'Ik werk in een mortuarium, *ai*, moet je dat nog vragen? Weggooien is zonde, zeg ik altijd maar...'

'Hoe is het met je longen?' vroeg Phosy.

'Ik heb mezelf daarnet ook maar onderzocht, want daar schijnt niemand anders tijd voor te hebben, en volgens mij ben ik weer de oude.'

'Gefeliciteerd. Maar je hebt wel geboft, zeg.'

'Boffen zit me in het bloed. O, over bloed gesproken. Ik heb nog even een ouwe heks bezocht, met wie ik op goede voet sta...'

'Een levende?'

'Jazeker. En ze was zo blij me te zien dat ik korting kreeg op deze.' Hij pakte de plastic tas en haalde er drie merkwaardig gevormde flessen uit, met een donkerrode vloeistof, verzegeld met was. 'En da's maar goed ook, want ik zie dat jullie het dure spul al door jullie keelgat hebben gegoten. Dit is pruimenwijn.'

Civilai keerde een fles ondersteboven en zag het dikke bezinksel naar de hals zakken. 'Phosy, normaal gesproken zou ik het je afraden bloedrode vloeistof uit een fles zonder etiket te drinken, zeker als die je wordt aangeboden door een lijkschouwer. Maar ik neem aan dat we er niet onderuit komen om hem op zijn eigen wake ons vertrouwen te schenken. Wat vind jij?'

'Ik stel voor dat we hem het eerste glas laten drinken en een minuut of tien afwachten.'

Siri opende een fles, Phosy legde vier bovenmaatse stokbroden op de boomstam en Rajid trok zijn sportschoenen uit en begon ze te besnuffelen en te likken. Civilai sneed de broden aan en herinnerde zich een bericht dat die ochtend op zijn bureau was beland.

'Ik las nog iets opmerkelijks vanochtend. De Taiwanezen schijnen een overeenkomst voor het leveren van hout te hebben opgezegd, die ze met de Laotiaanse Militaire Raad hadden gesloten.'

'Nee!' Siri bloosde.

'Jij wist daar natuurlijks niet van, hè?'

'Ik? Natuurlijk niet, jij hoort zulke dingen veel eerder dan ik, oudere broer. Maar...'

'Kijk, daar zullen we het hebben.'

'Nee, ik wou alleen maar zeggen dat Chinezen uiterst bijgelovige mensen zijn. Ik stel me zo voor dat als ze iets over een massale verjaging van boomgeesten in Khamuan vernamen, ze bang zouden worden dat dat hout misschien... hoe zeg je dat... vervloekt was.'

'Maar de vraag is natuurlijk hoe het in Taiwan bekend zou kunnen worden dat er in het verre Khamuan geesten werden verjaagd. Zou iemand ze misschien een brief hebben geschreven, compleet met een uitgebreide spiritistische toelichting?'

Siri schudde zijn hoofd. 'Geen idee.'

'Hm. Meestal schort het jou toch niet aan ideeën.' Phosy lachte.

Met alle gasten present werd het tijd voor een lijkrede. Die bleef genadiglijk kort. Ze stonden op en hieven hun glas. Civilai schraapte zijn keel en nam het woord, op zijn plechtigste partijtoon.

'Geachte aanwezigen, wij zijn vandaag bijeen om eer te bewijzen aan een trouwe en deerlijk gemiste vriend.'

'Hulde.'

'Kop dicht, Siri. Hoewel hij het overgrote deel van zijn leven de idioot uithing, stierf hij uiteindelijk als held.'

'Tot driemaal toe zelfs,' voegde Phosy eraan toe.

'Zo is het, een drievoudige heldendood. Dokter Siri Paiboun, lijkschouwer, geleerde, geestenziener, u blijft in ons hart. Op uw geluk.'

'Op uw geluk.'

'Op uw geluk.'

'... op uw geluk.'

Ze draaiden zich verbaasd om naar Rajid.

'Wat, kun jij praten?'

'Als ik zin heb.'

Om vijf uur was de lunch ten einde. Rajids nieuwe kleren lagen keurig opgevouwen op de oever. Rajid zelf was nergens meer te bekennen. De anderen stonden op en namen afscheid. Civilai moest op tijd thuis zijn voor een familiefeestje. De beide anderen hadden geen familie om feest mee te vieren, dus vroeg Phosy of Siri zin had nog iets te gaan drinken.

'Ik kan niet, helaas.'

'Kun je niet?'

'Ik heb een, eh... afspraakje vanavond.'

Civilai slaakte een kreet die links en rechts gekko's op de vlucht joeg. 'Hij heeft een afspraakje! Met een welgevormde bakkersvrouw, naar ik vermoed?'

'Het is maar een etentje, hoor.'

'Ja, en het Tet-offensief was maar een burenruzie. Weet je nog wel waar alles in hoort?'

'Niet zo vulgair, man. Het is maar een etentje, al geef ik toe dat ik behoorlijk nerveus ben.'

'Maak je geen zorgen, zij kauwt je alles wel voor.'

Phosy liep naar de aktetas die de hele tijd naast hem in het gras had gestaan, en haalde er een lijvig dossier uit.

'In dat geval geef ik je dit nu maar.'

'Wat is dat?'

'Dit ben jij.'

'Ik?'

'We hebben alle dossiers gevonden die kameraad K en zijn club over vooraanstaande partijleden bijhielden, maar wisten niet goed wat we ermee aan moesten. Jouw rechter vond dat we ze aan de personen in kwestie moesten geven, zodat die zelf konden beslissen. "Het socialisme is een eindeloze kosmos," zei hij, "maar vertrouwen is de kracht die de sterren bindt."'

'Tja, die hoogdravendheid zal hij wel nooit afleren, maar hier heeft hij toch wel een punt,' zei Siri.

'Vind je? Mij ontgaat het eerlijk gezegd,' zei Phosy.

'Trek het je niet aan, het ontgaat de meesten. Mag ik wel je aktetas lenen? Ik heb geen zin om ook nog een hernia op te lopen.'

24

Nooit te vroeg juichen

Siri had onderdak gekregen in een hospitium bij de Anusawari-boog. Het had een mooie tuin en de monniken waren vriendelijk, dus van hem mocht het een permanente regeling blijven. Maar als beloning voor zijn heldenmoed was zijn naam een flink eind omhoog gezet op de lijst van woningzoekenden – binnen een maand zou hij zijn eigen huis krijgen. Hij zou er geen voordeur hoeven delen, geen gang, en geen badkamer. Het klonk hem eenzaam in de oren.

Hij had nog een paar uur voor zijn afspraakje, tijd om wat uit te rusten en zich op te knappen. Omdat hij maar één stel schone kleren had, hoefde hij niet te dubben over wat hij aan zou trekken. Hij ging ontspannen op zijn bed liggen en glimlachte voldaan. De aktetas stond naast hem, dus maakte hij de slotjes open en trok zijn geheime dossier eruit. Zijn leven was niet dikker dan een stuk zeep.

Hij zag al snel dat het hem de komende maanden veel leesplezier ging opleveren. Erdoorheen bladerend zag hij getypte vellen, haastig gekrabbelde briefjes (*Dokter Siri heeft de adjunct-commandant zojuist een malloot genoemd*), foto's, krantenknipsels, ambtelijke mededelingen – en toen, plotseling, voorzien van een stempel met de datum 9/6/1965, een velletje dat uit een schoolschrift leek gescheurd. Het handschrift was zo vertrouwd als dat van hemzelf. De medeklinkers waren groot en robuust, en de klinkers zweefden er als ballonnetjes omheen. Dit was Boua.

Hij las het met bonkend hart.

Mijn lieve Siri,

Wat is er toch met me? Ik heb er geen verklaring voor. Waarom heb ik al het mooie verpest dat wij samen hadden? Waarom kan ik jouw geduld en liefde alleen met hatelijkheid beantwoorden? Waarom krijg ik de woorden niet meer uit mijn mond die ooit zo makkelijk kwamen?

Ik krijg maar geen vat op die depressie. Het is als een slingerplant die langzaam maar zeker alle leven uit me perst. Het is een ziekte die me belet te zien wat ik vlak voor mijn neus heb. Ik zie alleen nog het falen van onze revolutionaire strijd, al ben ik er zeker van dat er ook successen zijn. Ik zie alleen nog maar zelfzuchtige en corrupte partijbonzen om me heen, al weet ik zeker dat er ook veel goedheid moet zijn, ergens.

Maar wat ik vooral zie is een irritante echtgenoot die me onophoudelijk aan het mooie, hoopvolle meisje doet denken dat ik ergens kwijt ben geraakt op onze trektochten door het oerwoud. Al weet ik dat je het beste bent wat me ooit is overkomen.

Kun je me vergeven voor wat ik je heb aangedaan, en voor wat ik deze avond moet doen? Het is de enige uitweg voor ons beiden.

Voor mijn grootste en enige liefde,
Boua

Achterop had iemand in grote letters ACHTERHOUDEN – NEGA-TIEF geschreven.

Ze hadden haar afscheidsbriefje gevonden. Ze hadden de sleutel gevonden die hem bevrijd zou hebben van de wroeging en twijfel die hem de voorbije elf jaar in hun greep hadden gehouden. Ze hadden het voor hem achtergehouden omdat het 'negatief' was.

Ze moesten eens weten hoe negatief zijn leven zonder dit briefje was geweest.

Er rolden tranen over zijn wangen. Voor een deel tranen van verdriet. Hij vond het zo erg dat hij haar ellende niet had kunnen wegnemen, dat hij haar niet bij de afgrond vandaan had kunnen leiden.

Maar er waren ook tranen van een diep, extatisch geluk. Ze had van hem gehouden. Zelfs op het eind had ze nog van hem gehouden, en geweten dat hij van haar hield. En dat was alles wat hij hoefde te weten.

Hij bleef huilen, anderhalf uur lang. Zijn tranen droogden pas toen de wind langs zijn gezicht streek – het ministerie van Justitie had de reparatie van zijn carburateur bekostigd en hij scheurde op zijn geliefde oude motorfiets over de Dong Dok-weg, door velden die er ondanks Vientiane's nabijheid verwilderd bij lagen. Hij schreeuwde uit volle borst met de motor mee. Hij was vrij!

Toen het tijd werd om terug te rijden naar de stad, voelde hij de verandering. Hij had rust. Hij wist nu dat er geen toevalligheden in zijn leven waren. Het dossier had hem gevonden. Boua's briefje had hem gevonden. Uitgerekend op deze dag, op dit moment. Boua liet hem weten dat het goed was. Hij hoefde zich niet langer schuldig te voelen omdat er een andere vrouw in zijn hart was gekomen.

Hij reed de Samsenthai-avenue op en zag meteen Lah staan, die op hem wachtte aan het eind van haar straatje. Toen zij Siri zag op zijn stoere ouwe motor, als een witharige ridder, was haar glimlach stralender dan het licht van de lantaarns. Ze droeg een purperen *phasin* met gouden biesjes, en een witte blouse die om haar boezem spande. De Boeddha mocht weten hoe lang ze erover gedaan had om haar haar in de stijl van Imelda Marcos te kammen, compleet met lelie. Een plaatje was ze.

Hij kwam tot stilstand bij de stoeprand en glimlachte uitnodigend. Ze liep op hem toe, ietwat schroomvallig op haar hoge hakken, en zoende hem op zijn wang. In haar linkerhand had ze een met siersteen bezet damestasje, in haar rechter een pakje. Papier met de kleur van zijn ogen, met een lint eromheen in een donkerder groen.

'Een cadeautje.'

'Voor mij? Mag ik het openmaken?'

'Je zult wel moeten. Eerder klim ik niet achterop.'

Breed grijnzend trok hij het lint los en scheurde het papier weg. Er kwam een doosje onder tevoorschijn. Hij keek haar aan, opgetogen als een jarig kind. Wat was ze mooi. Ze keek in zijn ogen, en vervolgens naar het doosje. 'Schiet op, ik heb honger.'

Hij deed het deksel omhoog en zijn glimlach verdween. De blijdschap die hem omgeven had vervloog als wierook. In het doosje, als een verkoold lijk in een doodkist, lag het zwarte prisma aan zijn leren koord. Niet een ander zwart prisma. Hetzelfde. Gladgesleten door ontelbare duimen was dit het prisma dat in duizend stukjes was gebroken, vergruizeld en uitgestrooid tussen de bomen van Khamuan.

'Na alles wat je de laatste tijd overkomen is, vond ik dat je wel een amulet kon gebruiken. Vind je het mooi?'

In 2005 bezocht Colin Cotterill de stad Luang Prabang in Laos om onderzoek te doen voor zijn tweede boek, *Drieëndertig tanden.* Tijdens zijn bezoek kwam een klein meisje op hem af. Ze wilde graag geld hebben om snoep te kopen. In plaats van haar geld te geven voor snoep, nam Colin haar mee naar een boekhandel waar ze een kinderboek mocht uitzoeken. Dat werd een hele missie, want in geen enkele boekhandel in Laos was een kinderboek te vinden. Uiteindelijk kon hij zijn kleine chaperonne alleen maar met snoep naar huis sturen.

Na zijn onderzoek te hebben afgerond, besloot Colin Engelstalige boeken te importeren, te vertalen en Laos in te smokkelen. Het werd een groot succes, maar het had aardig wat voeten in de aarde. In 2006 vond Colin een partner, Big Brother Mouse. Deze organisatie werd opgericht door Sasha Alyson, een gepensioneerde Amerikaanse uitgever, die sindsdien met een heel team kinderboeken schrijft, illustreert en distribueert in Laos. Inmiddels geven ze dertig boeken per jaar uit.

Uitgeverij De Vliegende Hollander steunt dit project door een euro van elk verkocht exemplaar te doneren aan Big Brother Mouse. Voor meer informatie over dit project kunt u terecht op www.colincotterill.com en www.bigbrothermouse.com.

Colin Cotterill (1952) werkte in Zuidoost-Azië voor diverse ngo's om misbruikte kinderen te helpen. Nu is hij fulltime schrijver. In 2008 werd hij genomineerd voor de CWA Duncan Lawrie Dagger, 's werelds grootste crimeprijs. Onlangs won Cotterill met zijn serie de CWA Dagger in the Library. Deze prijs wordt jaarlijks uitgereikt aan de auteur van misdaadromans die het populairst zijn onder lezers van bibliotheken. De jury zei over de serie: 'Een bijzondere held in een bijzondere setting. Apart, grappig en heel erg aantrekkelijk. Zijn boeken zijn een fantastische leeservaring.'